Marcelo Marrom e Mariah Linhares

EM NOME DO PAI?

ns

São Paulo, 2022

Em nome do Pai?
Copyright © 2022 by Marcelo Marrom e Mariah Linhares
Copyright © 2022 by Novo Século Editora Ltda.

EDITOR: Luiz Vasconcelos
COORDENAÇÃO EDITORIAL: Stéfano Stella
REVISÃO: Thiago Fraga / Raquel Escobar
DIAGRAMAÇÃO: Manu Dourado
CAPA: Kelson Spalato Marques
PROJETO GRÁFICO: Stéfano Stella e Mariah Linhares

Texto de acordo com as normas do Novo Acordo Ortográfico da Língua Portuguesa (1990), em vigor desde 1º de janeiro de 2009.

Dados Internacionais de Catalogação na Publicação (CIP)
Angélica Ilacqua CRB-8/7057

Marrom, Marcelo
Em nome do Pai? / Marcelo Marrom, Mariah Linhares. -
Barueri, SP: Novo Século Editora, 2022.
240 p.

1. Ficção brasileira I. Título II. Linhares, Mariah

21-3576   CDD B869.93

Índice para catálogo sistemático:
1. Ficção brasileira

GRUPO NOVO SÉCULO
Alameda Araguaia, 2190 – Bloco A – 11º andar – Conjunto 1111
CEP 06455-000 – Alphaville Industrial, Barueri – SP – Brasil
Tel.: (11) 3699-7107 | E-mail: atendimento@gruponovoseculo.com.br
www.gruponovoseculo.com.br

Agradecimentos

Agradecer é preciso!

Nós, os autores, queremos expressar toda gratidão à nossa família e aos nossos amigos, que deram grande suporte para que este livro acontecesse; e a toda equipe Novo Século, em especial ao sr. Luiz Vasconcelos, que viabilizou o projeto; e ao Stéfano Stella, que cuidou deste livro como se fosse um filho.

Agradecemos também ao Luiz Antonio Pilar, que, ao ler o original, fez ótimas observações nesta história, com muito carinho e dedicação. Por fim, agradecemos a Deus, o verdadeiro dono da verdadeira Igreja; aquela que se reúne quase de forma primitiva, tornando possível que um perceba no outro as reais tristezas, alegrias, tormentas e lamúrias, além de medos, paz no coração e uma lista infinita de sentimentos que só são percebidos quando se caminha junto.

Esta é uma obra de ficção, e qualquer semelhança com a realidade é mera coincidência. O que às vezes entristece é ver essa coincidência tão presente nas grandes organizações religiosas.

Prefácio

Quando jovem, por volta dos 17 anos, inventei uma brincadeira com um nobre amigo que, junto com os pais, também havia ido morar em Londres. A brincadeira consistia em escolher o próximo livro que o outro iria ler. Por isso, quanto mais desinteressante fosse a indicação, mais engraçado se tornava o nosso pequeno entretenimento, uma vez que seria *mister* que o desafiado fizesse um resumo de sua leitura.

Pois bem, a brincadeira acabou quando a minha família voltou ao Brasil anos depois, e não obstante a diversão que aquilo provocara, jurei a mim mesmo que só leria, daquele momento em diante, livros cuja capacidade de me prender a atenção fosse revelada logo em suas primeiras páginas. Baseado neste conceito, relutei do desafio de elaborar este prefácio. Mas, afinal, aqui estou me dedicando à sua redação, parte pelo constrangimento de, apesar de não ter me interessado pela estória em um primeiro momento, não ter conseguido verbalizar isso ao meu caro amigo Marcelo Marrom e à jovem Mariah Linhares, por quem tenho grande estima, e parte por ter assumido comigo mesmo o compromisso supracitado.

No entanto, assim que chegou para mim uma cópia de *Em Nome do Pai?*, passei os olhos pelas primeiras páginas para tentar entender do que se tratava a história e logo fui atraído de maneira sobrepujante para este romance cheio de reviravoltas, intrigas e dramas. Quando vi, estava fisgado pelo enredo, que então já não me permitia pensar em qualquer outra coisa. Eu precisava ler mais, saber mais, e o nível de envolvimento foi aumentando à medida que novos cenários e personagens adentravam a trama. Como uma simples mentira, cujo propósito em si não era enganar, mas sim proteger Sara, a personagem central, encaminharia a história para um oceano de outras mentiras. revelando o caráter duvidoso de pessoas tidas como exemplo pela sociedade?

A subjetividade da fé é algo tão latente no livro que nos faz entender o porquê do ponto de interrogação no título: *Em Nome do Pai?* Sim, não é uma afirmação. É um questionamento. Será possível que se façam tantas atrocidades em nome de um divino? Ao terminar minha leitura, recomendei aos autores que colocassem na contracapa a seguinte informação: "essa é uma obra de ficção, qualquer semelhança com a realidade é mera coincidência". Que vocês tenham uma boa leitura. Em nome do Pai!

Dr. Wilbert Wilson Bitencourt
PhD em Psicologia, filósofo, sociólogo e pensador contemporâneo

Prólogo

2001

O nome Sara tem origem hebraica e significa princesa. Na Bíblia, Sara ficou conhecida como uma mulher de fé. Já idosa e estéril, não poderia ter filhos. Foi quando recebeu uma promessa divina de que teria o seu bebê, filho de Abraão. E assim aconteceu: Deus mostrou o seu poder dando a ela o menino Isaque.

Como toda boa filha de pastor tem um nome bíblico, o meu não poderia ser diferente. Ao nascer, fui batizada de Sara Regina para homenagear a história que inspirou meus pais a nunca perderem a fé após sete anos de tentativas de engravidar. Porém, junto com a bênção de finalmente conseguirem trazer um bebê ao mundo, veio a infelicidade da perda do útero da minha mãe, que nunca mais poderia ter filhos, o que me fez crescer como filha única e ser mais mimada do que uma criança deveria. Pastor Eliseu e pastora Marta foram os melhores pais que alguém poderia ter!

✝

A igreja estava cheia, com pessoas por toda parte. Meu pai, o pastor principal, parecia orgulhoso quando sorriu em minha direção. Posso dizer o mesmo da mamãe, que me acompanhava com os olhos por todo o caminho que percorri do terceiro banco, de onde me levantei, até o púlpito. Eles sempre suspiravam de felicidade quando eu cantava na igreja, mesmo que fizesse isso toda semana, afinal era o que cresci fazendo. Quero dizer, eu ainda não havia crescido completamente, tinha apenas 11 anos, mas não me lembrava de estar em outro lugar a não ser no altar louvando ao Senhor.

Ajustei o pé do microfone para a minha altura, um metro e cinquenta. Os visitantes geralmente ficavam impressionados quando me viam fazendo isso com tanta habilidade, mas se impressionavam mais ainda com o que vinha depois.

Dei uma última olhada para as minhas melhores amigas, Luísa e Betina, sentadas no terceiro banco da frente. Elas sorriram, me desejando sorte, como sempre. E então fechei os olhos e senti o Espírito Santo me guiar quando comecei a cantar:

"Mais perto quero estar, meu Deus, de ti! Ainda que seja a dor que me una a ti. Sempre hei de suplicar, mais perto eu quero estar, mais perto eu quero estar, meu Deus, de ti!"

Tudo no mundo parecia certo enquanto aquele hino saía da minha boca. A minha voz, doce e suave, ainda infantil, emocionou as pessoas que ali estavam, me trazendo a certeza de que Deus passeava entre nós. Eu nunca poderia imaginar que, naquela mesma hora, naquele exato momento, algo terrível estivesse acontecendo não muito longe dali.

Rick olhava pelo buraco da fechadura enquanto esperava do lado de fora da casa. Os gritos de sua meia-irmã, Sandra, ficavam cada vez mais altos e, por mais que isso já tivesse acontecido um milhão de vezes, ele nunca se acostumava. Sandra havia se transformado em uma mulher, tinha 18 anos agora, mas ainda chorava e gritava como da primeira vez que acontecera, quando ela ainda era uma menina.

O garoto sabia que isso a machucava e não podia mais suportar. Então, fechou os olhos com força e tapou os ouvidos com as mãos, como se por um instante pudesse se deslocar dali para outro lugar, um lugar feliz, com música e muitas pessoas ao seu redor. Mas, quando voltou a abrir os olhos, lá estava ele, no mesmo lugar de antes, vendo e ouvindo o seu pai violar sua meia-irmã mais uma vez.

— Muito bem! Você fez um bom trabalho. Algum vizinho bisbilhoteiro apareceu? — perguntou sua mãe, abrindo a porta e lhe entregando um pirulito de morango depois que tudo acabou e ele finalmente pôde entrar em casa de novo.

— Não. E eu não quero essa droga, mãe! — respondeu, atirando o pirulito no chão. — O que eu quero é que a Sandra pare de chorar.

— Sandra, pare de chorar! — gritou ela em direção ao quarto.

— Você não entendeu. A Sandra está triste, mamãe. Ela fica triste toda vez que isso acontece! Vocês não podem mais...

— Cala a boca! O que você está dizendo? Quer que o seu pai te ouça? — repreendeu ela, com certo pavor no olhar.

— O papai está sendo mau para a Sandra.

— Não! O seu pai está educando a Sandra e ensinando ela a ser uma boa menina.

— Mas, mãe...

— Cale a sua boca! O seu pai está vindo!

— Você precisa me ouvir, mãe!

— Você não ouviu a sua mãe? Seu bostinha! – gritou uma voz grossa. A voz do pai de Rick. – Cale a sua boca! – disse ao mesmo tempo em que esbofeteava o menino no rosto.

— Desculpa, pai.

— Se você continuar assim, vai ter o mesmo fim que a puta da sua irmã. Então vê se cala... essa... boca! – disse pausadamente o pai de voz grossa, para que, assim, Rick entendesse bem a mensagem.

E, por mais que eu não tivesse a noção exata do que tudo aquilo significava, isso foi o que Rick me disse no dia em que a gente se conheceu.

Como todas as sextas, depois da escola, eu implorei à mamãe para que me deixasse brincar por dez minutos no parquinho do bairro, e ela, como todas as vezes, disse: "Só dez minutos, Sara!", mas no fim acabava deixando passar um pouquinho mais quando se distraía folheando uma revista de cosméticos, sentada no banco da praça.

Rapidamente, em uma tentativa de aproveitar cada segundo, tirei minha mochila das costas e corri para os brinquedos, mais precisamente para o escorregador, o meu preferido. E foi ali que o conheci: na fila da atração mais disputada do parquinho.

Os olhos de Rick eram perdidos e profundos, como se carregassem um oceano dentro deles. Talvez estivessem até um pouco marejados, e um deles parecia levemente roxo. De alguma forma, ele era diferente das outras crianças que passavam por ali, eu podia sentir. Acho que foi isso que me instigou a falar com ele pela primeira vez.

— Oi. Meu nome é Sara Regina, mas pode me chamar de Sara. Qual o seu nome? – perguntei sem hesitar.

— Rick – respondeu ele, com uma voz mais triste ainda do que o seu olhar.

— Quantos anos você tem, Rick?

— Onze. E você?

— Legal, eu também! – respondi, enquanto ele descia pelo escorregador. Eu fui logo atrás, seguindo o garoto triste por todos os próximos brinquedos que ele ia. – Eu moro aqui perto. Onde você mora? – perguntei antes que a conversa esfriasse.

– Aqui perto também – disse ele, um pouco desinteressado.
– A minha mãe está bem ali. – Apontei. – Você está aqui com quem?
– Sozinho.
– Uau! Seus pais deixam você andar sozinho? Que máximo!
– É – concordou ele, parecendo mais desinteressado do que antes.
– Qual o trabalho dos seus pais?
– O meu pai está desempregado e a minha mãe trabalha no mercado.
– Legal! Os meus pais são pastores. A nossa igreja é aqui perto.
– Pastores? É verdade? Você não está mentindo, não é? – perguntou Rick, se mostrando repentinamente curioso.
– Eu não posso mentir. Jesus não gosta e meus pais não deixam.
– Eu também ia à igreja antes de… Bem, agora não vou mais. Mas lembro que, quando a minha mãe tinha um problema, ela pedia para o pastor orar por ela.
– Sim, as pessoas também pedem para os meus pais o tempo todo. Vamos no balanço? – sugeri antes de sair correndo para o segundo brinquedo mais legal do parquinho.
– Espera! – pediu ele vindo logo atrás de mim, ficando em pé ao meu lado enquanto eu me balançava com força. – É que semana que vem é meu aniversário, e eu… eu queria fazer um pedido para Jesus. Mas talvez Ele não esteja me escutando. Será que você podia pedir aos seus pais para que orassem pela minha irmã?
– Claro! O que a sua irmã tem?

Rick então me disse tudo sobre a sua irmã e o que seu pai e sua mãe faziam com ela. Relatou como foi a primeira vez que aconteceu. Ele tinha apenas 6 anos, mas se lembrava de tudo como se fosse hoje. Rick me contou sobre como ele fingia se transportar para outro lugar para não ter que viver tudo aquilo; o pai bravo, a mãe conivente, os gritos de desespero da irmã. Ainda mencionou sobre como ele morria de medo de que um dia tivesse de passar pelo mesmo que Sandra.

Eu disse a ele que o ajudaria e que isso não iria acontecer. Então, no mesmo instante, contei para a minha mãe tudo o que o garoto triste me confidenciou. Mas, antes que mamãe pudesse acreditar em alguma palavra do que eu estava lhe dizendo, Rick havia desaparecido.

Algumas semanas depois, um corpo em decomposição foi encontrado perto do parquinho. A notícia saiu em todos os jornais, e os moradores estavam apavorados. O corpo era de um garoto que havia acabado de completar 12 anos e estava fugindo depois de ter toda a família assassinada por sua meia-irmã, Sandra.

1

Então Pedro aproximou-se de Jesus e perguntou: "Senhor, quantas vezes deverei perdoar a meu irmão quando ele pecar contra mim? Até sete vezes?". Jesus respondeu: "Eu lhe digo: não até sete, mas até setenta vezes sete". (Mateus 18:21-22)

2021

Crescer em um bairro periférico pode não ser nada fácil para algumas famílias, mas, para nós, a família do pastor Eliseu, foi o jeito mais próximo de nos sentirmos da realeza. Todos conheciam a nossa igreja, que, apesar de pequena, era uma das principais do nosso bairro na zona norte de São Paulo. Meus pais, Eliseu e Marta, tinham uma boa reputação graças aos seus grandes feitos de caridade e amor ao próximo; e eu era reconhecida por ter sido abençoada desde menina com uma doce voz. Uma voz que trazia conforto e consolo nos momentos desesperadores que só os moradores da periferia conhecem. E eu gostava disso. Na verdade, amava ser só mais uma anônima que compartilhava esse dom com as pessoas. Da forma que Jesus ensinou.

Tudo estava indo bem demais. A minha vida havia sido detalhadamente idealizada e cuidada por Deus, até que algo no meio do caminho mudou tudo isso.

— Você gostaria de contar o que é esse "algo", Sara? — perguntou a doutora Tereza Terra, olhando para mim por cima dos óculos de grau.

A doutora Tereza é uma das melhores psicólogas de São Paulo. Ultimamente, eu tenho passado algumas muitas horas do meu dia dentro de seu consultório. Um espaço acolhedor, decorado em tons pastéis e perfeitamente planejado para deixar o paciente confortável, desde a cor da cortina até a temperatura do ar-condicionado. Mesmo assim, já estou na minha terceira sessão e ainda me sinto esquisita sentada nesta poltrona, contando a minha vida para uma loira magrela com cara de cavalo que acabei de conhecer.

– Eu... eu não sei. Não sei por onde começar.

– Simples. Comece do começo.

– Dezesseis de outubro de 2011. Eu tinha apenas 21 anos. Foi ali que tudo começou.

Eu havia me formado naquele ano em teologia. Já tinha pregado para crianças, para o grupo de mulheres, para o culto de jovens... Estava acostumada com tudo aquilo, mas nunca havia me sentido tão nervosa quanto para aquela noite, a noite em que eu iria ministrar meu primeiro culto em um domingo. Pode parecer bobagem, mas, se você é da igreja, vai saber que esse é o horário nobre em que todo pregador gostaria de estar.

O céu estava tão estrelado que nem parecia haver poluição na cidade. Deus preparara até os detalhes mais singelos para que tudo fosse perfeito. A igreja estava lotada e, de onde estava, não via nenhum lugar vazio. Minhas melhores amigas, Betina e Luísa, sorriam para mim da terceira fileira, animadas com a minha estreia. Assim como a mamãe e o papai, sentados ao meu lado, no púlpito, onde todos podiam nos ver.

O frio na barriga se intensificava à medida que o momento se aproximava. A cada batimento exagerado do meu coração, tentava me lembrar de que cresci naquele púlpito, naquela igreja, com aquelas pessoas, e conhecia cada um dos olhares que estariam atentos, me encarando dali a alguns minutos. Isso geralmente me acalmava, mesmo que vez ou outra viesse à tona a sensação de que eu iria substituir a Beyoncé em um estádio lotado para centenas de desconhecidos.

Meu pai me anunciou para a igreja:

– A nossa doce Sarinha cresceu, meus irmãos! – disse ele, introduzindo a minha chegada. – Quantos de vocês viram esse algodão-doce de cabelos castanhos encaracolados correndo pela igreja? – Com a pergunta, a maioria dos irmãos levantou a mão, e o gesto foi seguido de uma gargalhada coletiva. – A minha filha se tornou uma mulher de quem me orgulho muito. Além de ter sido abençoada pelo Senhor com uma voz de anjo, decidiu se formar em teologia e ser uma grande pregadora da Palavra de Deus com apenas 21 anos. Vejo-a ser uma imitadora de Jesus em tudo que faz. E a palavra que ela vai trazer hoje foi tema do seu trabalho de conclusão de curso, que apresentou recentemente na faculdade: perdão. Bem, não vou me alongar muito, deixo que a Sara faça isso. Finalmente chegou a minha

Em nome do Pai?

vez de me sentar e somente escutar – disse meu pai, esbanjando uma risada alta, fazendo com que toda a igreja risse também. – Vem para cá, meu algodão-doce. Sarinha!

Minha apresentação não poderia ter sido diferente com o meu pai no comando, ainda mais dentro da igreja em que todos me conheciam desde quando eu ainda era realmente um algodão-doce.

– Pai! – disse eu, fingindo estar brava com a infantilidade excessiva com que ele me tratava, mas, na verdade, estava feliz por toda aquela brincadeira ter aliviado a tensão.

– Boa noite, irmãos!

Tudo ocorreu perfeitamente como planejado, ou melhor ainda do que o planejado! Deus ministrou no meu coração durante a minha primeira noite de pregação, e tudo o que tive que fazer foi liberar as palavras que Ele me dizia. Quando o culto terminou, a igreja estava em prantos de alegria. Meus pais e todos os outros pastores me olhavam orgulhosos do que acabara de acontecer, e eu me sentia no meu melhor momento. Havia sido usada por Deus de uma maneira que jamais imaginei. Sem dúvidas, aquela noite ficaria marcada para sempre na minha vida, mas infelizmente não somente pelo que acabei de descrever.

– Vamos comemorar a sua estreia, Sara – disse meu pai, animado, após se despedir dos últimos irmãos da igreja.

– Tem certeza, pai? Já está meio tarde...

– Claro que tenho! Eu sou o velho aqui e por acaso não estou reclamando nem um pouquinho do horário. Chame Luísa e Betina para jantarem com a gente.

– Já que insiste... mas eu escolho o restaurante! Pode ser?

O lugar escolhido era um dos poucos da redondeza aberto depois das dez. Uma pizzaria que servia o catupiry mais cremoso de todos os tempos. Meu pai não parava de dizer o quanto eu havia sido incrível naquela noite, e minha mãe me encarava com seus olhos grandes, fixos em mim como uma criancinha encantada passeando na Disney pela primeira vez, e nesse caso eu era o Mickey.

Luísa e Betina também estavam à mesa, assim como um casal de pastores que nos acompanhou. E, enquanto os meus pais se distraíam com eles, eu pude finalmente me abrir para as minhas confidentes e melhores amigas, sentadas ao meu lado, sobre como havia ficado nervosa antes de subir no púlpito.

– Nossa, amiga, eu nem notei. Foi tudo tão natural que pareceu que você pregava há anos – respondeu Betina.

13

– Talvez eu tenha percebido um pouco, mas só porque te conheço bem. Mas a palavra que você escolheu não poderia ser melhor: perdoar! – falou Luísa entre uma garfada e outra na sua pizza de calabresa.

– O perdão é necessário, libertador, é tudo o que Jesus fez e faz com a gente todos os dias – disse. – Sem perdão não há Evangelho. Na oração do Pai-Nosso, vemos que ele nos ensina o seguinte: "Perdoai as nossas ofensas assim como temos perdoado". Ou seja, se perdoamos pouco seremos pouco perdoados... Mas sabe, durante a apresentação do meu trabalho de conclusão de curso da faculdade, um pastor e professor me questionou se, pelo nome de Jesus, somos capazes de perdoar todas as coisas. E eu fiquei pensando sobre o assunto.

– O que você respondeu? – perguntou Betina.

– Eu disse que não. Tem coisas nessa vida que são imperdoáveis, e nem mesmo o nome de Jesus pode mudar isso.

– Bem, eu concordo com você! – falou Luísa.

– É, mas eles não concordaram nadinha. Fui aprovada com ressalvas, disseram que eu deveria pensar mais sobre o assunto.

– Não esquenta com isso. Provavelmente são só um bando de pastores velhos demais para pastorear uma igreja e que não sabem o que dizem dentro das salas de aula – respondeu Luísa, com o seu jeito debochado de sempre.

– Pode ser – falei, antes de voltar minha atenção para a fatia de pizza à minha frente.

A comida estava maravilhosa e, mesmo com a barriga cheia da quantidade generosa que o rodízio servia, uma sobremesa nunca seria demais para acompanhar a conversa agradável que estávamos tendo. Além do mais, era fim de semana e uma grande comemoração; eu poderia deixar a dieta para a segunda-feira.

Tudo estava tão perfeito que fomos os últimos clientes a deixar o restaurante depois de algumas olhadas mal-humoradas dos garçons, que haviam trabalhado o dia inteiro e não viam a hora de irmos embora para voltarem para suas casas. Deixamos boas gorjetas e saímos do local rindo feito bêbados – mesmo sem ter uma gotícula de álcool no sangue – sobre histórias antigas que o meu pai contava de quando ele havia conhecido a mamãe. Era a felicidade da forma mais pura, daquelas que você sente quando come uma boa refeição cercada de seus melhores amigos e família, depois de uma noite especial.

– Pai e mãe, podem ir na frente, vou levar as meninas em casa.

– Não precisa, Sara. Eu ligo para o meu pai buscar a gente, sem problemas! – falou Luísa.

– Já está tarde, eu faço questão de deixar vocês em segurança.

Em nome do Pai?

— Sério, amiga, não precisa mesmo, mas obrigada.

— Vocês vão comigo e não se fala mais nisso. São somente quinze minutos a mais na minha rota. Logo estarei em casa, mamãe. Deixe a porta de dentro aberta, beijinho.

— Ok, filha, te esperaremos acordados.

Como de costume, eu sempre dava carona para as minhas amigas depois dos cultos e eventos da igreja desde que tirei carta de motorista e ganhei o meu próprio carro, um Uno 2000, que me levava de cima para baixo e de baixo para cima (mais especificamente, da igreja para casa e de casa para a igreja).

Eu gostava de dirigir do mesmo jeito que também gostava de servir, ainda mais tratando-se de servir as minhas melhores amigas, então isso não era um problema para mim. Além do mais, elas moravam a uma quadra de distância uma da outra, que era relativamente perto da minha casa.

Já passava de duas da manhã quando deixei Betina e Luísa em suas respectivas casas. A conversa alta entre amigas dentro do carro agora dava lugar ao silêncio mortal. Sem ninguém para falar, o ambiente ficou assustadoramente quieto demais, então apertei o botão para ligar o rádio. O som de "Mais perto quero estar", um hino antigo e um dos meus preferidos, invadiu o carro, e aumentei o volume para que a música servisse de trilha sonora para os meus pensamentos que não paravam de voltar para a noite incrível que eu acabara de ter.

A rua à minha frente estava completamente deserta, e isso geralmente não me assustava. Sou uma pessoa um tanto quanto destemida e acostumada com o bairro em que vivo, mas especialmente naquela madrugada alguma coisa estava me aterrorizando. E, apesar de eu tentar controlar os meus pensamentos e dizer para mim mesma que logo estaria segura em casa, me sentia cada vez mais tensa, como se estivesse prestes a cair em uma emboscada de um filme de terror.

Meu corpo entrou em estado de alerta mesmo sem nenhum perigo iminente, algo que jamais havia sentido, e a música no rádio agora parecia atrapalhar ainda mais a minha concentração. Mas desligar o som significaria cair no silêncio novamente. Quem sabe não fosse uma crise de ansiedade? Recebia alguns amigos e pessoas conhecidas vindo até mim constantemente em busca de oração para que Deus os ajudasse durante suas crises. Quando eles conversavam comigo sobre isso, ouvia atentamente sobre seus sintomas, mas nunca cheguei perto de imaginar que fosse tão ruim.

Ok, mais uma rua e estarei em casa, sã e salva, pensei, torcendo para que meus pensamentos se tornassem realidade. Ultrapassei o último farol, virei à esquerda e dirigi cautelosamente pela rua em que morava desde que havia nascido, até chegar ao fim dela e estacionar o carro em frente à minha casa. *Ufa!* O alívio foi imediato. Consegui respirar fundo novamente.

    Fiquei ali alguns segundos, apoiada no volante e me recuperando da minha possível crise de ansiedade antes de descer do carro. Ainda podia sentir as pernas levemente trêmulas, mas a sensação de medo já havia passado, e eu tinha certeza de que era só o cansaço de uma noite agitada. Peguei as chaves na minha bolsa pendurada nos ombros e abri o portão, ansiosa para contar aos meus pais sobre a pequena aventura que acabara de viver dentro da minha própria mente. No entanto, antes que eu pudesse dar um passo adiante, algo me puxou de volta para trás enquanto uma mão com um pano molhado segurava a minha boca, me impedindo de gritar.

2

Eu lhes digo que, da mesma forma, há alegria na presença dos anjos de Deus por um pecador que se arrepende. (Lucas 15:10)

Os psiquiatras afirmam que o nosso cérebro deleta informações que não gostaríamos de lembrar. Talvez seja isso que tenha acontecido comigo. Ou foi a substância que usaram no pano que cobriu o meu rosto antes de me levarem. O pano preto com cheiro forte, que sempre voltava ao meu nariz para me fazer dormir novamente toda vez que eu tentava retomar a consciência. De qualquer forma, agradeci à minha cachola por ter esquecido uma boa parte, mesmo que isso não apagasse os traumas que carregaria pelo resto da vida.

– Do que você se lembra daquela noite?
– Eu não sei se consigo, doutora Tereza.
– Tente.
– Lembro que acordei em um galpão abandonado. Não consegui reconhecer o ambiente de imediato, mas isso era o que menos importava. Tudo o que eu queria era sair logo dali. Meus olhos ainda estavam se adaptando à luz que invadia o lugar, e meu corpo e minha mente talvez se recuperando do que havia acontecido. Fiquei um bom tempo paralisada no chão gelado em que estava deitada, divagando entre alucinações e a realidade que me dizia para correr. Minha cabeça girava tanto que achei que não seria possível ficar em pé sem cair. Pedi forças a Jesus. Consegui me levantar e então fui andando de volta para casa. Descobri que estava a menos de um quilômetro de lá. Parecia uma morta-viva dos filmes de zumbi, foi o que os vizinhos disseram quando me viram caminhar pela rua às cinco da manhã, seminua e com rastros de sangue nas minhas partes íntimas. "Meu algodão-doce!", disse meu pai quando me viu de longe. Nunca vou esquecer do seu olhar de pena, medo e impotência por não ter conseguido proteger a sua única filha. Enquanto isso, mamãe caía no

choro ao lado dele, precisando da ajuda da vizinha Maria para não se estatelar na calçada. Isso é tudo o que eu sei sobre a noite em que fui estuprada – disse para a terapeuta sentada à minha frente.

– É por isso que está aqui? – perguntou a doutora Tereza em um tom de desconfiança.

– Não exatamente.

– Tem mais alguma coisa que queira me contar?

– Tem, eu só não consigo. Ainda.

– Vamos chegar lá. Como foram os dias seguintes para você? Consegue se lembrar?

– Sim. Eu me lembro bem...

Esse é o tipo de tragédia que muda completamente a vida de alguém. Crescemos presos na nossa bolha, cercados por todos os lados de bondade, amor e pessoas de bem. Achamos que somos especiais por sermos cristãos, os queridinhos de Deus, os escolhidos a dedo. E de repente, em alguns minutos, você descobre que não é nada disso. Nunca foi. Tudo o que eu cresci aprendendo sobre Ele desapareceu como fumaça em meio ao pior momento da minha vida. Não era mais ouvida, não era mais tratada como filha, não era mais importante para Deus. Afinal, será que havia sido algum dia? Ele realmente me amava? Que tipo de Deus deixaria uma coisa dessas acontecer com Sua serva... com Sua filha?

Todas as manhãs eu contava mentalmente quantos dias se passaram desde aquela noite. Isso havia se tornado um hábito para mim, assim como acontece com os prisioneiros. Talvez um hábito ruim, mas o único que seguia fielmente naquela minha nova vida, que se resumia a pesadelos e crises de ansiedade constantes, coquetel de remédios de prevenção de HIV (que me causavam náuseas e vômitos, por sinal) e passar a maior parte do tempo trancada no meu quarto quando não estava nas infinitas horas de oração de restauração em família que meus pais me obrigavam a fazer. Sim, eles achavam que eu devia ser curada. Como se tivesse mesmo alguma cura para o que havia acontecido comigo.

Eu estava sentada em uma cadeira velha com a tinta descascando, dentro da Delegacia da Mulher mais próxima da minha casa e de onde tudo aconteceu. O delegado barrigudo que investigava o crime estava à minha frente, acompanhado de dois policiais jovens e uma policial de cabelos vermelhos tingidos.

– Bem, vamos repassar tudo o que você já nos disse no seu primeiro depoimento logo após a noite do evento. – *Evento? Ele chama isso de evento?* – De onde você estava chegando no momento em que foi raptada?

Em nome do Pai?

— Da igreja, senhor.

— Da igreja? No meio da madrugada? Tem certeza disso? Por acaso, a mocinha não estava chegando bêbada de uma balada e não quer que os seus pais descubram?

— Na verdade, depois do culto, eu fui com a minha família para uma pizzaria. Estávamos comemorando.

— Com a sua família? Quem mais estava nesse restaurante? Algum amigo íntimo? — indagou o homem barrigudo.

— Estavam os meus pais, um casal de amigos deles e as minhas duas melhores amigas. Só.

— Nenhum namoradinho que você está se esquecendo de mencionar? — sugeriu.

— Não tenho namorado, senhor. Nunca tive.

— Ok. Vamos seguir. Diz aqui que você saiu do restaurante pouco mais de duas da manhã, em um carro separado dos seus pais, acompanhada de duas jovens. Correto?

— Isso, Luísa e Betina, minhas melhores amigas.

— Você por acaso não pensou nem por um momento que estava tarde demais para ficar dirigindo por aí com duas garotinhas desacompanhadas?

— Perdão? Eu não entendi a pergunta.

— Três meninas desacompanhadas no meio da madrugada. Não se preocupou com isso?

— Não, delegado, não pensei nisso. Eu deveria ter pensado?

— O fim da história responde à sua pergunta — concluiu ele em um tom sarcástico, deixando a mim e até os outros policiais desconcertados.

Aquele já era o meu segundo depoimento para a polícia e ainda não tinham ao menos um suspeito. Para o delegado, eu era a única culpada do que havia acontecido comigo. Denunciar estava sendo quase tão difícil quanto a violência que eu havia sofrido, ainda mais porque estava sozinha nessa. Papai acreditava que tudo não passava de uma armadilha do diabo, que se resolveria com muita oração. "Deus vai te restaurar, minha filha", dizia ele todos os dias — o que de certa forma me ofendia um pouco, porque, para começo de conversa, Deus não deveria nem ter me deixado ser destruída. Mamãe, por sua vez, não queria falar sobre o assunto e me proibiu de denunciar ou de mencionar o ocorrido.

O caminho de casa havia virado um gatilho para que as lembranças daquela noite voltassem, e o portão da frente era a última coisa que eu gostaria de ter que ver todos os dias.

Enquanto estacionava o carro, senti um frio na espinha começar a subir pela minha nuca, passando pela cabeça e se espalhando por todo o corpo. Meus batimentos cardíacos aceleraram, e uma falta de ar sufocante se tornava cada vez pior. Mais uma crise de ansiedade. Tentei fazer os exercícios de respiração que a psicóloga dos casos de abusos sexuais da delegacia me ensinou. *Um, dois, três, quatro, cinco, seis, sete, oito,* contei na minha cabeça. Um, dois, três, quatro, cinco, seis, sete, oito. Tentei puxar o ar, mas não consegui. Um, dois, três, quatro, cinco, seis, sete, oito. Senti todo o meu corpo formigar. Um, dois, três, quatro, cinco, seis, sete, oito. Tive a sensação de que ia morrer, mas estava viva demais para isso, tão viva que sentia todos os sintomas de uma crise forte. *Inspira. Expira. Puxa. Solta. Estou conseguindo. Vou conseguir.* Um, dois, três, quatro, cinco, seis, sete, oito.

Pouco a pouco, voltei a sentir as minhas pernas, e minha respiração pareceu se normalizar, dentro do possível. Desci do carro e encarei o portão branco à minha frente. Passei por ele como se estivesse passando por um monstro gigante de ferro, e não pelo portão da casa em que eu havia crescido. Dei um passo à frente, aliviada por dessa vez ninguém ter me puxado de volta para me violentar, e consegui entrar em casa. Essa era a minha nova rotina.

Assim que passei pela sala, minha mãe levantou-se do sofá em um rompante, parecendo tensa e fria demais para a mãe carinhosa que ela sempre foi, me olhando nos olhos pela primeira vez desde aquela noite e finalmente dizendo o que estava preso em sua garganta:

– Você fez, não fez?

– Do que você está falando, mamãe?

– Se tem uma coisa que eu não sou é idiota! Onde você estava, Sara Regina?

– Eu saí um pouco para dirigir, estou precisando espairecer. Por quê? – menti, mesmo sabendo que ela já sabia da verdade.

– Então agora você mente, Sara?

– O que você quer, mamãe?

– Eu quero que você me diga a verdade! Você fez a denúncia, não é mesmo?

– A escolha é minha!

– Como você pode ser tão burra, Sara? Você não percebe que a sua escolha afeta a vida de todos nós? – disse ela, com a voz histérica.

– Eu precisava denunciar. Era a coisa certa a fazer.

– Então você acha que tornar público esse acontecimento é a coisa certa a fazer? O que você acha que as pessoas vão pensar, Sara? Uma filha de pastor que caiu na armadilha do diabo!

— O quê? – perguntei, tentando entender aonde minha mãe queria chegar.

— Ou pior: a filha do pastor que não é mais virgem! – falou, aumentando o tom de voz.

— Eu não escolhi isso, mamãe. – As lágrimas começaram a surgir em meus olhos.

— Mas escolheu usar um batom vermelho que chama atenção dos homens! Escolheu vestir uma roupa justa, e eu te alertei sobre isso, querida! Nós, mulheres, devemos...

— Pare! Pare, por favor, mamãe! – implorei aos prantos para que toda aquela cena acabasse, mas de nada adiantou.

— Além de tudo, você também escolheu ir até a delegacia e contar o que deveria ser um segredo. Por sua causa, nós podemos perder a igreja.

— Isso não é verdade! – disse eu, tentando encontrar algum sentido naquela frase que minha mãe acabara de dizer.

— Você iria a uma igreja em que a família do pastor, em vez de bênçãos, recebe maldições?

— Eu não pensei que...

— Mas é claro que não pensou! Ninguém mais pode saber do que aconteceu, entendeu? A partir de agora, eu e o seu pai pensaremos por você! Até você voltar a ser quem você era, Sara. Até você voltar a ser a nossa menina.

— Ok. Vamos parar um pouco por hoje – disse a doutora Tereza à minha frente, me fazendo viajar de volta para o presente.

— Voltar ao passado é assustador.

— Eu sei. Mas é necessário – explicou a doutora com uma expressão de quem compreendia tudo aquilo.

— Então, te vejo na semana que vem.

— Certo. Aproveite o presente, tente não pensar muito sobre isso. A sua mente precisa de um descanso.

— Aproveitar o agora e não pensar no passado... anotado! Mas isso vai ser impossível.

Deixei o consultório da psicóloga, mais nervosa do que eu gostaria; afinal, procuramos terapia justamente para tentar encontrar algum tipo de paz e tranquilidade, e não para acabarmos de arruinar a nossa cabeça.

Enquanto dirigia de volta para casa, me lembrei de coisas que nunca saíram da minha mente, mas que, por conveniência própria, estavam bem guardadas em uma gaveta trancada a sete chaves, antes de a doutora Tereza simplesmente arrombá-la.

O trânsito estava fluindo graças à rota alternativa que peguei e, em poucos minutos, eu chegaria ao meu bairro.

Meu apartamento ficava logo ao lado do Parque Ibirapuera, o que era bom, pois localizava-se a poucos minutos de um paraíso dentro de São Paulo, tratando-se de natureza; eu podia sentir o cheiro do verde da sacada. Mas tinha o seu lado ruim, como adolescentes de patins passeando na sua calçada aos fins de semana.

Minha cabeça estava latejando e, assim que entrei em casa, fui direto para a cozinha e tomei uma aspirina, no mesmo instante em que o meu celular tocou. "Amor" estava escrito na tela. Ignorei a chamada, assim como vinha fazendo com todas as outras do meu marido, e me deitei no sofá. Talvez eu só precisasse dormir um pouco, afinal tinha que estar intacta para o dia seguinte, pois eu faria parte de um grande show com os melhores cantores gospel da atualidade. E, de acordo com o que minha agente havia dito, eu seria a estrela da noite, como sempre.

Apertei o controle para fechar as persianas e escureci as luzes da casa, deixando tudo em um tom alaranjado. Me cobri com uma manta felpuda que comprei na minha última viagem para Miami e adormeci antes mesmo de tentar, me sentindo como uma atleta de triatlo que acaba de fazer seu percurso de cinquenta quilômetros pela primeira vez e que precisa descansar, mas na verdade foi só uma sessão de terapia.

3

E, quando estiverem orando, se tiverem alguma coisa contra alguém, perdoem-no, para que também o Pai celestial perdoe os seus pecados. Mas, se vocês não perdoarem, também o seu Pai que está nos céus não perdoará os seus pecados. (Marcos 11:25-26)

— Desculpe o atraso, doutora Tereza – falei quando entrei em sua sala, contando três minutos e meio de atraso. A psicóloga usava um vestido longo bege, que ornava com seus cabelos loiros e com a decoração do seu consultório, fazendo com que eu me sentisse em um filme conceitual com paletas de cores bem definidas e um bom diretor de fotografia.

— Sem problemas. Aceita um chá, um café ou uma água antes da gente começar?
— Não, estou pronta.
— Gosto dessa frase. "Estou pronta."
— Eu também gosto. E confesso que digo muitas vezes quando não estou realmente pronta, mas em momentos que a minha cabeça precisa entender que ela precisa estar.
— Talvez isso funcione.
— Funciona para mim.
— Vamos voltar de onde paramos na semana passada?
— Ok.

Foi difícil no começo. Meus pais fizeram com que eu me afastasse de toda a minha vida por algumas semanas, até que achassem que eu havia voltado a ser a menina deles. Fiquei isolada em casa, longe de tudo e de todos, cancelando todas as atividades que tinha na minha antiga vida. Culto de jovens, ministério de louvor, evangelização nas igrejas... Eu dizia às pessoas que não estava bem, mas ninguém imaginava o que realmente se passava comigo. Elas supunham ser uma gripe ou uma virose que estava demorando a ser curada, como o meu pai havia mencionado para todos que perguntavam. No entanto, nunca pensariam que a filha do pastor estava definhando em uma possível depressão por estresse pós-traumático nunca diagnosticada por falta de informação e de profissionais adequados. Tudo que eu tinha eram meus pais, que oravam dia e noite por mim, tentando expulsar algum tipo de demônio que fazia eu me sentir triste demais para uma evangélica.

Foi então que, em uma noite estrelada de domingo, decidi que não iria morrer. Não sem antes lutar. Eu sabia que havia algo de errado comigo, e as constantes orações e jejuns prolongados não estavam adiantando de nada. Talvez, se eu retomasse minha antiga vida, pudesse voltar a ser quem eu era. Poderia fingir, e fingir, e fingir até se tornar natural. Eu poderia fingir para os meus pais, para os meus amigos, para a igreja... para mim mesma.

– Estou pronta! – falei para o meu pai enquanto entrava na cozinha, onde ele beliscava pedaços de pão com manteiga.

– Para quê?

– Para voltar! Me sinto pronta, papai.

– Você tem certeza?

– Sim. Acho que Deus me restaurou – disse eu, usando propositalmente as palavras certas para convencê-lo.

Escolhi um vestido branco para usar naquela noite. Retoquei o blush rosado nas bochechas, mas evitei usar muita maquiagem, como eu costumava usar, e prendi os cabelos em um rabo-de-cavalo alto antes de entrar na igreja.

O culto estava prestes a começar. Meus pais já estavam no púlpito, sentados com seus muitos pastores. Entrei no templo pela lateral, tentando chamar o mínimo de atenção que conseguisse, mesmo sabendo que era quase impossível passar despercebida por aquela igreja.

Meu corpo começou a demonstrar sinais de um ataque de ansiedade enquanto me dirigia ao terceiro banco da frente, onde me sentava desde criança. Achei que seria importante manter a tradição, tanto para mim, já que tentava ser quem eu era antes, como para os curiosos que ficariam atentos ao mínimo sinal de que alguma coisa havia mudado.

Assim que vi os rostos amigáveis de Luísa e Betina no nosso lugar de sempre, minhas mãos pararam de tremer e o meu corpo voltou a responder ao meu cérebro.

— Que saudade, amiga! – disse Luísa.

— Você está melhor? – perguntou Betina com o olhar preocupado.

— Meninas, eu...

— Você desapareceu por tanto tempo! Foi só uma virose mesmo?

— Você parece mais magra e está pálida também!

— Meninas... depois a gente conversa. Vai começar. – Salva pelo gongo. O culto se iniciou e pude me livrar das perguntas insistentes das minhas amigas.

Os olhares dos fiéis se voltavam para mim vez ou outra durante a pregação; eu me sentia tão vigiada e observada que minha mente não conseguia se concentrar no que meu pai estava dizendo. As palavras se embaralhavam com meus pensamentos, que só mandavam que eu saísse depressa dali. Estava com medo de perder o controle ou de as pessoas ao meu redor perceberem os sinais e, no fim, acabarem descobrindo tudo. Seria um fiasco! *Não tem como eles saberem*, eu repetia mentalmente para mim mesma. *Seu segredo está guardado*. Mas de nada adiantava. Fui ficando nervosa demais para continuar sentada ali, fingindo que nada estava acontecendo dentro de mim.

— Vou ao banheiro – disse para Luísa ao meu lado.

Enquanto caminhava pela lateral da igreja, sentia os olhares me penetrarem como uma flecha. Meu pai percebeu, mesmo de cima do púlpito, que eu não estava bem e se desconcentrou durante a leitura de alguma passagem da Bíblia. O meu maior medo estava perto de acontecer: todos iriam saber que alguma coisa não estava normal. Se reparassem bem no meu corpo, veriam que eu estava mesmo mais magra, como Betina havia dito, ou poderiam ver que estava agindo de modo estranho, como nunca agi nos meus 21 anos ali dentro. E o meu sumiço? Uma virose explicaria eu ter desaparecido de todas as atividades por um mês inteiro? *Todos vão descobrir a farsa que eu sou!*

Entrei no banheiro tentando puxar o ar que não vinha. Me sentei no vaso sanitário e contei mentalmente até oito. Depois de novo, e de novo, e de novo. As luzes automáticas se apagaram, mas já não me importava mais com isso e fiquei naquela cabine, trancada no escuro, até perceber pelo silêncio que se fazia, que o culto chegara ao fim e que as pessoas já haviam ido.

— Luísa falou que você estava estranha hoje – disse minha mãe dentro do carro enquanto voltávamos para casa.

— Você acha que... acha que alguém percebeu? – perguntei, receosa.

— Não, querida, não dessa vez. Talvez você precise de um pouco mais de tempo em casa.

– Mãe!

– Você está, sim, agindo estranho. Ficou trancada no banheiro durante todo o culto. Uma hora ou outra as pessoas vão notar.

– Mas eu não quero mais ficar em casa.

– É preciso, Sara! E não vamos mais discutir sobre isso. Eu não sei que ideia foi essa do seu pai de confiar que você estava pronta!

– Pai! Eu não posso...

– A sua mãe está certa, meu algodão-doce. As pessoas vão saber, e isso pode arruinar tudo.

– Já arruinaram tudo! Naquela noite... eu fui arruinada!

– Você só precisa de mais oração. Acho que não está buscando a Deus o suficiente, querida – respondeu minha mãe.

O que é o suficiente quando se trata de buscar a Deus? Talvez a minha mãe tivesse mesmo razão. Desde o acontecido, Deus não falava mais comigo. Eu tentava buscá-lo, passava horas ajoelhada em oração, lia a Bíblia e pedia perdão todos os dias pelo ocorrido. Pedia perdão por não ter prestado atenção o suficiente nos seus sinais, que me avisavam que algo iria acontecer naquela noite. Pedia perdão por ter estado na rua tão tarde, desacompanhada. Pedia perdão por ter usado uma saia acima do joelho e não ter ouvido meus pais quando eles disseram que isso não era roupa de ir para a igreja. Pedia perdão por ter passado um batom vermelho.

Cheguei em casa com um nó na garganta, um misto de vontade de chorar com uma náusea intensa, e corri direto para o quarto. Nossa casa era simples, como qualquer outra do bairro, mas meu quarto era o único cômodo que poderia se aproximar de uma casa de família rica, mesmo com tudo meio velho. Desde que nasci, meus pais sempre quiseram fazer as coisas perfeitas para mim, ainda que tivessem pouco dinheiro.

O papel de parede rosa-claro já estava um pouco desbotado, mas ainda combinava com os móveis planejados e com a decoração de princesa que mamãe escolheu quando eu tinha 10 anos. E que ironia do destino me fazer ter o mesmo fim que a princesa que decorava o espaço. Assim como Rapunzel, lá estava eu, presa em minha torre. Então, em uma tentativa de esquecer aquela noite, me enfiei debaixo das cobertas, mas, antes mesmo que eu pudesse piscar os olhos, mamãe bateu à porta.

– Fiz um dos seus pratos preferidos para o jantar. Adivinha o que é? – disse ela, colocando metade do corpo para dentro do meu quarto.

— Não quero adivinhar, mamãe — respondi, mal-humorada, me afundando mais ainda sob o cobertor.

— Enroladinho de salsicha. Tem certeza de que não vai querer? Pelo menos tenta comer.

— Está bem. Mas só porque é enroladinho de salsicha — concluí com uma risada sem graça. A primeira em muito tempo. Será que um dia eu voltaria a sorrir de verdade? Será que eu voltaria a ter conversas engraçadas e gargalharia como fazia antes? Ou agora tudo se resumiria àquele sorriso de canto de boca que acabei de oferecer só para deixar a minha mãe contente?

Sentei-me à mesa ao lado do meu pai enquanto minha mãe chegava com a fôrma quente e a colocava à nossa frente. O enroladinho de salsicha dela era maravilhoso e, mesmo que de um tempo para cá eu tivesse perdido o apetite — talvez por causa das crises nervosas —, eu nunca o recusaria.

— Está divino como sempre, Marta — falou o meu pai de boca cheia depois de dar uma mordida grande na massa que enrolava uma salsicha suculenta.

— Quero provar para poder tirar as minhas próprias conclusões — brinquei, esperando que pudesse alegrar um pouco o ambiente depois dos acontecimentos da noite.

Dei uma mordida no enrolado de salsicha. Delicioso em um primeiro momento, mas aos poucos pude sentir a massa se acumular na minha boca, fazendo com que eu mal notasse o gosto. O cheiro da salsinha me incomodava e me dava ainda mais enjoo. Tentei engolir pelo menos o primeiro pedaço, mas, quanto mais eu mastigava, mais a massa crescia. Não aguentei de tanta náusea e pude sentir o vômito chegar à minha garganta. Quando tentei segurar, já era tarde demais. Eu estava toda suja de comida mastigada e do que provavelmente já estava antes em meu estômago.

Minha mãe entrou em pânico, pegando um pano imediatamente e limpando tudo, enquanto meu pai segurava a minha cabeça para eu terminar de vomitar longe da mesa. O mal-estar tomou conta do meu paladar e só o cheiro da salsicha me deixava nauseada novamente. Pensei no pior, mas não! Não seria possível; afinal, eu havia tomado a pílula do dia seguinte e minha menstruação poderia ter atrasado por causa dos remédios fortes de prevenção de HIV. Aquilo não podia estar acontecendo, não comigo! Deus não permitiria depois de tudo o que eu havia passado.

4

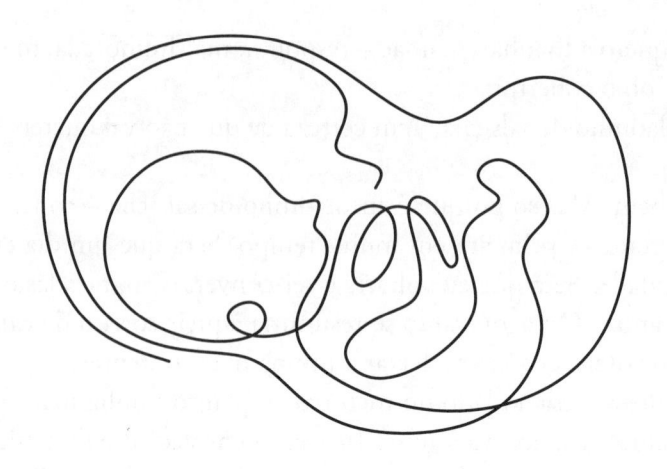

Suportem-se uns aos outros e perdoem as queixas que tiverem uns contra os outros. Perdoem como o Senhor lhes perdoou. (Colossenses 3:13)

Positivo, marcava o teste de farmácia em cima da pia do banheiro. Desde a adolescência, eu imaginava como seria esse momento. Eu seria uma mulher forte e independente, casada com um homem amoroso e fiel. Nós moraríamos em uma casa afastada da cidade e com muitos quartos, um para cada filho. Estaríamos desejando um bebê e pedindo a Deus que abençoasse o meu ventre e o preparasse para a chegada de uma criança saudável. Vibraríamos juntos quando saísse o resultado positivo e faríamos uma grande surpresa para toda a família. Minha mãe com certeza choraria de alegria, e o meu pai seria o avô mais babão que alguém já viu. Eu ficaria ansiosa para os ultrassons e registraria na minha memória cada imagem borrada que apareceria no monitor como um dos melhores momentos da minha vida. Esperaria ansiosa pela chegada daquele bebê tão desejado e o trataria como um príncipe ou uma princesa, assim como os meus pais haviam feito comigo.

– Mãe, pai. Eu estou grávida – falei, segurando o palitinho que marcava duas linhas cor-de-rosa.

– Como isso é possível? – perguntou a minha mãe.

– A pílula do dia seguinte pode ter falhado. Acontece.

– Meu Deus do céu – disse ela, perdendo a compostura e deixando as rugas de preocupação ainda mais aparentes, enquanto meu pai se encontrava paralisado, sem saber o que dizer.

Em nome do Pai?

— E agora? – perguntei, tentando buscar uma solução em seus olhares, que estavam tão perdidos quanto os meus.

"Filho é uma bênção." "Um filho nunca é um peso." "Criança é bênção de Deus." Crescemos ouvindo essas frases e romantizando a maternidade. Não importa como ela chegue até nós. As pessoas não querem saber se o seu bebê foi desejado, se a família vai ter dinheiro para mantê-lo, se o pai participa da criação, ou se a mãe está psicologicamente bem para renunciar aos seus próximos dezoito anos em prol de uma criança. As pessoas não querem saber como esse bebê foi parar na sua barriga. Independentemente de qualquer coisa, você deve amá-lo desde o primeiro teste positivo, ainda que a sua criança seja resultado de um estupro.

Eu não amava aquele feto. Não conseguia amá-lo; na verdade, eu o odiava. Não suportava a ideia de que ele estava dentro de mim, crescendo cada dia mais.

Talvez ele tivesse o meu sorriso e as covinhas nas bochechas, como as minhas, mas sempre teria alguma coisa do homem que desgraçou a minha vida. Talvez ele fosse doce e bondoso como os meus pais me ensinaram a ser, mas os genes do mal sempre estariam em seu DNA.

— Eu quero tirar.

— As coisas não funcionam assim, Sara.

— Eu não escolhi ter esse bebê, mãe!

— Mas você não pode simplesmente tirar uma criança de dentro da sua barriga, isso é pecado!

— O que eu não posso é ter um filho que eu nunca quis!

— Sara! Se Deus está te usando para que essa criança venha ao mundo, você não vai contra a vontade Dele! – interrompeu meu pai, saindo de seu estado de choque para uma reação súbita. – Você vai ter esse bebê, em nome de Jesus!

O silêncio pairou no consultório quando parei de despejar as palavras. Tudo que se ouvia era o barulho da caneta no bloco de anotações da doutora Tereza Terra, que ainda não havia tirado os olhos do papel.

— Como você se sente hoje quando conta isso para alguém? – perguntou ela, quebrando a aura silenciosa do ambiente.

— Eu nunca contei para ninguém.

— E como se sentiu?

— Eu não sei. É estranho reviver tudo isso.

— Como é a relação com os seus pais depois disso?

— É perfeitamente normal, eu amo os meus pais e faria tudo por eles. Eu só... só não gosto do que fizeram no passado. Agora eu consigo enxergar isso.

– Ótimo. Você está reorganizando as coisas aí na sua cabeça – respondeu ela. – Eu vou te passar um exercício interessante.

– Estou pronta.

– Está mesmo pronta ou apenas de mentirinha? – perguntou com diversão.

– De mentirinha, mas eu vou tentar. Juro.

– Quero que você passe o fim de semana com seus pais e anote todos os seus sentimentos em relação à sua família. Algumas coisas serão diferentes depois de hoje, mas não se assuste, é perfeitamente normal que isso aconteça. Afinal, a venda em seus olhos está começando a cair depois de todos esses anos.

– Esse é o problema. Não sei se estou preparada para tirar a venda dos meus olhos.

Passar um fim de semana inteiro com os meus pais exigia grande esforço de mim. Geralmente almoçávamos juntos em um restaurante de comida mexicana perto da minha casa e nos encontrávamos na igreja em alguns domingos em que eu estava livre, mas um fim de semana inteirinho juntos já não fazia mais parte da minha rotina familiar.

Pastor Eliseu e pastora Marta ainda moravam no mesmo bairro de sempre, só que agora a pequena casinha mediana fora trocada pela melhor casa de todo o bairro, graças aos shows e eventos que eu fazia por todo o Brasil. Isso me dava a chance de proporcionar uma vida melhor para muitos dos que estavam ao meu redor.

Generosidade sempre foi o meu forte, mas isso não era motivo de orgulho, afinal é bíblico que compartilhemos o que possuímos com nossos irmãos. Não estava fazendo nada que Jesus não tivesse me mandado fazer.

Toquei a campainha e esperei enquanto observava as outras casas da vizinhança. Tudo continuava igualzinho ao tempo em que eu brincava de amarelinha no meio da rua; os vizinhos ainda eram os mesmos, vivendo a mesma vida de antigamente, assim como a rua de paralelepípedo e os postes com fios demais aparecendo. Antes que eu pudesse me distrair ainda mais com as informações excessivas de um bairro periférico, minha mãe abriu o portão com uma expressão surpresa, e de repente me dei conta de que me esqueci de avisar que viria.

– A que devo a honra dessa ilustre visita? – disse ela enquanto me envolvia em um abraço caloroso. – Entre! O seu pai está assando uma carne na churrasqueira.

– Não acredito! Parece que cheguei na hora certa então.

Em nome do Pai?

O quintal dos fundos era mais conhecido como a área do papai. Ele passava horas decorando o seu ambiente de churrasco com enfeites de madeira e gastava uma boa parte do que ganhava com sua coleção de faqueiros e tudo o que se possa imaginar relacionado a churrasco. Como em todas as vezes que vinha, me deparei com o meu pai no lugar onde ele mais gostava de estar: de frente para a churrasqueira, assando uma carne vermelha de primeira.

– Meu algodão-doce! Aconteceu alguma coisa? – perguntou ele quando me viu atravessar o ambiente em sua direção para abraçá-lo.

– Por que teria acontecido? – respondi, passando os braços ao redor de seu corpo rechonchudo.

– Por que você apareceria aqui em casa assim, sem mais nem menos?

– Eu só estava com saudade dos meus velhos. Como vão as coisas na igreja?

– As coisas vão ótimas, graças ao nosso bom Deus! Vai poder estar com a gente no culto amanhã?

– Infelizmente não. Tenho um evento grande para fazer.

– E como vai o...

– E essa carne sai ou não sai, pai? – interrompi, tentando evitar perguntas sobre a minha vida pessoal.

– É pra já! – disse, animado com a comida à sua frente.

O sol estava forte e seus raios refletiam na grama pela lateral da casa, formando uma luz alaranjada naquela tarde.

Enquanto meus pais se distraíam com as louças após o almoço, eu tentava realizar a minha lição de casa. Peguei o meu bloquinho de anotações e escrevi algumas palavras que sentia enquanto estava entre eles. Amor. Carinho. Respeito. Rancor. Não; rancor, não! Eram os meus pais, poxa! Risquei a palavra com força, mesmo que ela continuasse martelando em minha mente.

Uma torta de limão foi servida de sobremesa, dessas que a minha mãe costumava fazer mesmo sem nenhum motivo aparente para se comemorar e ingerir calorias a mais; enquanto saboreava a sobremesa açucarada, me perguntei como pude ficar tanto tempo sem ir à casa dos meus pais e deixar de aproveitar momentos como aquele. Tudo bem que voltar até o bairro onde tudo aconteceu sempre foi e continuaria a ser doloroso para mim, mas seria esse o real motivo de eu passar todo esse tempo sem pisar ali?

Minha mente voltava para a minha última sessão de terapia, e as palavras da doutora Tereza não saíam da minha cabeça. "A venda em seus olhos está começando a cair." Talvez eu não quisesse que caísse; afinal de contas, era confortável permanecer com ela após todos aqueles anos. Eu me recuperei e me tornei uma mulher. Alguém totalmente diferente daquele tempo. Mas, se eu não precisasse tanto de respostas, nunca teria mexido nesse vespeiro.

A campainha tocou.

– Deixa comigo! – disse para os meus pais, já sabendo quem eu iria encontrar do outro lado do muro.

Abri o portão e olhei para o menino de cabelos castanhos encaracolados, que me esmagou com um abraço apertado.

– Irmãzona! Você está aqui, eu estava com tanta saudade de você.
– Como você cresceu, meu amor! Como foi o futebol?
– Eu fiz oito gols!
– Sério?! Isso tudo? Eu duvido!
– Se você for sábado que vem, vai ver como eu jogo bem!
– Fechado. Vamos ver se você consegue mesmo fazer tanto gol assim. Agora corre lá pros fundos porque tem torta de limão.
– Eba! – vibrou Mateus, correndo rapidamente pela casa com seu uniforme de futebol e suas chuteiras sujas de terra.

Ele já era um rapaz. *Mal dá para acreditar que vai fazer 10 anos daqui a um mês*, pensei comigo mesma.

Eram quase quatro da tarde e meu corpo já me avisava que estava na hora de tomar meu remédio, como uma espécie de alarme biológico que despertava todos os dias desde que começara a tomar o antidepressivo receitado alguns anos atrás (e que de lá pra cá só vinha aumentando a dose, diga-se de passagem).

Isso me incomodava muito. Tentava viver como Jesus viveria nos dias de hoje e, sinceramente, não imaginava um Jesus viciado em remedinhos, mas também não o imaginava vivendo uma vida mentirosa como a minha. Quanto mais pensava nisso, mais me sentia distante do objetivo, que era viver como ele.

Às vezes me pegava pensando em como satanás é ardiloso e astuto. Como ele nos envolve em uma mentira que puxa outra mentira, e, quando vemos, estamos numa espécie de areia movediça que nos puxa para o fundo e consome a nossa mente e o nosso coração. Aliás, precisava abordar esse assunto com a doutora Tereza.

Em meio aos meus pensamentos insistentes, atravessei a sala e fui até a minha bolsa vermelha pegar os comprimidos milagrosos que nunca me deixariam ter uma recaída, quando fui interrompida pela voz mais doce do mundo:

– Irmã, irmã... – disse Mateus, chegando com seus cabelos cacheados e bagunçados até mim.

– Oi, amor.

— Venha até o meu quarto. Quero te mostrar uma coisa, mas é segredo.

— Ah, Mateus! O que você andou aprontando dessa vez?

— Entre e feche a porta, irmãzona – disse ele enquanto pegava uma caixa de papelão dentro de seu armário de brinquedos.

— O que é isso?

— É um vaso de porcelana que eu mesmo pintei – falou o menino ao mesmo tempo em que tirava um jarro pintado de azul com flores amarelas (que eu supus serem girassóis) de dentro da caixa de papelão. – Vou dar de presente para a mamãe no Dia das Mães. Todos os alunos da escola pintaram um, mas a professora de artes falou que o meu é o mais bonito.

— Que lindo! Ficou mesmo muito bonito, e a mamãe vai adorar.

— Sara, você sabe que devemos adorar somente a Deus, né?

— Claro, Mateus, é só uma força de expressão.

— Posso te contar um outro segredo? – perguntou ele.

— Claro, o que você quiser.

— Tenho orado todos os dias para que Deus me ajude a conhecer a minha mãe de verdade. Queria pintar um vaso para ela também.

Meu coração disparou ao ouvir o que Mateus havia acabado de dizer.

— Mas por que isso agora, garoto? Você não é feliz com a mãe que você tem?

— Sim, mas às vezes tenho vergonha porque todo mundo na igreja sabe que eu sou adotado. Esses dias, a mãe da Isabela me falou que eu cheguei bem pequeno para a mamãe e o papai. Mas, se toco nesse assunto com mamãe, ela chora muito e não fala nada. Você sabe quem é minha mãe de verdade?

— Não, Mateus, eu não sei! – respondi, deixando o meu nervosismo transparecer, mesmo que estivesse tentando disfarçá-lo.

— Então ora comigo pra Deus me ajudar. Deus vai ouvir você, Sara, porque você é muito famosa e tem muito mais seguidores no Instagram do que eu – disse ele, já se ajoelhando para a oração.

— Tudo bem. Eu posso orar com você, mesmo achando isso tudo uma besteira. Oremos! Deus nosso, Pai eterno, que sabe de todas as coisas, cumpre o desejo desse coraçãozinho tão puro. Mas, acima de tudo, Deus, que seja feita a Tua vontade e se Sua vontade for que o Mateus viva sem saber quem é a mãe biológica dele, que assim seja. Porque a Tua vontade é boa, perfeita e...

— Não, meu Senhor Deus! – me interrompeu Mateus, tomando para si as falas daquela oração. – Em nome de Jesus, me mostre quem é a minha mãe de verdade. Deus, mesmo sem a conhecer, eu amo a minha mãe e sei que ela não tinha o que fazer naquela época, por isso me emprestou para outros papais cuidarem de mim. Em nome de Jesus, amém.

5

Sejam bondosos e compassivos uns para com os outros, perdoando-se mutuamente, assim como Deus perdoou vocês em Cristo. (Efésios 4:32)

Meus olhos estavam fechados e as luzes da sala da doutora Tereza Terra foram escurecidas na intenção de deixar o ambiente mais aconchegante. Deitada no divã, eu me encontrava em transe entre o presente e o meu passado assombroso, enquanto a psicóloga tentava induzir os meus pensamentos de volta para aqueles dias em que eu era apenas uma menina assustada com tudo o que a vida estava fazendo comigo.

Àquela altura, meu corpo já demonstrava sinais de que carregava um bebê. Os meus jeans já não cabiam mais e algumas blusas ficavam extremamente curtas, deixando de fora a barriga redonda que eu tanto tentava esconder. Minha mãe me comprou vestidos largos para disfarçar e acabou me emprestando alguns que ela tinha; talvez, assim, as pessoas achassem apenas que ganhei um pouco de peso. Era a nossa esperança.

Durante todo aquele tempo, fui estritamente proibida pelos meus pais de frequentar a igreja, ainda mais depois daquela noite em que tudo o que havia feito foi deixar as minhas amigas desconfiadas e me achando uma estranha maluca. Aos poucos as pessoas foram se acostumando com a minha ausência. Pararam de ligar e de mandar mensagens.

Meu pai inventou uma desculpa melhor do que uma virose, dizendo que eu havia tido que sair da cidade para cuidar de uma tia que estava em fase terminal de câncer, e que era um momento difícil para mim, em que eu estava muito introspectiva – o que explicava as ligações e mensagens de texto nunca respondidas aos meus amigos.

Em nome do Pai?

Nem os vizinhos mais informados, para não dizer "fofoqueiros", sabiam que eu estava ali o tempo todo, trancada em um quarto, tentando entender o que meus pais e eu iríamos fazer para esconder aquela mentira por mais tempo.

– Está ficando cada vez mais difícil. Hoje a vizinha Maria perguntou por ela de novo, talvez desconfie de alguma coisa – disse meu pai para a minha mãe sem ter a consciência de que eu podia ouvir tudo de onde estava.

Peguei um copo de vidro na cozinha e o coloquei na parede do meu quarto que fazia divisa com o deles, assim como via nos filmes e novelas, para tentar ouvir mais nitidamente.

– Acho que chegou a hora. Não podemos esperar mais – respondeu mamãe.
– Ela vai sofrer tanto. Será que devemos mesmo seguir com esse plano, Marta?
– Nós precisamos, senão tudo irá por água abaixo. Vamos falar com ela hoje.

O que falariam comigo hoje? Que plano maluco era esse, além de me manterem presa dentro da minha própria casa durante meses? Eu sabia que algo terrível estava para acontecer e, por uma fração de segundos, tive medo do que os meus pais poderiam fazer comigo. Senti algo mexer na minha barriga, mas muito diferente de um embrulho no estômago.

– Ai. Isso dói. – Foi quando me dei conta de que era o feto. Pela primeira vez pude senti-lo.

Coloquei a mão sobre meu útero e dei uma pequena pressionada, como se estivesse tentando me comunicar com aquilo dentro de mim, e o senti novamente. O feto estava se mexendo. Dentro de mim. E pela primeira vez! Corri para o quarto dos meus pais, me esquecendo temporariamente do que eu acabara de escutar sobre o tal plano, e me deixei levar pela surpresa e pela incrível sensação que é a de ter uma vida se movendo dentro de você.

– Mãe, pai... – disse, abrindo a porta do quarto. – O bebê está mexendo! – Assim que a frase saiu impulsivamente da minha boca, me dei conta de que pela primeira vez usei a palavra bebê para me referir ao feto. O que eu não sabia era se isso era uma coisa boa ou ruim, já que, segundo mamãe, nós não iríamos ficar com a criança.

– Me deixe sentir! – respondeu o meu pai com os olhos emocionados.
– Isso é besteira! Sabemos que não podemos nos apegar a esse bebê. – Minha mãe interrompeu, mesmo que sua feição curiosa demonstrasse que o que ela mais queria era colocar as mãos sobre a minha barriga também.

– Desculpa, mãe, eu só achei que...

— Tudo bem. Agora vocês dois parem com essa baboseira. Sara, vá lavar a louça na pia porque, daqui a pouco, eu e seu pai temos que ter uma conversa com você.

Saí do quarto, obedecendo à ordem e indo direto para a cozinha lavar o restante da louça do almoço. Nos últimos dias, mamãe estava cada vez mais impaciente e áspera comigo. Às vezes percebia como ela olhava para a minha barriga com desprezo. Notei também que ela já não cozinhava os meus pratos preferidos nem penteava os meus cabelos como gostava de fazer antes. Talvez ela nem me olhasse nos olhos e havia muito tempo não sorria para mim. Tinha saudade da minha antiga mãe. Na verdade, tinha saudade da minha antiga vida.

Terminei de enxaguar os últimos copos na pia e, da cozinha, observei os olhares nervosos dos meus pais um para o outro. Senti um calafrio percorrer meu corpo e me vi envolvida pelo medo das próprias pessoas que me criaram. Ao mesmo tempo em que repreendia esses pensamentos, tentando não acreditar que eles pudessem me fazer mal, sabia, no fundo, do que eram capazes para proteger a sua igreja e o seu ministério. Sequei as mãos no vestido largo de algodão que estava usando e caminhei até a sala, aumentando a tensão no espaço.

Meu pai iniciou a conversa com uma voz rouca e embargada, como nunca havia ouvido:

— Filha, eu e a sua mãe... nós... nós te amamos muito. E pensamos muito no seu futuro e no seu bem-estar.

— Nós não queremos que você seja olhada com maus olhos pelas pessoas, querida. Por isso estamos te mantendo aqui dentro por todo esse tempo – continuou a minha mãe.

— Mas a situação está ficando insustentável. Mais cedo ou mais tarde, alguém vai perceber.

— Mãe, pai... vocês... vocês não estão planejando me matar, né? – disse eu, deixando as palavras que mais temia saírem pela minha boca.

— Minha filha! Claro que não! Como você pode pensar numa coisa dessas! Você é a nossa preciosidade, que Jesus nos confiou para cuidarmos – respondeu meu pai.

— E é por isso que decidimos que você deve ir passar um tempo na fazenda do seu tio Clóvis, em Minas Gerais – acrescentou mamãe.

— Como assim, passar um tempo?

— Não se preocupe, querida, não será muito. Apenas até essa criança nascer e tudo voltar a ser como antes.

— Eu... eu não quero! Eu não posso! A minha casa é aqui, com vocês! Eu não quero viver sozinha em uma fazenda.

– Você não estará sozinha, o seu tio Clóvis vai cuidar muito bem de você.

– Mãe, eu não vejo o tio Clóvis desde que eu era uma criança. Eu não vou para essa fazenda!

– Você ainda é uma criança, Sara! E é por isso que você vai obedecer aos seus pais, você querendo ou não! – esbravejou a minha mãe.

– Eu não vou! Vocês que pregam tanto a verdade agora querem mentir para todos à nossa volta... Jesus não concordaria com isso.

– Sara, você se lembra do rei Herodes, que mandou matar todas as crianças com menos de 2 anos a fim de matar o menino Jesus? – perguntou meu pai. Afirmei com um balançar de cabeça, pois era uma famosa história bíblica. – Pois é. Quando bateram à porta da casa e perguntaram se havia ali alguma criança, disseram que não para poupar Jesus. Até uma mentira pode servir para o bem. Vamos mentir, em nome de Jesus!

A fazenda do tio Clóvis era um lugar isolado no interior de uma pequena cidade de Minas Gerais, e o tio Clóvis era o primo mais velho da minha mãe, que nunca se casou ou fora visto ao menos com alguma namorada. Parte da família dizia que ele se entregara à santidade desde moço, mas as más línguas diziam que o pobre homem tinha tendências homoafetivas e por isso preferia viver longe de todos a viver uma vida comum tentando resistir diariamente ao pecado. A minha mãe não acreditava nessa teoria, dizia que conhecia muito bem o seu primo e que tinha certeza de que o tio Clóvis era um homem puro e santo, que escolheu viver a vida da maneira que Deus mandou.

Entramos no terreno depois de passar por uma simples cerca de madeira. O lugar era um pedaço de terra no meio do nada, com algumas galinhas, um cavalo solitário e porcos enlameados. O casebre de madeira onde tio Clóvis vivia era um lugar pequeno, de dois andares, mas delicado e bem pintado de branco, parecendo mais uma casa de bonecas do que uma casa de verdade. Ainda dentro do carro, pudemos avistar o homem com a pele manchada e envelhecida de sol, vestindo uma calça e uma camiseta surrada e usando um chapéu de palha típico de um sujeito da roça.

Desci do carro com a cara emburrada, ainda relutante com a ideia de passar os próximos meses enfurnada em um lugar como aquele. Tio Clóvis me olhou, espantado, dos pés à cabeça, mas especialmente para a grande barriga que eu carregava.

– Como você cresceu! Está uma moça. E também está... – falou o coitado, sem saber como terminar a frase que havia começado.

– Grávida. Ela está grávida, primo – completou a minha mãe.

– Meus parabéns! Que Deus abençoe essa criança! – disse o tio Clóvis, confuso com as caras esquisitas que os meus pais estavam fazendo.

– Vocês não contaram a ele? – perguntei aos dois.

– Achamos melhor contar pessoalmente o motivo da sua estadia aqui.

– Ótimo! – falei em um tom debochado enquanto me esforçava em puxar as minhas malas de rodinha pelo chão de barro, na tentativa de sair andando como uma menina rebelde faria, mas mesmo o meu único ato de rebeldia deu errado e ali fiquei com as rodinhas atoladas na lama.

– Emílio, vem ajudar a mocinha! – gritou meu tio para o caseiro.

Um jovem de vinte e poucos anos com olhos verdes vivos e sardinhas no rosto caminhou até mim, colocando minha mala pesada nas costas e levando até a pequena casa à nossa frente. Depois, voltou para se apresentar como o faz-tudo da fazenda e retornou aos seus serviços braçais diários.

O interior da casa era um espaço até que organizado e feminino demais para um homem que vivia sozinho, com vasos de flores e paninhos de crochê por todos os lugares. O pequeno quarto em que eu dormiria ficava no andar de cima e tinha uma boa vista da pequena horta na frente do terreno. As únicas mobílias nele eram uma cama de solteiro e um guarda-roupa velho. Nada de TV ou de rádio, e, muito provavelmente, nem mesmo o meu celular tivesse sinal de internet por ali.

Enquanto andávamos pelos corredores apertados da casa observando a reforma que tio Clóvis havia feito recentemente, meus pais não paravam de repetir que seria um tempo maravilhoso para eu poder me reconectar com Deus e ser restaurada por Ele. Talvez estivessem tentando convencer a si mesmos de que me deixar ali era um bom plano.

Eu mesma já havia desistido de insistir em voltar para casa e fui aceitando aos poucos o fato de que ali seria o meu novo lar. Tentava pensar que tudo o que os meus pais faziam era para o meu bem, mesmo que ainda não entendesse. Afinal de contas, eles tinham mesmo razão: eu precisava de uma reconexão com Deus. Eu precisava que Ele voltasse a me escutar e fosse o meu melhor amigo de novo.

– Bem, não vamos nos alongar muito, ainda temos um caminho de volta cansativo pela frente – disse minha mãe. – Primo, obrigada por ser tão bondoso e aceitar tomar conta da nossa menina.

– A Sarinha vai ser muito bem tratada aqui, podem ir na paz do Senhor! – respondeu ele.

Em nome do Pai?

— Tchau, filha! – disse o meu pai com os olhos cheios de lágrimas, olhando para mim.

— Pai, mãe... eu estou obedecendo vocês como Deus manda que obedeçamos aos nossos pais, mas vocês têm mesmo certeza disso? Podemos voltar juntos para casa, eu prometo não colocar os pés para fora até esta barriga enorme não fazer mais parte do meu corpo. Eu prometo! – supliquei a eles em uma última tentativa de que toda aquela ideia fosse esquecida.

— Sara Regina! Nós já conversamos sobre isso, e eu não quero ouvir nem mais um pio sobre esse assunto! – disse a minha mãe, acabando com a minha última faísca de esperança.

— Tchau, minha princesa, em breve estaremos juntos de novo – falou papai, me trazendo para um abraço de urso e deixando uma gota de lágrima cair de seus olhos.

— Tchau, querida – completou minha mãe, passando a mão pelos meus braços como fazem quando tentam consolar alguém, mas não se sentem confortáveis o suficiente para oferecer um abraço.

Os dois entraram no carro; meu pai com os olhos ainda marejados e minha mãe agindo tão friamente que ficou quase impossível reconhecê-la, e dirigiram de volta, desaparecendo do meu campo de visão. E eu permaneci ali por mais alguns minutos, esperando que percebessem que estavam cometendo um grande erro e retornassem para me levar de volta para casa junto com eles. Mas isso não aconteceu, e pela primeira vez me senti abandonada pelas pessoas que eu mais amava no mundo.

6

Não julguem, e vocês não serão julgados. Não condenem, e não serão condenados. Perdoem, e serão perdoados. (Lucas 6:37)

A noite na fazenda era silenciosa e escura, mas as estrelas brilhavam mais por ali. Assim como fazem as pessoas da roça, aos poucos eu ia aprendendo a dormir mais cedo e acordar antes mesmo de o sol nascer, quando as galinhas começavam a avisar que o dia estava raiando.

Ainda sentia falta dos meus pais e da minha casa. Gostaria de estar jogando uma partida de dominó com papai, como fazíamos às tardes de sábado enquanto comíamos a comida apetitosa da mamãe, ou até mesmo ouvindo suas longas histórias sobre como se conheceram e a maneira como mamãe foi muito dura com ele quando tentou roubar um beijo dela pela primeira vez.

Queria agora estar dormindo na minha cama da Rapunzel e ser acordada com café e pão quentinho como eles faziam algumas vezes, entrando de mansinho no meu quarto com a bandeja na mão, depois passar a manhã inteira assistindo a filmes do Chaplin só porque papai amava. Mas tudo isso já não me pertencia mais, ficou lá atrás na minha antiga vida, que foi tirada de mim naquela noite quando tudo aconteceu.

Ainda eram cinco e dezesseis da manhã e já estava acordada e bem desperta. Aproveitei a solidão do momento para falar com Deus em oração, ajoelhada ao lado da minha cama. Minha relação com Ele continuava esquisita desde o acontecimento. Não conseguia mais ouvi-lo, ainda que o chamasse com muita fé, e sentia que Ele também não me ouvia, mesmo que eu tivesse me arrependido dos meus erros e seguisse pedindo perdão todos os dias – na verdade, quase todas as horas – pelo que eu fiz e pelo que fizeram comigo.

Em nome do Pai?

    Talvez eu o tivesse decepcionado, assim como havia feito com meus pais. Mas não os culpava, não merecia mais ser amada como antes; afinal, já não era mais a mesma pessoa. Havia sido negligente e não consegui cuidar direito da coisa mais preciosa que Deus me deu: o meu corpo. Então concordava que devia mesmo ser castigada por isso, só não imaginava que a punição fosse tão dolorosa quanto uma faca sendo enfiada em meu peito.

    Vesti uma camiseta larga branca e calças de moletom cinza, as únicas que cabiam em mim no estágio em que o meu corpo se encontrava, e desci as escadas para ver o sol nascer. A essa hora, tio Clóvis já estava em pé, preparando na cozinha alguma coisa que cheirava muito bem.

    Depois de pouco tempo ali, descobri que os dotes culinários da mamãe vinham de família e que tio Clóvis, assim como ela, era um grande cozinheiro, mesmo que tivesse vergonha de admitir.

— Bom dia, tio – disse, entrando na pequena cozinha cheirando a bolo.

— Bom dia, Sara. Leite?

— Não, obrigada.

— Você não está comendo direito, menina.

— Estou sem fome.

— Mas tem um bebê com muita fome dentro de você, que não vai crescer forte e saudável se você não o alimentar.

— Para mim não faz diferença – respondi, escondendo uma lágrima que insistia em escapar dos meus olhos.

— Que é isso, Sara! O que está acontecendo, minha sobrinha? Eu posso te ajudar, só basta me dizer o que houve.

— A mamãe não te disse? Não vamos ficar com o bebê.

— Ela disse, mas eu achei que isso também fosse uma decisão sua.

— Não. Quero dizer, eu já nem sei mais. No começo eu nem queria isso dentro de mim. Cheguei a pensar em aborto, mesmo que fosse pecado. Mas agora...

— Você quer essa criança, Sara? Eu posso conversar com sua mãe, ela pode me ouv...

— Não! Por favor, não! Não fale nada com a mamãe, tio Clóvis. Ela ficaria furiosa só de imaginar o que eu sinto por este bebê. Não quero deixar mamãe ainda mais brava comigo nem desobedecer meus pais. Não vamos ficar com a criança, assim como eles mandaram.

— Mas se essa não for a sua vontade...

— A minha vontade é fazer o que Deus me mandou. E Ele mandou eu obedecer a meus pais.

— Tá bom, mas saiba que, se mudar de ideia, eu estarei aqui para te ajudar.
— Obrigada, tio.
— E você vai, sim, tomar um copo de leite morno.
— Só se você vier para a varanda ver o nascer do sol comigo.
— Fechado.

Tio Clóvis era uma boa pessoa, de notória sensibilidade. Apesar disso, percebia por que ele havia escolhido viver na fazenda, isolado de toda a família. O jeito como se comportava quando estávamos sozinhos era totalmente diferente de como agia quando havia outras pessoas por perto. Eu diria que ele ficava mais à vontade com a minha presença, deixando quase que exposta sua orientação sexual, mesmo que ninguém dissesse uma palavra sobre isso. Se os meus pais soubessem, nunca teriam me mandado para lá. Podia apostar que nem pisariam nas terras do tio Clóvis. Mas eu já carregava pecados suficientes comigo nos últimos dias para tomar conta dos pecados dos outros; a única coisa que fazia era orar todas as noites para que Deus o perdoasse e conseguisse curá-lo.

Alguns dias atrás, Emílio havia puxado assunto comigo. Ele sempre era gentil e, em circunstâncias normais, seria até um belo candidato a meu noivo, apesar do jeito chucro e do português incorreto. Eu até já havia percebido seu olhar discreto de canto de olho toda vez que passava e, aquela tarde, talvez encorajado pela ausência do tio Clóvis, que foi até a cidade, ele tomou coragem para me abordar.

— Oi, Sara! Posso te ajudar com alguma coisa que esteja precisada?
— Não, Emílio, estou aproveitando o sol fraquinho já indo embora. Mas se quiser se sentar um pouco... — disse, enquanto observava o sol sobre a minha pele, assim como por toda a varanda.
— Fico imaginando como a vida é parada por aqui pra quem vem lá da cidade grande — comentou ele enquanto enrolava um cigarro de palha.
— Sim, mas Deus nos ajuda a nos acostumar com toda e qualquer situação.
— Deus? — indagou ele com um sorriso leve e sarcástico. — Não acredito em Deus, não. Pelo menos não nesse Deus tão perfeitinho que o seu Clóvis vive falando.

Naquela hora, me veio o antigo instinto de evangelista. Afinal, uma declaração dessas era um prato-cheio para uma jovem pastora recém-saída do seminário. Jamais poderia encerrar uma conversa daquela sem antes apresentar o plano de salvação. E, quando percebi, já estava falando por mais de meia hora do amor infinito de Deus para com os homens. Ao mesmo tempo em que tentava convencer aquele caipira, tentava também me convencer das minhas próprias palavras. Era como se eu estivesse dividida entre o que falava e o que pensava. Nunca imaginei que um dia duvidaria daquelas verdades que até pouco tempo atrás eram absolutas, inabaláveis e imutáveis.

– Você fala bonito, moça.

– Então aceite Jesus como seu salvador e será salvo!

– Salvo de quê? Se Deus é tão bão como você e seu tio dizem, Ele vai salvar todo mundo que é de bão coração.

– Ele é bom, mas também é justo.

– Ele não pode ser bão e justo ao mesmo tempo. Porque, se Ele for totalmente justo, salvará somente quem fez por merecer e não será bão com quem não for salvo. E, se for totalmente bão, salvará todo mundo e não será justo com aquele que merecer.

– Ei, eu estudei isso na faculdade. Como sabe dessas coisas?

– Leio filosofia na internet todo dia – disse ele enquanto levantava e se afastava para acender seu cigarro de cheiro esquisito.

O sol já estava se pondo, e eu ainda estava surpresa em ver um matuto dissertar sobre o paradoxo de Epicuro, tão falado na faculdade, e mais surpresa ainda por descobrir que, no quartinho de Emílio, que ficava afastado da casa do tio Clóvis, tinha internet.

Naquele dia, decidi orar todo fim de tarde vendo o pôr do sol. Achava que essa seria a única maneira de me aproximar de Deus, já que sua natureza perfeita estava ali para facilitar as coisas.

– Senhor, meu peito está cheio de angústia e dor. Sei que talvez eu tenha culpa por tudo o que aconteceu, mas até a prostituta foi poupada do apedrejamento, e por mim nada fizeste, oh, meu Deus! Mas, se essa é a cruz que tenho que carregar, se esse é o castigo por ter passado tantas noites conversando sobre sexo com a Betina e a Luísa, mesmo sabendo que era errado, amém, Pai, eu aceito. Mas o que eu faço, Senhor, com esse ódio que habita o meu coração? Ódio por alguém cujo rosto eu não conheço. É justo, Pai, ele não pagar pelo que me fez? Pai amado, sei que não tenho direito de te pedir isso, mas dê a ele uma morte cruel e com muito sofrimento. Abra, Senhor, as portas do inferno para recebê-lo. Que o diabo e seus anjos o visitem ainda hoje e que ele se lembre por toda a eternidade do mal que me fez. Eu espero que o Senhor seja justo nesse caso. Em nome de Jesus, amém.

– Vá abrindo os olhos lentamente – disse a doutora Tereza Terra.

O alívio de retornar foi imediato. Por alguns minutos, havia conseguido me esquecer completamente de onde estava e fui levada de volta para a pior fase da minha vida. Ouvir a voz da psicóloga me chamando em meio ao meu sonho lúcido e induzido foi reconfortante, mesmo que minha vida de agora não estivesse indo muito bem também.

– Como você está se sentindo? – perguntou a mulher com cara de cavalo, me olhando por cima dos óculos.

– Estranha.

– Estranha de um jeito bom ou de um jeito ruim?

– De um jeito péssimo!

– Me fale mais sobre isso.

– Me sinto ela de novo. A menininha de dez anos atrás. Fraca, indefesa e perdida.

– Você ainda é essa menina. Ela ainda está aí dentro de você, só que agora mais forte e madura.

– Esse é o problema. Não me sinto forte. Me sinto como a garotinha Sara deixada na fazenda.

– Vamos fazer um exercício.

– De novo? – Dei um suspiro longo, que deixava clara a minha impaciência para aqueles joguinhos psicoterapêuticos.

– É para isso que você me paga – respondeu, sarcástica.

– Certo.

– Quero que você identifique as coisas que te fazem sentir forte. O que te faz ser a Sara de hoje? Destemida e independente?

– A minha família? Os meus amigos? Carreira? Eu não sei... O meu dinheiro?

– Isso. Não se prenda a tabus agora. O dinheiro e tudo o que construiu podem e devem entrar nessa lista. Quero que se lembre das coisas que te fazem forte e usufrua delas. Com moderação.

– Está me pedindo para gastar meu dinheiro? É sério que isso é um exercício, doutora Tereza?

– Estou te pedindo para que trabalhe a sua autoestima usando as coisas que você tem ao seu favor. Dê o seu melhor no seu próximo show, saia com os seus antigos amigos, visite com mais frequência a sua família, se dê presentes e mimos que só o dinheiro compra... Faça coisas que te tragam de volta para a Sara que você é hoje.

Enquanto a maquiadora terminava de aplicar o último retoque do blush nas maçãs do meu rosto, eu conversava com Betina – minha melhor amiga de longa data e uma das organizadoras e produtoras da minha equipe – dentro do meu pequeno camarim, me preparando para entrar no palco de um estádio lotado de pessoas, como vinha fazendo na maioria dos sábados à noite.

– E foi isso que a doutora Tereza pediu para eu fazer. Ela chama de exercício. Acredita?

– Eu ainda não sei por que você insiste na ideia de pagar alguém para resolver os seus problemas. Você tem Deus, minha amiga. Essa coisa de psicólogo é para aqueles que não O têm.

– Ah, Betina! Chega desse pensamento medieval. A doutora Tereza tem me ajudado muito com algumas coisas que precisam ser resolvidas.

– Deus tem te ajudado muito, Sara! Você sabe muito bem disso. Mas, afinal de contas, que problema é esse tão grande que você tem aí, que prefere gastar dinheiro em terapia do que desabafar com as suas amigas? É para isso que eu estou aqui. Quero te ouvir.

– Deixa essa conversa para lá, Betina. Preciso me concentrar antes do show – falei, me esquivando imediatamente do assunto.

– Ok. Você entra em dez minutos.

A plateia gritava o meu nome, ensandecida do lado de fora. Muitos erguiam grandes cartazes escritos "SARA REGINA, EU TE AMO". Alguns outros carregavam cartazes com o nome de Jesus.

As luzes do palco mudaram de cor, indicando que o show estava para começar, e o alvoroço se tornou ainda mais forte. Em menos de meio minuto, entraria no palco. Me preparei mentalmente pela última vez, coloquei um sorriso no rosto e *voilà*! As paredes de *led* se abriram à minha frente, me revelando para a plateia que agora fazia ainda mais barulho.

– Posso ouvir um grito de aleluia? – disse animadamente no microfone para os milhares de fãs, assim como fazia no começo de todos os shows.

– Aleluia! – respondeu a plateia em coro.

– Posso ouvir um "glória a Deus?" – perguntei automaticamente.

– Glória a Deus!

– Amém! Quem veio aqui para ver Jesus esta noite? – perguntei, mesmo que soubesse que a maioria veio para me ver.

Iniciei a minha primeira música, que estava no topo das paradas das rádios gospel. Já a cantei tantas vezes nos últimos dias que nem prestava mais atenção na letra que eu mesma compus quando ainda me sentia inspirada para escrever. Aquela havia sido a última canção antes da fase ruim chegar. Antes de eu ser obrigada a enfrentar o meu passado novamente.

7

Se o seu irmão pecar, repreenda-o e, se ele se arrepender, perdoe-lhe. Se pecar contra você sete vezes no dia, e sete vezes voltar a você e disser: "Estou arrependido", perdoe-lhe.
(Lucas 17:3-4)

Olhei para o horizonte entre as montanhas. O céu estava azulzinho e com pequenas nuvens em formatos repetidos, o que deixava tudo ainda mais bonito. Viver fora da cidade grande tinha lá suas vantagens.

Nos primeiros dias, quando tio Clóvis me falou que eu iria trabalhar com ele na fazenda, imaginei que seria desgastante e cansativo; afinal de contas, eu nunca havia passado tanto tempo na roça e, definitivamente, eu era uma garota da cidade e sempre seria. Mas, com o passar dos dias, havia me aprimorado nos meus deveres e podia até dizer que criei certo gosto por ter de fazê-los diariamente.

Se você vivesse em uma fazenda, entenderia o que eu digo. Não tínhamos muitas atividades por ali: regar a horta se tornava um programa incrível para ser feito durante a tarde, e alimentar os porquinhos se tornava uma bela de uma distração. Quando terminava, lia mais uma vez a Bíblia e fazia a minha oração do fim de tarde. Mal piscava os olhos, já estava escuro e chegava a hora de ir para cama. Sim, os dias passavam depressa, de um jeito quase assustador. Significava que, quando eu menos esperasse, estaria dando à luz àquela criança dentro de mim e finalmente poderia voltar para casa, para a minha família, para os meus amigos e para a minha antiga vida.

A manhã estava quente e, mesmo com o sol ainda a nascer, me levantei da cama para realizar as minhas tarefas.

– Bom dia, tio Clóvis – disse bem-humorada para o homem com rugas profundas que aparentava ser mais velho do que realmente era.

– Bom dia, Sara. Vou precisar ir à cidade outra vez – respondeu, passando por mim enquanto deixava um prato com três pedaços de broa de milho na minha frente.

Em nome do Pai?

— Hmmm! Que delícia, tio! Se eu te contar que a sua broa de milho é ainda melhor do que a da mamãe, você acredita?

— Para com isso, menina! – repreendeu ele timidamente, mas com aspereza.

— É sério! Você cozinha muito bem, tio! Não sei por que sente vergonha disso.

— Não sinto vergonha. É só que um homem deve se desenvolver em outras habilidades, cozinhar é... é... é para moças. Como você.

— Deixa disso, tio!

— Não tenho tempo para conversa. Preciso ir até a cidade encontrar o fecho daquela porteira que está solto.

— Posso ir com você? – perguntei, fazendo cara de cachorro pidão.

— Melhor não. Os seus pais foram bem claros quando disseram que você não deve sair da fazenda.

— Mas ninguém me conhece nesta cidade, tio Clóvis! Serei apenas mais uma grávida qualquer andando por aí. E prometo fazer todas as minhas tarefas assim que retornarmos.

— Você vai me encrencar, garotinha!

— Eba! Vou calçar os sapatos.

Ah, a cidade! As ruas de paralelepípedo e as casas antigas deixavam o centro ainda mais charmoso e com cara de vila cenográfica das novelas antigas de televisão. E as pessoas, apesar de curiosas, pareciam hospitaleiras ao nos cumprimentarem pelo caminho. Um lugar rústico e pequeno em que todos se conheciam e provavelmente estavam se perguntando, naquele momento, o que o seu Clóvis estava fazendo na companhia de uma jovem grávida.

Deixamos o carro caindo aos pedaços do tio Clóvis estacionado em uma rua lateral e andamos até a loja de ferramentas em que o meu tio esperava encontrar o que queria. A rua era calma e modesta, pelo menos àquela hora do dia, em que os comércios ainda estavam se abrindo. De onde eu estava, pude ver a alguns metros uma loja que muito me chamou atenção.

— Tio, eu já volto. Quero só dar uma olhadinha em uma loja.

— Não vá muito longe e volte logo para cá – respondeu ele, distraído com as peças de ferro em sua mão.

Andei cinco estabelecimentos à frente. Passei por um que comercializava móveis usados, uma pequena livraria e depois três seguidos de roupas – um deles com peças *plus size*. Mas não foi nenhum desses que atraiu meu interesse. Entrei na loja seguinte, um pequeno espaço com paredes coloridas e gravuras fofas na decoração, especializada em artigos infantis. Um verdadeiro paraíso para qualquer um que tivesse bebês por perto.

Os sapatinhos expostos nas prateleiras deviam ocupar metade da minha mão de tão pequenos, e os vestidos lilás pendurados à minha direita eram encantadores. Tinha berços de todos os tamanhos e carrinhos de todas as cores. *Bodies*, toalhinhas, chupetas, paninhos, mantas, bolsas de maternidade, mamadeiras, lacinhos, brinquedos... Quando percebi, já estava absorta demais nas milhares de opções que a pequena lojinha me oferecia.

Apesar de tudo, eu sabia que o que estava fazendo era errado. Mamãe jamais aprovaria que eu estivesse dentro de uma loja infantil imaginando o bebê dentro da minha barriga vestindo aquelas roupas novas e bonitas, tampouco criando sonhos e gerando expectativas que nunca se tornariam realidade. Por um breve momento, eu me vi empurrando um carrinho de bebê ao passear durante um dia quente como aquele e consegui me esquecer de que a criança não faria parte da minha vida dentro de menos de dois meses.

Meus olhos se encheram de lágrimas. *Foi uma má ideia ter vindo até aqui!* Aliás, se eu fosse obediente aos meus pais, nunca teria saído da fazenda. Um casal passou por mim ao entrar na loja, encantados com as roupinhas minúsculas, enquanto eu saía em disparada. A barriga da moça estava quase do tamanho da minha. Mas, ao contrário de mim, ela parecia feliz e não parava de acariciá-la. O homem ao seu lado, que devia ser seu marido, também parecia feliz, tanto que falava com o bebê algumas vezes, narrando tudo que iriam comprar para ele.

Corri de volta para a antiga loja de ferramentas em que tio Clóvis me esperava, tentando me livrar depressa de toda aquela situação.

— Está tudo bem, Sara? — perguntou ele, me vendo retornar ofegante.

— Sim. Eu só andei rápido demais — respondi, tentando disfarçar a falta de ar, que eu já não tinha desde a última crise de ansiedade.

— Já achei a peça de que precisava. Que tal um sorvete antes de voltar para casa?

— Na verdade, eu prefiro voltar logo. Esse passeio curto me cansou.

— Tudo bem. Estaremos em casa antes que perceba — prometeu ele, mesmo que soubéssemos que ainda tínhamos uma hora de estrada de terra pela frente.

Eu nunca havia pensado mais do que me fora permitido pelos meus pais em relação ao meu bebê. Não sabia o sexo para não dar espaço para a imaginação, segundo mamãe, e nem sequer fantasiava quais nomes escolheria se ele fosse ficar comigo, mas, depois do que aconteceu na cidade, a minha mente não parava de criar pensamentos sobre isso. Seria menino ou menina?

Em nome do Pai?

Qual nome eu lhe daria? *Gosto de Rebeca*. Será que teria os meus olhos? A cor da minha pele? O coração parecido com o meu? Ou será que eu só estava carregando alguém que já estaria destinado a ser um monstro, assim como a pessoa que o fizera? *Pare de colocar minhocas na sua cabeça*, pensei rapidamente, me repreendendo. Mas, quanto mais o tédio crescia, mais eu pensava na criança que dava chutinhos dentro do meu útero.

Já era fim de tarde, e eu ainda me sentia atormentada pelo que havia acontecido. Terminei todas as tarefas que me mantinham ocupada e já havia acabado a minha oração diária, ou seja, ainda tinha todo o restante da noite sem coisa alguma para fazer, dando ainda mais tempo do que gostaria para os meus pensamentos.

Tio Clóvis já estava em seu quarto, terminando o bordado de uma toalha branca para a cozinha, e Emílio passava com o último fardo de feno em direção ao cavalo para logo se retirar para o descanso em seu pequeno quartinho – o que trouxe uma ideia brilhante à minha cabeça.

– Emílio! – gritei para o caipira, que pulou de susto com o rompimento repentino do silêncio.

– Quer me matar do coração, menina?

– Desculpa! É que lembrei de uma coisa muito valiosa que você tem.

– Coisa valiosa? A única coisa que eu tenho nessa vida são esses pares de botina e esse trapo velho que eu estou usando. De valioso, eu não tenho é nada... Bem que eu queria ter, viu, dona?

– Não é disso que eu estou falando, Emílio.

– É de quê, então? – perguntou o homem, desconfiado.

– Hoje foi um dia um pouco difícil para mim. Minha cabeça está inquieta e não para de pensar bobagens que não agradam a Deus. Então eu pensei que desabafar com alguém poderia ser de grande ajuda!

– Claro, senhorita! Sou todo ouvidos! Sobre o que precisa desabafar?

– Não! Não com você, Emílio! Mas com alguém que está a alguns quilômetros daqui, alguém que só seria possível contatar pela internet. A internet que você tem dentro do seu quartinho.

– Ara! Achei que eu fosse seu amigo...

– Você é, mas preciso das minhas amigas Luísa e Betina agora, porque elas conhecem Jesus e vão conseguir me consolar mesmo sem conhecer o meu problema.

– Então é só porque eu não acredito em Jesus? Você voltou com esse papo...

– Não, Emílio, não me entenda mal... é que... ahhh! Afinal, você vai me deixar usar sua internet ou não?

– Tudo bem. Mas só hoje, senão o seu tio Clóvis corta o meu pescoço!

O quartinho de Emílio era ainda menor do que parecia quando se olhava pelo lado de fora, com apenas uma cama estreita e uma escrivaninha em que ficava o computador com internet. No centro do quarto havia um tapete marrom sem graça, que combinava com as cortinas da mesma cor e também sem graça, e na parede oposta da cama tinha um recuo para um pequeno banheiro sem porta.

Entrei timidamente no ambiente com apenas uma lamparina de luz baixa; àquela hora, o sol já estava se pondo e a escuridão da noite na fazenda já estava chegando.

– Vou ser rápida. Apenas uma mensagem para as minhas amigas e já te deixo em paz – disse enquanto fazia login com a minha senha em uma rede social.

– Fique à vontade, mas isso não pode sair daqui.

– Segredo nosso, pode deixar!

> *Luísa e Betina. Sei que tenho estado um tanto quanto desaparecida nos últimos meses e isso me dói muito, mas saibam que nunca me esqueci do valor da amizade de vocês duas. Estou passando por um momento muito difícil cuidando de uma tia com câncer, como o meu pai explicou na igreja, mas o que me aflige são as coisas da minha alma, que só Deus poderia compreender. Por isso venho compartilhar e pedir oração para as minhas melhores amigas. Estou morrendo de saudade das nossas conversas e de estar com vocês. Volto em breve e tenho certeza de que tudo será como antes. Amo vocês!*
>
> *P.S.: não comentem com os meus pais sobre esta mensagem. Eles não aprovam que eu use o tempo que deveria ser de oração com internet.*

– Enviar. Prontinho! – falei para o caipira que esperava por mim, sentado em sua cama.

– É só isso?

– Só! Obrigada, eu já vou indo... Ops! – disse sem graça depois de tropeçar sem querer nos pés de Emílio e cair com tudo bem no seu colo.

Por alguns segundos, os seus olhos verdes encararam os meus enquanto a sua mão forte segurava o meu corpo, sem me deixar cair no chão. Mesmo à luz fraca, pude ver o rosto sardento de Emílio ficar avermelhado, mas nem a sua timidez foi suficiente para impedir que ele fizesse o que fez a seguir. Emílio

Em nome do Pai?

passou a mão delicadamente pelos meus cabelos e me tascou um beijo na boca, desconcertado, assim como se fazem nos filmes.

Prendi a respiração e fechei os olhos por um breve momento, seguindo os meus instintos até lembrar que aquilo era errado, antes de passarem pela minha cabeça flashes de cenas daquela noite. Não consegui me lembrar de seu rosto, mas aquele homem também tocou meus cabelos e talvez também tivesse me beijado na boca. Não me lembrava! Não queria lembrar! *Preciso sair daqui!* Empurrei Emílio para longe do meu corpo e saí correndo de volta para o casebre do tio Clóvis, sem dar explicações ao caipira sardento que ali ficou sem reação alguma.

Entrei em meu quarto, ofegante e assustada com o que acabara de fazer. Beijei a boca de um qualquer, e ainda por cima grávida! Ainda bem que as misericórdias do Senhor se renovam todos os dias. *Que Deus me perdoe pelo que fiz.*

Que dia agitado eu havia tido, não? Senti uma pontada forte em minha barriga, provavelmente o bebê avisando que precisava de um descanso. Me deitei em minha cama, tentando me acalmar e normalizar a minha respiração, mas senti outra pontada ainda mais forte perto da bexiga, algo que nunca havia sentido; com certeza toda aquela história não fez nada bem para o bebê.

O que passou pela minha cabeça? Beijar na boca grávida! Meus pais não poderiam nem desconfiar que isso tinha acontecido. Mais uma pontada na barriga, dessa vez muito mais forte do que todas as outras; a dor intensa invadiu todo o meu tronco, me deixando paralisada por alguns segundos. Me perguntei se seria normal uma grávida sentir isso, afinal nunca havia estado grávida e, apesar de o tio Clovis ser um homem e ser impossível que ele soubesse dessas coisas de mulher, decidi bater à porta de seu quarto para receber ao menos alguma sugestão do que fazer com aquelas dores tão profundas.

– Tio, acho que preciso de uma ajuda. Sinto muitas dores na... – Porém, antes que eu terminasse minha frase, ele já me olhava como se estivesse vendo um fantasma.

– Sara! Suas pernas estão molhadas.

Demorei um tempo para entender o que ele queria dizer com isso. Seria aquilo algum tipo de gíria que os mais velhos usavam? Mas, quando olhei para baixo, pude ver minhas pernas molhadas de verdade, assim como todo o chão abaixo de mim.

– Tio Clóvis! Acho que minha bolsa estourou!

8

Tu és bondoso e perdoador, Senhor, rico em graça para com todos os que te invocam. (Salmos 86:5)

Tio Clóvis passava pelos buracos na estrada de terra a toda velocidade, fazendo seu carro velho pular tanto que parecia que sua carcaça cairia a qualquer momento. Enquanto isso, Emílio apoiava minha cabeça em seu colo no banco de trás, monitorando os intervalos das minhas pontadas, que, segundo ele, eram contrações.

O hospital mais próximo ficava na cidade, e minhas dores surgiam cada vez mais fortes; eu já estava completamente molhada de suor, e a noite quente também não ajudava muito. Tudo que eu queria era ter a minha mãe comigo para segurar minha mão e me dizer o que fazer. Ela com toda certeza saberia o que fazer. Ela é mulher e mãe, e as mães sempre sabem o que fazer. Mas não nesse caso, não eu. Eu estava desesperada, preocupada e perdida, dentro de um carro velho com dois homens inúteis, em um possível trabalho de parto de um bebê prematuro. *Estou em trabalho de parto! O meu bebê vai nascer!*

– O bebê vai nascer! – gritei.

– Sim, Sara, o bebê vai nascer hoje! Em breve chegaremos ao hospital! – disse o tio Clóvis, dirigindo às pressas pela estrada de terra.

– Não, tio! Eu quis dizer que o bebê vai nascer agora! O bebê vai nascer agora!

Emílio me olhou assustado, temendo o que teria que fazer nos próximos minutos. Se meu tio estava ao volante nos conduzindo depressa ao hospital, a única pessoa que restava para tirar de dentro de mim aquela criança era o pobre coitado do caipira.

– Calma, Sara! Eu preciso passar para o outro lado do banco, assim vou conseguir ver a dilatação – disse ele.

– Que dilatação? Saia daqui, seu tarado! Você não vai ver as minhas partes íntimas! Não mesmo!

– Sara! Você quer trazer esse bebê ao mundo ou não?

Em nome do Pai?

Emílio passou para o lado do banco em que estavam as minhas pernas e apontou uma lanterna de bolso para o meio delas.

– O bebê está nascendo! – disse, espantado. – Sara, eu preciso que você empurre.
– O quê?
– Faça força e empurre o bebê! Na contagem: um, dois, três. Empurra!

Empurrei e gritei com todas as minhas forças, sem acreditar realmente que estava fazendo aquilo.

– Empurra! Força! Um, dois, três. Mais uma vez! Empurra!

O meu corpo estava coberto de suor e as minhas mãos frias como gelo me faziam tremer, apesar do calor que eu sentia.

– Você consegue, Sara! Isso! O bebê está saindo.

O meu útero doía com uma forte cólica enquanto eu sentia meu corpo se rasgar para que um bebê saísse de dentro dele.

– Última vez. Empurra! Empurra! Empurra!

Dor. A mais exorbitante dor que já havia sentido em toda a minha vida. Talvez eu não aguentasse. Achava que não conseguiria mais. Percebi minhas pernas desfalecerem como se a vida estivesse saindo de mim. Já não me sentia mais ali, estava aos poucos perdendo a força e a lucidez. Mas, antes que isso acontecesse, o melhor som que já havia escutado em toda a minha vida invadiu o carro naquela noite. O choro distante do bebê se perdeu em minha mente, que me levava para o escuro.

– É um menino! – Ouvi Emílio falar, antes de eu fechar os olhos e perder a consciência.

A doutora Tereza Terra mantinha o olhar atencioso, me observando enquanto as lágrimas em meu rosto disparavam sem que eu tivesse controle delas. Então, as enxuguei com os dedos, antes que uma cachoeira se formasse em meu rosto.

– Chore! Você precisa sentir. Chorar é bom às vezes – disse ela.
– Eu não sei se quero sentir.
– Nós nem sempre queremos o que necessitamos. Você precisa sentir essa dor, Sara.
– Eu tenho que ir...
– Mas estamos no meio de uma sessão!
– Desculpa, eu tenho que ir... – repeti, saindo atordoada do consultório decorado em tons pastéis.

Entrei no meu carro estacionado na garagem do prédio onde ficava o consultório da doutora Tereza e me debrucei sobre o volante, despejando todas as lágrimas que segurei durante todos aqueles anos. Será que havia sido uma boa ideia reviver tudo aquilo? Betina podia estar certa, eu deveria deixar aquela coisa de terapia para lá!

Da janela do carro, vi a doutora Tereza correr até mim, parecendo mais uma criança tentando se equilibrar em seus sapatos de salto alto do que uma psicóloga importante.

– Sara! Sara! Não posso deixar você sair assim.

– Eu só preciso ficar um pouco sozinha – respondi, abrindo o vidro, tentando não parecer rude.

– Sara, eu sei que essas memórias são dolorosas, as piores que já viveu, mas estamos aqui para tratá-las.

– Você não entende!

– Eu entendo!

– Não! Você nunca entenderia! – disse descontroladamente enquanto as lágrimas escorriam por meu rosto.

– Então me explique! Vamos voltar para a minha sala, até que você se recupere.

– Eu nunca vou me recuperar. Nunca vou perdoar os meus pais pelo que eles fizeram comigo e com o meu bebê.

– O que eles fizeram, Sara? – perguntou ela, mais como uma pessoa preocupada e curiosa do que como uma terapeuta.

– Eles tiraram o meu direito de ser a mãe do meu próprio filho.

Eu estava praticamente sem vida naquela cama de hospital. Os médicos estavam tentando de tudo para me salvar, ao mesmo tempo em que a outra equipe cuidava do bebê prematuro, nascido de sete meses dentro de um carro em movimento.

Assim que o tio Clóvis deu a notícia para os meus pais sobre o nascimento inesperado do bebê, eles pegaram o carro e dirigiram por horas até o hospital da cidade. Durante esse tempo, foi meu tio quem segurou a minha mão e ficou do meu lado enquanto eu era monitorada por máquinas que faziam barulhos esquisitos.

Eu não sabia muito bem como havia acontecido, mas todos contavam que eu quase tinha morrido. Meus batimentos cardíacos foram desacelerando até que ficaram fracos o suficiente para me deixarem desacordada por três dias inteiros. E aí eu tive um sonho. Na verdade, diria que o que vivi foi um passeio. Um passeio pelo paraíso.

O céu era límpido e infinito, e a terra formada por cores que os meus olhos nunca haviam visto antes. Cores brilhantes e puras. No paraíso, tinha árvores de todos os tipos e tamanhos, e a grama era de um verde esplendoroso, tão macia que era possível até deitar e passar uma tarde inteira nela, sem querer se levantar. Os lagos eram de águas cristalinas, as cachoeiras produziam o som dos anjos, e o mar... Ah, o mar! O mar era a definição da paz, não que as outras coisas também não trouxessem esse sentimento, mas foi no mar que Jesus segurou as minhas mãos e levou a minha alma para mergulhar nas águas profundas e azuis.

Conheci muitos tipos de peixes coloridos e toda a fauna marítima já vista. Peguei uma estrela do mar e abracei os golfinhos. Nadei ao lado de tubarões famintos, mas ali eles eram amigos e sorriam com os olhos para mim. Fiquei um bom tempo explorando toda a criação de Deus que existia debaixo d'água e, surpreendentemente, não senti falta alguma do oxigênio. Já havia se passado três dias quando finalmente voltei à superfície. Puxei o ar que vinha da brisa suave e, quando me dei conta, ali estava eu, de olhos abertos na cama de um hospital.

– Ela acordou! Enfermeira! – gritou a minha mãe com o rosto pálido como a lua ao olhar para mim.

– Louvado seja Deus! – disse o meu pai, se aproximando.

Os médicos e enfermeiros correram imediatamente para o meu quarto. O lugar não me era familiar e, em poucos segundos, estava lotado de profissionais de jaleco branco.

Fiquei um tempo significativo tentando entender o motivo de estar ali, antes de me lembrar de que não havia entrado sozinha. *O bebê!*

– Cadê ele? – perguntei à minha mãe, que estava ao meu lado com olheiras de cansaço e rugas de preocupação no rosto.

– Ele quem?

– O meu bebê!

– Sara, minha princesa, não vamos conversar sobre isso agora. Você ainda está muito debilitada – disse o meu pai do outro lado da cama.

– Onde está o meu filho? – falei em tom esbravejante, me sentindo como uma leoa que não encontra o seu filhote.

– Querida, você talvez não se lembre, mas nós concordamos que não poderíamos ficar com essa criança – respondeu minha mãe.

– Eu quero! O meu! Filho! – gritei.

– Sara, se você ama mesmo esse bebê, como diz, vai deixar que ele vá crescer feliz e saudável em uma família que o trate bem, sem nunca descobrir que ele é fruto de um estupro. Essa é a vontade do nosso Senhor Deus, e não adianta ir contra ela! – disse a minha mãe. – Mas, se você é egoísta a ponto de querer esse menino para você, saiba que a sua vida nunca mais será a mesma! Você vai viver eternamente em um inferno toda vez que olhar para ele e se lembrar daquela noite terrível. E, então, você vai perceber que seu amor por ele se transformou em ódio, como num passe de mágica. Como você espera cuidar de uma criança que odeia, Sara? Você está preparada para odiar o seu filho?

Talvez mamãe tivesse razão. Tudo que eu queria para o meu filho era vê-lo crescer em uma família que o amasse por inteiro. Queria que ele tivesse pais incríveis, pessoas bondosas e pacientes, que nunca veriam nada além de amor naquela criança. Queria que ele tivesse dias ensolarados e brincadeiras de esconde-esconde com os irmãos e primos. Queria que visitasse a casa do vovô e corresse todo o quintal até ficar cansado e adormecesse nos braços quentes da mãe. Que ele aprendesse a andar de bicicleta com a ajuda do papai e que recebesse cafés da manhã na cama, assim como eu recebia dos meus pais. Que ele viajasse para lugares distantes e que, acima de tudo, conhecesse Jesus; assim teria a certeza de que ele cresceria um menino feliz. Queria que ele visse o mar. E, quando olhasse para ele, soubesse que em algum lugar do mundo existia uma pessoa que o amava mais do que tudo e por isso o deixou ir.

– Eu só tenho duas condições – falei para os meus pais, que me encaravam com olhos bem atentos. – Eu quero que ele seja entregue para uma família cristã.

– Cuidarei disso, meu algodão-doce – prometeu meu pai.

– E a outra é que eu quero aproveitar o máximo de tempo que puder com ele antes de ele partir para a nova mãe. Depois desse tempo, eu prometo que nunca mais o verei.

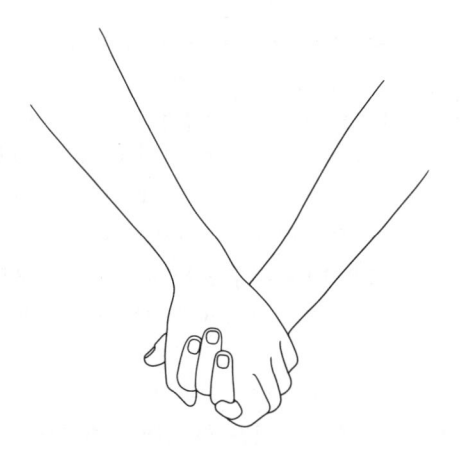

Nele temos a redenção por meio de seu sangue, o perdão dos pecados, de acordo com as riquezas da graça de Deus, a qual ele derramou sobre nós com toda a sabedoria e entendimento. (Efésios 1:7,8)

O corpo pequeno se encaixou perfeitamente no meu colo, enquanto seus lábios sugavam meu seio cheio de leite. Seus olhos grandes e escuros como duas jabuticabas me admiravam como se estivessem me reconhecendo como sua casa durante os meses que ficou dentro de mim, e eu o admirava de volta, descobrindo a forma mais pura de amor existente no universo. Eu nunca conseguiria descrever a sensação de segurar meu filho pela primeira vez, mesmo sabendo que ele nunca seria realmente meu. De alguma forma, eu sabia que aquele bebê sentiu que a única maneira de poder estar com a mãe biológica seria vindo ao mundo antes do previsto; assim os seus pais adotivos seriam pegos de surpresa e ficariam atrasados com toda a papelada de adoção. Que bebê esperto! Ele queria me conhecer. Ele me queria, assim como eu o queria.

– Você recebeu alta, querida! – falou mamãe, entrando no pequeno quarto de hospital, quebrando o momento solene e quase encantado que eu vivia.

– Xiu! Ele está concentrado – respondi.

– Quem permitiu que você o amamentasse, Sara? – disse ela com os olhos flamejantes de raiva.

– A enfermeira! Ela o trouxe até mim dizendo que ele estava faminto.

– Quando você vai entender que não é a mãe dessa criança? – gritou ela.

– Eu achei que fosse o melhor para ele.

– O melhor para ele e para você é que vocês não criem vínculos!

– Eu juro, mamãe, eu juro diante do Deus altíssimo criador dos céus e da terra que esquecerei esse bebê assim que ele for adotado! Mas, enquanto isso, te peço... Me deixe ser a mãe dele! Nem que seja por um dia!

— Eu só não quero que você sofra depois, querida! Eu e o seu pai vamos ficar por uma semana em uma pousada na cidade com o bebê, até que os pais adotivos cheguem para buscá-lo. Você voltará hoje mesmo para a fazenda junto com o seu tio Clóvis, que vai te ajudar em tudo o que precisar para se recuperar.

— Por favor, mamãe, tudo que eu peço é essa única semana. Ele nem vai se lembrar de mim. Isso não vai afetá-lo e, além do mais, ele precisa do meu leite. Por favor, mamãe!

— Ah, Sara! Preciso conversar com o seu pai e decidir o que fazer. Enquanto ele não chega, deixe-me segurar um pouco esse pequenino! — falou ela, tirando a criança bruscamente dos meus braços.

O carro do papai balançava um pouco menos do que o carro caindo aos pedaços do tio Clóvis. Mas, ainda assim, cada buraco daquela estrada de terra a caminho da fazenda era um tormento para o meu corpo — que recentemente havia parido um bebê e quase morrido depois –, mesmo que estivéssemos dirigindo mais devagar que uma lesma.

Passamos pela velha cerca de madeira da fazenda do tio Clóvis e logo pudemos ver o homem com seu sorriso bondoso no rosto, ansioso por minha chegada. Ao seu lado estava Emílio, que agora caminhava em direção ao carro para nos ajudar com as malas do papai e da mamãe.

— Deixa eu conhecer melhor meu sobrinho-neto! — falou meu tio bem-humorado, com os olhos fixos no bebê no colo da minha mãe.

— Você pode, sim, conhecer o menino, mas ele não é o seu sobrinho-neto, Clóvis. Este bebê já tem uma família esperando por ele — respondeu rispidamente minha mãe.

— Me perdoe, Marta, eu só achei que...

— Está perdoado. Só não vamos cometer esse erro novamente. Isso serve para todos nós.

Era bom respirar o ar puro da fazenda de novo. Se eu tivesse escolha, nunca mais voltaria para a cidade e criaria o meu filho ali mesmo, longe dos olhares maldosos. Agora entendia por que o tio Clóvis preferia viver isolado ali, mas sabia também que Deus tinha outros planos para mim e eu deveria obedecer à sua vontade, que era deixar o meu menino ir.

Meu tio fez café quentinho, pão caseiro e cocada para nos receber; eu já estava com saudade da sua comidinha deliciosa. Nos sentamos em volta da mesa na pequena cozinha. Por um momento fingi que tudo na minha vida estava perfeito, fantasiando que aquele bebê nos braços da minha mãe seria meu e que os meus pais estavam felizes por terem mais um membro na nossa família.

— Esta cocada está maravilhosa, tio! — disse, mordiscando mais um pedaço grande do doce açucarado.

— Está mesmo! Então o talento na cozinha é de família? — perguntou meu pai com a boca cheia.

— Que nada! Vivo sozinho, então aprendi por necessidade a fazer as coisas — respondeu tio Clóvis, envergonhado, como toda vez que alguém elogiava seus dons culinários.

— Você não deveria comer tanto, querida! — aconselhou minha mãe, me lançando um olhar de desaprovação, o que mais recebia dela nas últimas horas. — Se quiser voltar para São Paulo algum dia, deve se cuidar para perder essa barriga.

— Como assim, algum dia, mamãe? Eu não vou voltar com vocês? Você disse que...

— Como poderia voltar com a gente se o seu barrigão de grávida continua aí? Você precisa ter seu corpo de antes para que ninguém desconfie de nada.

— Mas, mãe...

— Depois discutimos isso, Sara. Só se preocupe em não comer demais.

— A sua mãe só quer o seu bem, meu algodão-doce! — falou meu pai com uma expressão de pena no rosto, assim como a de tio Clóvis ao presenciar toda aquela cena.

— Eu sei, papai — disse enquanto colocava o pedaço de cocada, que eu estava prestes a saborear, de volta no prato.

A atmosfera da fazenda havia mudado depois da chegada do bebê. Agora tudo que antes parecia monótono tornou-se agitado. O tempo ocioso já não existia, e até o tio Clóvis e Emílio puderam perceber que a casa estava mais alegre, mesmo com as constantes interferências da minha mãe no que deveríamos ou não fazer em relação à criança.

O pequeno chorava muitas vezes durante o dia, mas isso não incomodava ninguém, muito pelo contrário; era o mais perfeito som de vida que ouvíamos, e eu amava a ideia de que só eu poderia acalmá-lo. Por mais que minha mãe tentasse, era somente o meu peito que podia alimentá-lo e acabar com aquele choro esfomeado. Depois que eu o amamentava, passava o máximo de tempo possível com ele no colo, sentindo seu corpo contra o meu, olhando as suas feições e deixando-o confortável nos meus braços, que nunca se cansavam de segurá-lo. Todos os meus dias giravam em torno de aproveitar a única semana que eu teria com o bebê, e, a cada instante que se passava, mais nervosa eu ficava só de imaginar que logo meu menino partiria.

Desde o nascimento dele, eu tinha o sono leve e o ouvido sensível, fazendo com que qualquer movimento de seu corpinho na cama fosse ouvido, mesmo estando no quarto ao lado. Mas eu não sei o que deu em mim naquela noite. Apaguei como pedra e, quando despertei, já havia passado da hora do bebê mamar. Saltei em um pulo e corri para o quarto dos meus pais, onde ele dormia, por insistência da minha mãe.

– Mamãe, acho que passei alguns minutos da hora do...

Já era tarde demais. A cena que vi me doeu tanto que nem consegui completar a frase. Minha mãe estava em pé, desperta como uma coruja, segurando nos braços o meu filho enquanto o alimentava com leite dentro de uma mamadeira.

– Não se preocupe, Sara. Eu já providenciei o leite para ele, antes mesmo de saber que você seria uma péssima mãe, ainda que por uma semana.

– O quê?

– Estou brincando, querida! Eu já tinha comprado o leite dele. Afinal, é o que ele vai tomar quando você não estiver mais por perto. Agora volte a descansar.

– Por que fez isso, mamãe? O meu peito está escorrendo leite! – E de fato estava, tanto que havia uma mancha grande em meu pijama.

– Fiz isso para você se lembrar de que não é a mãe desta criança. Agora saia daqui, antes que você acorde o seu pai.

Eu simplesmente não podia acreditar no que estava acontecendo! A minha própria mãe havia se tornado uma bruxa! Por que ela estava me tratando assim e fazendo tudo aquilo comigo, como se eu fosse uma inimiga? Como se ela me odiasse? Saí do quarto, deixando o choro escapar. Tudo aquilo só poderia fazer parte do castigo de Deus pelo meu pecado; eu teria de aguentar meu fardo, assim como Ele aguentou aquela cruz por mim.

Desci as escadas correndo para o andar de baixo, já que não conseguiria mais dormir, e passei pela sala e pela pequena cozinha até chegar à varanda da frente. Meu corpo doía, me lembrando de que eu não deveria fazer muito esforço. Me sentei na cadeira de balanço, esperando que o sol nascesse logo e que a escuridão levasse com ela a dor física e psicológica que eu sentia. Mas ainda era madrugada, e o dia não chegaria tão cedo, então fiquei ali, molhando meu rosto de lágrimas por algumas horas, até adormecer na cadeira dura e desconfortável. Quando me dei conta, já era dia, tão cedo que só se ouviam as galinhas cacarejarem.

– Bom dia, Sara – falou Emílio, se aproximando da varanda. – Por que já está em pé tão cedo?

Em nome do Pai?

O homem me pegou de surpresa. Além de eu estar com a cara amassada de quem havia cochilado de mau jeito ali mesmo, estava também com cheiro de leite azedo, já que meu peito não parava de jorrar. Toda a minha camisola, que por acaso já era um tipo de roupa nada apropriada para ser vista por ele, estava manchada. Ainda por cima, Emílio chegava fazendo perguntas que eu não poderia responder agora.

Cruzei meus braços, tentando esconder a marca, e me levantei depressa para voltar ao meu quarto o mais rápido possível.

– Desculpa, Sara! Eu não vi... Deixa pra lá! Mas espera um pouco. Quero falar uma coisa importante com você.

– Posso pelo menos mudar de roupa? – pedi de mau humor.

– Claro! Te espero aqui, mas não demora. Logo todos já estarão acordados e...

– Tá bom.

O que de tão importante aquele roceiro queria me falar que não pudesse ser dito na frente dos outros? Ah, meu Deus, será que ele ainda estava pensando naquele beijo? Depois de tudo o que havia acontecido, eu nem tinha cabeça para isso. Não que eu não me lembrasse daquela pequena aventura que vivemos, mas agora eu tinha coisas mais importantes com que me preocupar.

Entrei no quarto e troquei a camisola suja por um vestido largo vermelho, que não deixava a minha barriga tão evidente e assim mamãe pensaria que eu estava mais magra, apesar de não estar. Escovei os dentes, lavei o rosto cansado e borrifei um perfume cítrico no pescoço, de leve, para não irritar o bebê mais tarde. Quando apareci na varanda, poucos minutos depois, lá estava ele, falando sozinho enquanto andava de um lado para outro, como se estivesse decorando as falas de um filme. Ou estaria decorando o que diria para mim? Minhas bochechas esquentaram ao perceber que poderia ser isso mesmo.

– O que você quer tanto me falar, Emílio?

– Você fica bonita de vermelho – disse ele com o rosto corando ao mesmo tempo em que soltou a frase sem pensar.

– É para combinar com as suas bochechas, que estão queimando de vergonha agora – respondi a fim de deixar o caipira sem graça.

– O que eu quero dizer é que... Sara, eu já entendi tudo o que está acontecendo. Ninguém precisa me dizer.

– O que você acha que está acontecendo, Emílio?

– A sua vida, Sara... O seu bebê não tem pai. Você fez amor com um qualquer por aí e agora...

– Não é nada disso que você está pensando!

– Agora os seus pais estão te obrigando a entregar esse menino para adoção.
– Eles não estão me obrigando. Essa é a vontade de Deus.
– Será mesmo, Sara? Por que o seu Deus, que tanto te ama, iria te deixar sem o seu próprio filho?
– Ele sabe de todas as coisas, mesmo que eu ainda não entenda.
– Eu só quero te dizer que você não precisa fazer isso.
– Eu preciso, sim, Emílio! E, afinal de contas, quem te deu a liberdade para se meter na minha vida?
– Sara, eu me caso com você – declarou ele.
– Quê? – perguntei, espantada, tentando entender o plano que aquela cabecinha havia criado.
– Eu me caso com você. O seu filho vai ter um pai, e você terá o seu filho. E finalmente os seus pais aceitarão que você fique com o menino, porque seremos uma família. Eu me caso com você, Sara – continuou, disparando as palavras como se estivessem entaladas por muito tempo. – Crio essa criança como se fosse minha. Vou ser o melhor pai que ele poderia ter. Você vai aprender a me amar com o tempo, e eu… bem, eu já estou apaixonado por você.

As palavras de Emílio me atingiram como um raio, eletrizando todo o meu corpo. Meu coração batia forte, e a minha mente não conseguia nem ao menos formular uma resposta para o homem sardento que me olhava nos olhos tentando encontrar algum sinal do que eu responderia.
– Eu não esperava que você fosse dizer isso, Emílio.
– E então?
– Seria certo eu me casar com um homem, mesmo sem estar apaixonada por ele?
– Eu não me importo, Sara. Por mais que me doa você não estar apaixonada por mim como eu estou por você.
– Essa é a única forma de eu ter o meu bebê. A única possibilidade de os meus pais permitirem que eu seja a mãe desse menino…
– Você aceita?
– Eu aceito! – A frase saltou da minha boca antes mesmo de eu saber o que aquilo significava.

Sempre havia sido uma menina que sabia que se casaria por amor, mas, no caso, não amor ao meu filho, e sim ao meu marido. Mas Deus escreve certo por linhas tortas, não é o que dizem? Talvez eu devesse mesmo dar uma chance ao meu coração; essa era a única maneira de eu poder ser a mãe do meu bebê.

10

Sou eu, eu mesmo, aquele que apaga suas transgressões, por amor de mim, e que não se lembra mais de seus pecados. (Isaías 43:25)

Era uma manhã gloriosa e harmônica na fazenda. Mamãe acordou de bom humor, porque agora, como queria, ela passava mais tempo com a criança do que eu, já que o bebê não se alimentava mais do meu leite. Papai também estava bem-humorado e cantarolava hinos pela casa, enquanto o tio Clóvis estava na cozinha, como sempre, preparando comidas e lanchinhos que nunca deixavam nossos estômagos vazios – isso me trazia um verdadeiro desafio, tendo em vista que eu precisava controlar minha dieta. Já Emílio me lançava olhares ansiosos, se perguntando se aquele seria o dia. O grande dia em que pediríamos a permissão dos meus pais para nos casarmos. Afinal de contas, nosso tempo estava acabando e em breve o bebê estaria nos braços da sua nova família caso não fizéssemos nada.

– É agora, Emílio – falei baixinho para ele na varanda enquanto todos estavam se ocupando com o bebê e jogando conversa fora.

– A... a... agora? – gaguejou Emílio.

– Não está com medo, né? Vai me dizer que mudou de ideia?

– Nada disso! Eu quero me casar com você. Mas será que é a hora certa da gente falar com seus pais?

– Não há hora mais perfeita! Não percebe? Até o sol está mais brilhante hoje. Vamos! – disse, pegando em suas mãos sujas de terra e o puxando para a cozinha.

Assim que nos viram de mãos dadas, perceberam exatamente o que estava acontecendo ali. Enquanto tio Clóvis e meu pai ficaram paralisados e com os rostos surpresos, a expressão da minha mãe havia se transformado em algo ainda mais profundo que eu não saberia identificar, mas entendia que era ruim. Ela também parecia surpresa, mas o fervor e o ódio invadiram seu olhar ao se deparar com aquela cena.

– O que isso significa? – falou, encarando fixamente Emílio nos olhos, enquanto passava o bebê para os braços do meu pai e andava imponente em direção ao pobre rapaz, que àquela altura já estava com as pernas bambas.

– Mamãe, papai, tio Clóvis. Eu e Emílio estamos apaixonados. E viemos pedir a permissão de vocês para nos casar.

– Quando foi que isso aconteceu? Clóvis, o que é isso? Certamente eu não deixei a minha filha aos seus cuidados para que você permitisse uma coisa dessas.

Meu tio tentou balbuciar algumas palavras em sua defesa, mas nada saiu de sua boca.

– O tio Clóvis não tem nada a ver com isso, mãe! Ele não sabia. Nunca poderia saber.

– Sara, você não acha que, com tudo que aconteceu recentemente, você está se precipitando em namorar esse jovem, ainda mais em se casar? – disse meu pai com educação.

– Não, papai. É exatamente por isso, por tudo o que aconteceu que vamos nos casar tão depressa – respondi. – Mamãe, papai, tenho certeza de que vocês vão entender. Eu, me casando com Emílio, serei uma mulher honrada novamente. Ninguém nunca saberá o jeito que essa criança foi concebida, e assim eu poderia ficar com o meu filho. Voltaríamos à igreja e tudo correria bem.

– Que ideia mais estúpida, Sara! Esse menino pelo menos fala? – disse mamãe, desafiando a coragem de Emílio para enfrentar a mulher raivosa à sua frente.

– Claro, senhora! O que quer que eu fale? Que eu amo a sua filha e vou me casar com ela?

– Gostei da atitude. Mas não gosto de você! Por que eu deixaria a minha filha se casar com um homem da roça, sem estudo e sem dinheiro?

– Marta, não precisa humilhar o rapaz assim... – interveio o tio Clóvis.

– Porque eu amo a Sara e vou cuidar desse bebê como se fosse meu próprio filho! – respondeu Emílio com uma coragem que nem ele mesmo sabia que tinha.

– Sara, você sabe muito bem qual é a vontade de Deus! Eu tenho certeza de que Ele não tem esses planos para você, querida. Passar o resto da vida cuidando de uma criança que vai te trazer más lembranças no futuro e, ainda por cima, pobre! Pobre, Sara! Deus não te fez para ser pobre! – continuou a minha mãe. – Deus te fez para brilhar, e você sabe disso! Quantas coisas você deixará de conquistar se estiver com essa família que você pretende criar...

Em nome do Pai?

— Chega! Chega, mamãe! Eu sou adulta e essa decisão deveria ser inteiramente minha!

— Se é assim que você deseja, assim será! Só aguente as consequências do pecado depois que o castigo vier e você tiver que conviver com isso para o resto de sua vida! – disse, retirando-se da cozinha com passos fortes.

Todos se entreolharam assustados, e até Emílio perdeu a fala. Ninguém sabia o que dizer depois daquilo, nem se deveriam dizer alguma coisa. Eu estava perdida em meus pensamentos; tudo o que havia planejado estava indo por água abaixo.

Me sentindo envergonhada e humilhada, disparei a correr em direção à estrada, para fora da fazenda. Emílio ameaçou ir atrás de mim, mas no fim deve ter tido medo de que pudesse piorar ainda mais as coisas. O meu corpo doía; as minhas costas, o meu útero ainda inchado e as minhas partes íntimas com pontos suturados. Eu não deveria estar correndo, mas quem ligava para isso? Eu só precisava ficar longe de tudo e de todos e tentar ouvir a voz do único em quem eu ainda confiava.

— Jesus! Por que me abandonou no momento em que eu mais preciso de Ti? Por que tem me dado uma cruz tão pesada para carregar? Já não posso mais suportar, Senhor. Me diga o que fazer! – disse, olhando para o céu, esperando um sinal enquanto corria sem parar.

Minhas pernas se cansaram rápido; o meu corpo já não estava mais acostumado a correr tão depressa, ainda mais pouco tempo depois de um parto. Passei a cerca da fazenda, para sair do campo de visão de todos que me olhavam intrigados da varanda, e me sentei em um toco de árvore. Apesar de querer chorar, dos meus olhos não saía lágrima alguma. Talvez já estivessem secos de tanto que havia chorado nos últimos dias. Enquanto falava com Deus, me peguei distraída pelas formiguinhas que andavam em fileira pelo chão. Algumas com uma folha com o triplo de seu tamanho, mas ainda assim conseguindo se mover sem dificuldades.

— Me ajude a carregar o meu fardo, Senhor. Torne-o leve. Tão leve que eu possa continuar a me locomover facilmente.

— Só Ele pode fazer isso, meu algodão-doce! – disse a voz do meu pai, ofegante, após me alcançar, me dando um susto que quase me fez saltar.

— Eu quero ficar sozinha, pai.

— Eu sei, meu amor. Eu sei. Só quis ter a certeza de que você estava bem.

— Não, pai! Eu não estou bem. Há muito tempo que não estou bem! A mamãe... Vocês dois... me sufocam! Vocês me sufocam e não me deixam tomar as minhas próprias decisões.

— Só queremos que tome a decisão correta. A decisão que Deus quer que você tome. Estamos aqui somente para te ajudar a ver melhor o caminho, minha princesa.

— Eu sei, papai. Eu sei.

— Perdoe o jeito rude da sua mãe, mas ela é a pessoa que mais te ama neste mundo e só quer te proteger.

— Tudo bem – disse, tentando me convencer de que aquilo era mesmo verdade.

— Venha, vamos voltar lá para dentro. Não faz bem para você correr dessa maneira e ainda ficar debaixo desse sol quente – orientou meu pai, estendendo as mãos para me ajudar a levantar.

Ele estava certo e, por mais que me doesse dizer, a mamãe também. Que ideia estúpida eu havia tido! Me casar com um homem que praticamente havia acabado de conhecer! Eles nunca aceitariam isso e, no fim das contas, Deus também não aceitaria que eu me casasse com um ateu, mesmo que fosse a única forma de eu ter o meu filho por perto.

Depois de voltar com meu pai para dentro da fazenda, tio Clóvis e Emílio deixaram escapar olhares discretos de pena em minha direção, e mamãe levou o bebê para o quarto e de lá não saiu mais. O que me deixou bastante irritada, porque eu queria passar o tempo que ainda me restava com ele. De qualquer forma, as coisas pareciam mais calmas, e eu me sentia na obrigação de agradecer a Emílio por ter tentado fazer alguma coisa, mesmo que em vão. Então, me aproximei da lateral da casa, onde o caipira sardento estava sentado, olhando cabisbaixo para o horizonte, e me sentei ao seu lado.

— Obrigada por ter tentado.

— Sabe, Sara, eu não quero te ofender, mas... eu não entendo esse teu Deus.

— Como assim?

— Eu não entendo como um Deus pode te fazer sofrer tanto. Você não diz que ele te ama?

— Ele me ama, Emílio!

— Então por que ele te deu pais tão manipuladores e por que você aceita isso? Por que você fica esperando pela aprovação de um Deus que nem te responde em vez de fazer o que é melhor para você?

— Porque eu devo obedecê-lo e fazer a Sua vontade. Mesmo que essa não seja a minha.

— Tipo uma súdita? Desculpa, eu não consigo entender.

— Para ser sincera, nem eu consigo mais entender – disse, segundos antes de sair dali com a intenção de acabar logo com aquele assunto que só me fazia questionar coisas que, para começo de conversa, eu não deveria nem estar questionando.

Em nome do Pai?

A noite chegou dando espaço para a tranquilidade após um dia agitado. Tudo o que eu queria era me esquecer do acontecido e tentar ter um bom sono para aproveitar os últimos dois dias com o meu filho. Dois dias, era o que eu teria para viver momentos que ficariam para sempre na minha memória. Mas a memória não é confiável. No fim das contas, tinha medo de me esquecer dos detalhes do seu rostinho e das pequenas linhas de suas mãos, que ainda estavam frescas na minha cabeça. Tinha medo de não me lembrar do som do seu choro, quando tudo aquilo passasse, e de não me recordar das suas dobrinhas nas pernas. O nó na garganta se apertou ainda mais quando percebi que tudo o que teria em alguns dias seriam memórias.

Apaguei em um sono profundo com sonhos esquisitos em realidades paralelas. Nelas, via tudo por lentes amarelas, que deixavam as flores mais bonitas, a grama mais viva e as pessoas mais simpáticas. Nesse novo mundo, a minha mãe era calma, mansa e gostava de pentear os meus cabelos como fazia antigamente. No sonho também estava o bebê, e agora ele falava e me chamava de mamãe enquanto eu o amamentava.

Acordei assustada com todas aquelas informações na minha cabeça. *Foi só um sonho, Sara! Nada disso realmente existe*, disse para mim mesma. Olhei no relógio ao lado da minha cama e ainda eram cinco e trinta e dois da manhã. Ainda nem havia clareado, mas a ansiedade para um novo dia com o meu filho já fazia as minhas pernas se agitarem sem parar. Tentei me acalmar, fechando os olhos para pegar no sono novamente, quando de repente ouvi um barulho de motor vindo do lado de fora. Quem já estava em pé tão cedo? Será que o tio Clóvis estava indo para a cidade a uma hora daquelas?

Me levantei em direção à janela do meu quarto para descobrir, com um mau pressentimento que me avisava que algo ruim estava para acontecer. Com a lua ainda iluminando o céu, vi o carro dos meus pais a caminho da estrada. Imediatamente corri para o quarto ao lado na esperança de que aquilo não estivesse acontecendo, mas o que eu já sabia se confirmou quando olhei a cama vazia e não encontrei o bebê em nenhuma parte.

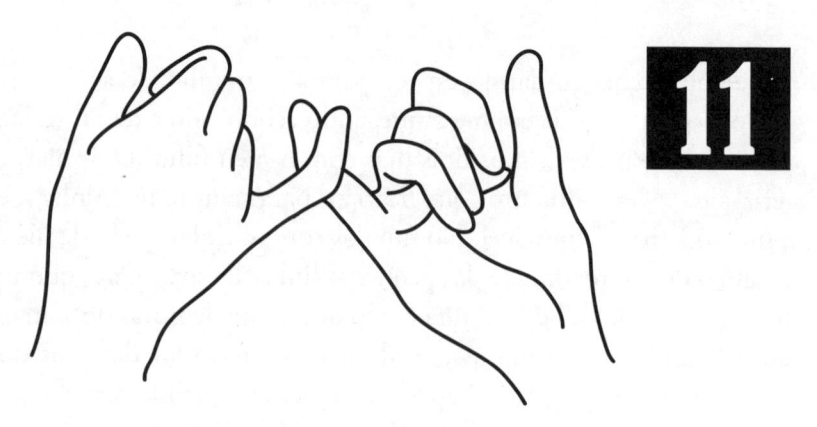

Isto é o meu sangue da aliança, que é derramado em favor de muitos, para perdão de pecados. (Mateus 26:28)

Um sentimento tomou conta da minha alma como uma faca de dois gumes, atingindo meu espírito e minha carne ao mesmo tempo. Ódio. Sim, foi desse sentimento que meu coração se encheu ao perceber que eu havia sido traída pelas pessoas que deveriam me apoiar, cuidar de mim e me proteger.

– Puta que pariu! – gritei bem alto um sonoro palavrão que até então nunca havia saído da minha boca. Meu choro era dolorido e envolto numa angústia tão grande que eu mal conseguia ficar em pé. Uma queda ao chão seria certa caso tio Clóvis, que foi acordado pelo meu pranto, não tivesse me amparado.

– O que aconteceu, minha filha? – indagou.

– Deus não existe, tio. Deus não existe e, se existe, não gosta de mim!

– Como pode dizer isso, Sara? Você não aprendeu que é na fraqueza que o poder de Deus se aperfeiçoa?

– Que poder? Se Ele é todo-poderoso, por que eu estou passando por isso? Acabei de ver a minha própria mãe fugir com o meu filho! Eles vão levá-lo para a nova família sem me dar ao menos a chance de me despedir!

– Sara, quando ela me avisou, eu não concordei com...

– O senhor sabia? Como pôde fazer isso comigo? Como pôde não ter piedade de mim?

– Eles me disseram que te avisariam quando estivessem saindo.

– Tio, eu te suplico! Vamos atrás deles. O senhor dirige muito mais rápido do que o papai e certamente vamos alcançá-los.

– Sua mãe foi bem clara, Sara. Nada podemos fazer, eu sinto muito!

Em nome do Pai?

Chorei por horas seguidas em um tipo de angústia diferente. A tristeza dessa vez não era pelo que fizeram comigo, e sim pelo que eu deixei de fazer por mim e pelo meu filho.

Ao mesmo tempo em que do meu peito jorrava amor por aquele menino, minha mente me lembrava o tempo todo de que o pai dele era um monstro. Será que minha mãe estava com a razão? Será que Deus tinha algo a me dizer com tudo isso? A fraqueza nas pernas me pôs de joelhos com o rosto na cama, e então abri meu coração.

— Deus, Pai eterno, dono de toda sabedoria e poder, eis-me aqui. Tua palavra diz que o choro pode durar uma noite, mas a alegria vem pela manhã, mas há quantas noites eu venho chorando, Pai? E por quanto tempo ainda vou chorar, meu Senhor? Entreguei minha vida a Ti ainda criança e sempre fui fiel ao Senhor. E, como recompensa, fui violentada, um homem me tocou sem que eu permitisse. Jamais vou poder me casar usando um véu, como sempre sonhei. Como se não bastasse, o Senhor permitiu que eu engravidasse. Às vezes me arrependo, Pai, de não ter tirado essa criança quando ainda era apenas um embrião em minha barriga. Quantas dores seriam evitadas, quantas mentiras não precisariam ter sido contadas? Fico pensando se eu não deveria ter sido como a Luísa, que já transou com um menino da igreja, mesmo sem ser casada, e agora foi presenteada com o Guto, um rapaz maravilhoso que pensa que ela é virgem. É de mentiras que o Senhor gosta, meu Pai? As melhores recompensas são para quem mente, quem transa, quem peca à luz do dia?! E o Senhor finge que não vê? Meu Deus, se possível, tira de mim a minha vida e me leva para esse céu que já nem sei mais se existe. Eu quero morrer e não tenho mais medo de Te pedir isso, porque lá no fundo eu sinto que é isso que o Senhor quer: me matar aos poucos como fez com o Seu próprio filho, Jesus. Que seja feita a Tua vontade, amém.

Eu ainda estava dentro do meu carro estacionado na garagem do prédio da doutora Tereza Terra, contando com detalhes sobre os dias mais sombrios que havia vivido, enquanto ela me escutava pacientemente.

— Sara, tudo isso que te aconteceu foi mesmo terrível, mas você está aqui para resolver esses traumas que permanecem na sua cabeça.

— Eu estou cansada. Preciso ir. Além do mais, acabei tomando mais do seu tempo do que paguei.

— Não se preocupe com isso. Antes de eu ser uma profissional tratando uma paciente, sou um ser humano que se preocupa com o outro.

– Obrigada, doutora Tereza. Nunca vou me esquecer do quanto tem me ajudado. Houve uma época em que eu acreditava que só os cristãos eram pessoas boas. Você é cristã, doutora Tereza?
– Sinto muito decepcioná-la, mas eu não acredito em Deus – respondeu ela.

Depois da sessão de terapia mais estranha que já havia feito – dentro de um carro parado em uma garagem escura –, minha mente e meu corpo pediam descanso. Dirigi até a minha casa, cortando caminho e fugindo do trânsito estressante de São Paulo, e aproveitei o silêncio do meu apartamento para um cochilo no meio da tarde depois de tomar uma dose a mais do remédio de ansiedade que me faz dormir como um urso hibernando.

Fui atingida durante algumas horas por um sono profundo e, ao ser despertada pelo meu celular tocando, o céu já havia escurecido. Olhei na tela do meu smartphone, e a foto de Luísa apareceu junto com o seu nome.

– Alô – atendi à chamada com uma voz sonolenta.
– Estava dormindo? Estou tentando falar com você o dia inteiro.
– Apagada, para ser mais específica.
– Eu e o Guto vamos fazer uma pequena confraternização hoje à noite, com apenas os amigos mais próximos, para celebrar o nosso quinto ano de casados. Não vai ser nada demais, mas eu gostaria que você e o Ricardo viessem.
– O Ricardo está trabalhando em um projeto novo, provavelmente não poderá ir – menti. – Mas eu vou, com certeza!
– Falando nele... vocês estão bem? A Betina me disse que você está fazendo terapia, imaginei que fosse alguma briga de casal que tivesse levado você a isso.
– Estamos bem, só não estamos nos vendo com frequência. Muito trabalho, sabe como é! – respondi, tentando disfarçar o caos que estava o meu relacionamento com meu marido, assim como toda a minha vida.
– Então nos vemos mais tarde.
– Até logo.

Luísa morava no mesmo bairro residencial em que viveu a vida toda, perto da igreja e da casa dos meus pais. Desde que se casou com Guto, levava uma vida um tanto quanto confortável e recentemente abrira, com o marido, uma loja de chocolates. Apesar de pequena, ela gerava lucro suficiente para que o casal mantivesse um padrão de classe média alta e pudesse pagar uma boa escola particular para os dois filhos, Enzo e Valentina.

Estacionei o carro na frente da casa vizinha, já que a calçada de Luísa estava ocupada. Toquei a campainha algumas vezes, mas, pelo barulho que

Em nome do Pai?

ouvia vindo do lado de dentro, era possível que ninguém estivesse escutando. Depois de cinco minutos plantada em frente à casa, finalmente Luísa abriu a porta com um sorriso um pouco exagerado no rosto.

– Amiga! Você veio!

– Mas é claro que eu vim! Isso é para o casal – falei, entregando uma caixa grande com um presente caro que havia comprado minutos antes.

– Não precisava! Entra.

– Luísa, você não disse que era só para poucos amigos? Tem mais de cinquenta pessoas aqui – disse enquanto adentrava a sala de estar ocupada de gente por todos os lados.

A maioria dos rostos eu nem sequer conhecia – o que achei muito estranho, já que eu e Luísa crescemos juntas e compartilhávamos praticamente os mesmos amigos.

– Acho que passamos um pouco dos limites, não é mesmo? Mas quem se importa? Vamos nos divertir! – disse ela de um jeito estranho e permissivo, como eu nunca havia visto.

– Amiga, você bebeu?

– Só um pouco, mas qual o problema? O seu pai não está aqui mesmo! Vamos nos lembrar dos velhos tempos, de quando a gente enchia a cara às escondidas do pastor.

– Isso aconteceu uma única vez, Luísa!

– E não foi divertido?

– Foi, mas hoje você tem 31 anos e dois filhos a quem dar o exemplo!

– Ah, é! Você quer mesmo falar de exemplo, Sara?

– Do que você está falando, Luísa? – perguntei para a minha amiga, surpresa com as palavras que estava me dizendo.

– Sara! Que bom que está aqui! – Guto interrompeu a nossa conversa, talvez porque tivesse percebido que a esposa estava bêbada demais para socializar. – Venha, vou te apresentar alguns amigos.

A casa de Luísa era um imóvel antigo que estava na família havia algumas décadas, o que explicava os móveis e quadros do tempo de sua avó, literalmente. Os corredores grandes e largos comportavam pessoas de todos os tipos, segurando os seus copos com bebida. Enquanto conversavam e gargalhavam alto, eu me perguntava onde o casal vinha fazendo tantos novos amigos, já que a vida deles se concentrava na igreja e naquela pequena loja de chocolates.

Guto me apresentou algumas pessoas pelo caminho, mulheres, casais, e famílias inteiras. A maioria me reconhecia tão de imediato que nem precisava dizer o meu nome. "Eu tenho o seu CD", "Só ouço o seu álbum novo",

"A minha irmã ama você!" e "Fui ao seu show ano passado!" eram coisas que escutava enquanto conhecia os amigos dos meus amigos, que eu não gostaria de conhecer, para ser bem sincera.

Depois de alguns sorrisos forçados da minha parte e explicações teológicas do que pensei para criar algumas músicas, vi um rosto familiar. Apoiada com os cotovelos na bancada da cozinha, Betina olhava para a festa acontecendo à sua frente com uma expressão que eu conhecia bem. Ela estava julgando toda aquela gente levemente embriagada.

– Betina! – disse, caminhando até ela.

– Você está aqui! Achei que não viesse.

– Acabei de chegar e já quero ir embora. Quem são todas essas pessoas?

– Os novos amigos de Luísa e Guto. Eles agora frequentam baladas, academias e festas estranhas com gente esquisita, tipo essa aqui.

– Calma aí! Por quanto tempo eu dormi?

– Você estava muito ocupada com os seus shows e sua terapeuta para saber disso. Na verdade, até tentei te contar, mas você cortou a conversa como sempre faz quando puxo assuntos não profissionais durante o trabalho.

– O que aconteceu, Betina? – perguntei, preocupada, sentindo que havia mais alguma coisa que ela precisava me informar.

– Luísa está desviada, Sara.

– Quê? Desde quando?

– Faz alguns meses que ela não aparece na igreja.

– Mas o meu pai não disse nada. Ele me falaria se…

– Ele não disse e nunca diria nada! Seu pai foi a causa de a Luísa ter saído da igreja.

– Meu Deus, Betina! Por isso ela me tratou daquele jeito quando eu cheguei. O que o meu pai fez?

– Amiga, talvez seja melhor a Luísa ter essa conversa com você.

– Ela está bêbada! Completamente bêbada! E eu não vou aguentar esperar que ela fique sóbria novamente.

– Sara… o seu pai… ele errou! Ele revelou um segredo de Luísa no meio de uma pregação para a igreja inteira ouvir. Um segredo que só eu, ela e você sabíamos.

– O que o meu pai disse?

– Ele falou sobre uma irmãzinha da igreja que se casou enganando o noivo ao dizer que era virgem. Ele disse que Deus revelou para ele e que essa menina, que estava presente no culto, deveria contar toda a verdade para o marido, porque não era justo esconder essa história durante tanto tempo, e uma hora até o seu casal de filhos pequenos iria descobrir a vergonha do pecado de sua mãe.

— Meu Deus! Por que o meu pai fez isso?

— Disse ele que foi a mando de Deus. Depois disso, Guto ficou desconfiado de Luísa e ela acabou contando. Eles brigaram feio, e no fim ele acabou perdoando a mentira de dez anos, mas os dois nunca perdoaram o seu pai.

— Eles têm razão! O meu pai não deveria ter falado nada disso para todo mundo ouvir.

— Mas a pergunta que fica, Sara, é como o seu pai sabe dessa história? Como ele descobriu isso tudo se somente nós três sabíamos?

— Ué, Betina, como ele disse, foi Deus que revelou para ele! A única coisa de errado que ele fez foi ter falado isso no púlpito na frente de toda a igreja.

— Pois é, mas Luísa não acredita nessa revelação. Ela acha que foi você quem contou para o seu pai.

A minha cabeça latejava só de pensar no grande problema que eu teria pela frente. Eu estava me sentindo uma verdadeira traidora! Em um momento de desabafo com meu pai, o pastor, eu havia exposto o maior segredo de Luísa e nunca pensara que um dia ele fosse usar aquela informação contra a minha melhor amiga. Ainda mais dez anos depois.

12

Quem esconde os seus pecados não prospera, mas quem os confessa e os abandona encontra misericórdia. (Provérbios 28:13)

O consultório da doutora Tereza Terra, decorado em tons pastéis, estava calmo e silencioso. A psicóloga havia acabado de borrifar um aromatizador com cheiro muito agradável de pêssego e logo se sentou à minha frente, na sua poltrona grande, para iniciarmos mais uma sessão de terapia.

– Como você está, Sara? – perguntou ela.

– Muito melhor do que da última vez.

– Nada de terapia dentro do carro hoje, combinado? – falou em um tom bem-humorado, relembrando nosso último encontro.

– Combinado!

– Quero que conte como foram os dias seguintes, depois que os seus pais e o bebê foram embora da fazenda.

O lado esquerdo do meu corpo já estava dormente, de tanto tempo que passei na mesma posição deitada na cama nas últimas quinze ou dezesseis horas, mas eu já nem me importava mais.

Fazia uma semana que não via o rostinho delicado do meu bebê, não segurava em suas mãos pequeninas nem ouvia o seu choro. Confesso que achei que seria mais fácil passar por tudo isso, mas não suportava mais acordar todos os dias com a certeza de que nunca mais veria o meu filho. O que eu deveria fazer agora? Seguir a minha vida como se ele nunca tivesse existido? Fingir que ele nunca esteve dentro do meu útero? Me esquecer de que ele foi alimentado pelos meus seios, que buscava instintivamente pelo meu cheiro e que já me amava, mesmo sem conhecer o significado da palavra amor? O que eu deveria fazer agora?

– Trouxe uma comidinha que você vai amar! – falou tio Clóvis, entrando no quarto escuro com um prato na mão.

– Não quero comer nada.

– Você precisa. Faz dias que não come direito.

Em nome do Pai?

– Obrigada, tio, mas estou sem fome.
– De qualquer maneira, vou deixar o prato aqui do seu lado. Quem sabe essa lasanha de berinjela coberta com bastante queijo não abre o seu apetite.
– Obrigada, tio.
– Vou abrir estas cortinas também para entrar um pouco de ar neste quarto.
– Não! Por favor, não! Prefiro do jeito que está – pedi e, ao perceber o meu mau humor, ele tratou de sair depressa do quarto.

Apesar de sua insistência nos últimos dias em tomar conta de mim ser um pouco cansativa, tinha que admitir que, se não fosse por ele, eu não teria forças para mais nada. Nos primeiros dias foi preciso que ele me alimentasse na boca quase à força, assim como teve que me levantar da cama para tomar banho, já que nem com a minha higiene pessoal eu me preocupava mais.

Meus pais me telefonavam todos os dias para saber como eu estava. Mamãe perguntava se já havia conseguido emagrecer um pouco e papai dizia que eu precisava orar com mais veemência quando eu dizia estar triste a ponto de não querer mais sair da cama. E eu? Eu simplesmente concordava para evitar uma discussão já perdida.

Tinha a impressão de que havia se passado apenas alguns minutos desde que o tio Clóvis me trouxe o prato de comida, que ainda continuava intocado em cima da mesinha de cabeceira, mas da minha janela não via mais a luz do sol, o que significava que se passaram horas, e eu ainda estava exatamente na mesma posição de antes.

O lado esquerdo do meu corpo continuava dormente, mas eu não fazia questão de me mover para acordá-lo. Não conseguia dormir – os pesadelos eram tão assustadores quanto a vida real – e também não conseguia me manter tão acordada a ponto de me sentir viva. Estava morta por dentro, esperando que todo o meu corpo de alguma forma parasse de funcionar. Tio Clóvis entrou no quarto de novo, dessa vez com um copo na mão.

– Fiz uma vitamina para você. Pelo menos isso você vai ter que tomar, já que, pelo que estou vendo, você rejeitou a minha lasanha.
– Desculpa, tio. Você sabe que sua comida é maravilhosa e que só um louco a rejeitaria, mas eu estou mesmo sem fome.
– Sara, minha sobrinha, me parte o coração te ver assim.
– Não se preocupe comigo, tio Clóvis.
– Claro que me preocupo! Deixa eu te contar uma coisa. No dia em que você chegou aqui na fazenda, eu nunca pensei que, por trás daquela menina de cara amarrada, pudesse ter uma criatura tão extraordinária como você – disse

meu tio com tanta ternura na voz que virei o rosto para poder enxergá-lo melhor, mesmo dentro daquele quarto escuro. – Sara, você é uma menina encantadora. É atenciosa com todos à sua volta, doce e amável. Você foi a única pessoa de dentro da igreja que não me julgou pelo que sou. Eu tenho certeza de que você sabe do que estou falando. – E ele estava certo, eu sabia. – Muito pelo contrário, você me acolheu mesmo com todos os problemas que vem enfrentando. Você é diferente. Diferente de todos os outros que me xingaram de coisas horríveis e que quiseram me mandar para o inferno por um pecado que eu não escolhi carregar. Você é o sal da terra e luz do mundo. E certamente não merece esse fim, moribunda em uma cama e morrendo aos poucos. Ainda que pareça que tudo está acabado, promete para mim que vai lutar? – falou com os olhos marejados.

– Eu não posso te prometer isso, tio. Me desculpa.

Tio Clóvis entendeu o recado de imediato e me olhou com os olhos assustados, sem saber o que fazer.

Do lado de fora, a ventania agitava as árvores. Era uma noite atípica na fazenda; nunca tinha visto o vento fazer tanto barulho daquele jeito, deixando uma atmosfera pesada como em um filme de terror.

As luzes da casa já estavam apagadas, e tio Clóvis provavelmente estava em seu sono mais profundo. Sentia meus olhos cansados de ficarem abertos, sem conseguir dormir, e o meu corpo, por mais que tivesse passado toda a última semana na cama, estava sem energia. Sentia que já não era mais eu quem estava ali. Nunca acreditei nessas coisas, mas arriscaria dizer que a minha alma havia ido embora dias antes; para ser mais exata, na madrugada em que vi o meu bebê ser levado às escondidas pelos meus pais. Agora só restava essa carcaça que não passava de pele, órgãos e células.

Me levantei e saí do quarto tentando fazer o mínimo de barulho possível. Desci as escadas com cuidado, degrau por degrau, ainda um pouco tonta por ter passado o dia inteiro em repouso. Passei pela sala, vazia e silenciosa, e cheguei até a cozinha. A luz da lua iluminava o espaço pequeno e com cheiro de comida fresca. Com certeza tio Clóvis passou o dia cozinhando para se desestressar. Percebi que tenho deixado mesmo o homem nervoso a ponto de roer as unhas, o que não era justo com ele. Logo ele! Mas aquilo iria acabar. Peguei o bloco de anotações que usávamos para escrever recados rápidos um para o outro, geralmente coisas relacionadas ao que tinha para comer na geladeira ou ao trabalho na fazenda, e destaquei dele uma folha, na intenção de usá-la para escrever meu último recado. Um bilhete de despedida para todos aqueles que amei da forma mais profunda que se pode amar alguém.

Obrigada por tudo, tio Clóvis. Continue a fazer a diferença no mundo por mim. Você é o verdadeiro imitador de Cristo, não importa o que os outros digam. Lembre-se disso. Te amo e nunca vou me esquecer de tudo o que fez.

Emílio, temo lhe dizer que, no fim das contas, talvez você esteja mesmo certo. Se Deus me amasse, eu não teria morrido, não é mesmo? De qualquer maneira, obrigada por ter sido o meu grande amigo nesses últimos dias. Gostaria de ter te conhecido de outra forma, onde tudo teria dado certo entre nós dois.

Betina e Luísa, minhas duas confidentes, nunca me esquecerei da nossa amizade, mesmo quando eu já não estiver mais aqui.

Meu filho, eu não sei o seu nome e talvez você nunca saberá da minha existência, mas você foi o grande amor da minha vida. Ficarei feliz se algum dia lhe contarem isso por mim.

Mamãe e papai, apesar de tudo, eu amo vocês. Nos vemos no inferno!

Com a raiva e o ódio consumindo os meus pensamentos, peguei uma faca na gaveta da cozinha. A maior de todas, que tio Clóvis usava para cortar pedaços inteiros de carne. Olhei para o meu punho, fino e frágil. *Isso vai ser fácil*, pensei. Mas, antes de continuar o que estava prestes a fazer, me ajoelhei no chão e disse a minha última oração para um Deus que eu já nem tinha mais certeza de que estava ali me ouvindo.

— Estou eu aqui de novo. Talvez esta seja a mais sincera das conversas que vamos ter em toda a minha vida. Uma vida cristã, dentro da igreja e cantando louvores a Ti. Depois de tudo isso, eu te pergunto: quem é você, Deus? Onde está você agora que não me ouve? Por que eu não O vejo como as outras pessoas dizem que O veem? Por que eu não O sinto como deveria sentir? Se eu sou Sua filha, por que me deixou para morrer? – falei enquanto gotas grandes de lágrimas se formavam em meus olhos. — Eis-me aqui outra vez, com o peito cheio de angústia e essa dor que não passa, que não alivia nem por um minuto! Tua palavra diz que teríamos aflições no mundo, mas que deveríamos ter bom ânimo, pois o Senhor havia vencido. Eu juro, meu Pai, sonda meu coração e verás que eu tenho tentado alimentar o bom ânimo em mim, mas minha alma grita de desespero. Será que foi isso que o Senhor sentiu na cruz? Essa sensação de que a vida já havia acabado e quanto mais rápido a morte chegasse, melhor? Pai eterno, o Senhor, que é dono da vida e da morte, ordene que a morte me visite agora, que ela venha com seus anjos e me tire deste mundo de trevas, porque eu aprendi que, se eu fizer isso por conta própria, irei arder no inferno, mas honestamente posso dizer que já vivo o inferno na terra. A minha alma é o próprio inferno, a minha vida tem sido uma angústia infernal. Por isso, hoje tudo vai ter que acabar, de um jeito ou de outro. Eu sei que o espírito de Deus tem memória. Então, Pai, quero que se lembre da menina doce que fui até o dia em que meu corpo foi tomado por satanás naquele galpão. Quero que se lembre da menina obediente aos pais e da jovem sonhadora que eu era, com grandes sonhos de pregar e cantar por todo este país para que vidas fossem salvas... Oh, meu Deus, quanta pretensão da minha parte! Salvar vidas enquanto a minha está acabada. Deus, me perdoe por ser tão fraca, por querer abreviar minha dor. Me permita morrer rápido.

– Sempre achei que as pessoas que se suicidavam eram fracas, sempre fiquei imaginando o porquê de tirarem a própria vida! Hoje eu conheço esse sentimento e sei que, quando a alma deseja profundamente a morte, não há o que fazer, a não ser morrer para que cesse todo mal aqui nesta vida terrena. Então, Pai, ainda que eu nunca chegue a conhecer o céu de glória de que tanto ouvi falar, ainda que eu não caminhe pelas ruas de ouro e não veja o Seu trono, ainda assim, Pai, eu prefiro morrer agora! Só te peço uma única e última coisa: cuida do meu filho, que talvez nunca vá ouvir falar de mim. E, do fundo da minha alma, me permita, um dia, ainda que no inferno, olhar nos olhos daquele monstro e matá-lo, mesmo que ele já esteja morto, Senhor. Que eu possa matá-lo mais mil vezes! Sei que não tem lugar no céu para quem pensa assim, mas Tua palavra diz que, antes que eu abra a boca, Tu já sabes o que vou falar, por isso eu sei que, se o Senhor visitar o meu coração hoje, nada de bom vai encontrar. Mas sei também que me visitar não está nos Seus planos, não é? O Senhor se esqueceu de mim, me colocou num lugar onde os Seus olhos não me alcançam e Seus ouvidos não me escutam mais. Tomara que, enfim, perceba a minha morte. Em nome de Jesus... Que assim seja...

Escuridão.

Tio Clóvis corria desesperado em minha direção, e logo depois minha visão escureceu novamente. Acordei por um instante e agora via Emílio com uma expressão apavorada. Apaguei outra vez. Tentei abrir os olhos, mas a cada instante ficava mais difícil. Quando finalmente consegui, mesmo que por milésimos de segundos, vi um vermelho vivo. Sangue, muito sangue.

13

Se o meu povo, que se chama pelo meu nome, se humilhar e orar, buscar a minha face e se converter dos seus maus caminhos, dos céus o ouvirei, perdoarei o seu pecado e curarei a sua terra. (2 Crônicas 7:14)

Vermelho. Vermelho vivo jorrando das minhas veias. Estava tentando desligar meu próprio filme de terror que se passava na minha cabeça, mas tudo o que via era o vermelho. Tudo estava assustadoramente vermelho. Tentava sair do transe em que me encontrava, mas não conseguia, até que ouvi uma voz vinda de longe.

— Ok. Podemos parar por aí – disse a doutora Tereza Terra.

Abri os olhos e a primeira imagem que enxerguei foi a de um teto branco (enfim, algo de outra cor), com um lustre tão bonito que era uma pena eu nunca ter reparado nele antes. Estava no consultório da psicóloga. A mulher com rosto comprido de cavalo me olhava sobre os óculos de grau, esperando alguma reação que não fosse apenas a de encará-la de volta.

— E então, como foi para você voltar à cena de sua quase morte?

— Foi... vermelho. Eu só conseguia me ver envolta de vermelho.

— Interessante – falou ela enquanto fazia anotações rápidas em seu bloquinho. – Como você se sente agora? Pronta para continuar de onde paramos?

— Estou pronta.

— Está mesmo pronta? Ou está pronta do tipo que diz que está pronta apenas para se sentir pronta? – disse bem-humorada, fazendo uma piada interna.

— Estou mesmo pronta, não tenho medo. O que eu vivi em seguida foi lindo. Foi o meu renascimento.

Fechei os olhos e novamente fui transportada diretamente para o meu passado.

Os meus olhos estavam pesados demais para que conseguisse abri-los, mas, apesar disso, sentia o meu corpo inteiro. Tentava me mover, mas não conseguia saber se estava realmente fazendo isso. *Que estranho! Será que estou morta?* Me sentia como se estivesse em um sonho, daqueles que não sabemos se está realmente acontecendo ou se tudo não passa de um terrível pesadelo.

De repente, vi uma luz, mesmo com os olhos bem fechados. A escuridão deu lugar a uma iluminação clara e forte, que cegava a minha visão, impedindo que eu continuasse a olhar. De alguma forma, sabia muito bem que não era uma luz qualquer, mas um tipo de luz especial, uma luz divina. Seriam anjos?

– Quem é você? – questionei a luz à minha frente.

– Sou aquele, o Grande Eu Sou.

– És o Cristo? Eu estou no céu? Eu não fui para o inferno?

– Como eu deixaria isso acontecer? Estive com você em cada momento de angústia, visitei a tua alma em cada segundo de dor e nunca te abandonei. Meu espírito soprou vida no seu rosto cada vez que você pensou na morte.

– Mas e tudo o que aconteceu? Onde você estava? Que paz é esta que estou sentindo? Por que não tenho mais raiva?

– Calma… – disse Ele em meio a risadas. – Sei que tem muitas perguntas, mas as respostas já estão em você.

– Me perdoa por aquele dia… Meu batom, minha saia…

– Ah… A culpa! – disse Ele, sorrindo outra vez. – Você não tem nem teve culpa de nada. Foi vítima daquele que também foi vítima. A grande questão é que agora você pode fazer outras vítimas com suas atitudes, ou quebrar esse ciclo e viver uma nova vida.

– Então eu não morri? – perguntei, chorando como nunca havia chorado antes, com lágrimas que me limpavam da tristeza e me traziam felicidade, não dor.

– Você poderia ter morrido, mas…

– Então eu não estou no inferno?

– Esse lugar não te pertence e você não pertence a ele. Você optou pela vida, lembra? Ainda era uma criança. Eu estava lá e visitei seu coração naquele dia.

– Quando me batizei ou quando levantei a mão na igreja?

– Quando você permitiu que a onda de amor te invadisse e decidiu ser uma nova pessoa. No dia do choro no seu quarto, em que você me chamou e disse que me amava. Naquele dia, teve uma festa onde eu moro. Seu nome foi escrito numa pedra branca. Um novo nome.

– Seus olhos são pura luz e seu rosto é pura paz. Eu estou vendo um pedaço do céu?

Em nome do Pai?

— O que os olhos nunca viram e...

— ... corações nunca sentiram é o que Deus tem preparado para nós – completei, rindo e chorando ao mesmo tempo.

— Pois é, nada se compara ao que está sendo preparado para você.

— Então o Senhor nunca me abandonou?

— Lembra-se de quando você orou aos 3 anos de idade para o seu cachorro Floquinho não morrer? Eu estava lá. Lembra-se de quando deu o seu primeiro beijo em um menino de que você gostava muito, e logo em seguida ele foi embora da igreja, te deixando com o coração partido, e você orou pedindo paz? Eu estava lá também.

— Mas eu fui uma boba te pedindo consolo por um motivo tão banal.

— Mas, quando se é criança, se pensa como criança, e eu me faço criança para crescermos juntos. E aquela oração para que o seu dente não caísse depois da bolada que tomou jogando vôlei – disse Ele, rindo.

— Mas meu dente ficou mole e acabou caindo. Você não pôde me atender? Você não estava lá?

— Eu estava. Estava na risada banguela que você deu quando chegamos à sua casa e provocou a gargalhada de todo mundo na sala. Você adolescente, toda vaidosa, virou uma palhaça e não parava de fazer graça quando percebeu que seus pais não se aguentavam de tanto rir – respondeu Ele, bem-humorado. – Eu estava também na mão do doutor Augusto, dentista da família havia anos. Estava lá dois dias depois, quando voltou à aula e muitos te abraçaram, felizes, enquanto uns meninos te chamavam de "janelinha" e zombavam de você – continuou com aquele sorriso que emitia luz.

— Se o Senhor estava em todos os momentos, então ouviu as minhas conversas com Luísa e Betina sobre...

— Não há mistérios nem segredos para mim. Quando se é adolescente, se pensa como adolescente, e eu me faço adolescente para crescermos juntos.

— E sobre o meu segredo, sobre o meu filho?

— Chegará a hora em que tudo será revelado! – disse Ele, rindo outra vez.

— Isso é um sonho? Eu vou acordar?

— Sim, vai!

— Por que mudou a Sua voz?

— Minha voz sempre foi assim, minha sobrinha...

— Sobrinha? Tio Clóvis? – indaguei com um ar de surpresa, percebendo lentamente que eu estive no hospital durante todo aquele tempo.

Tudo parecia confuso, e eu não sabia direito o que estava acontecendo, até que vi meu punho enfaixado e, imediatamente, me lembrei do que havia ocorrido. Me lembrei do que fiz comigo mesma.

Tive uma crise de choro muito forte, mas era diferente das outras que eu já havia tido na vida. Eu não sentia angústia, e sim uma espécie de alívio. Alívio por estar viva, por ter escapado do pior, mas também um alívio na alma, como se soubesse que dali para a frente as coisas seriam diferentes.

Pensava no meu pai e na minha mãe, e meu peito se enchia de amor, pensava no bebê e, além de amor, meu peito se enchia de saudade e gratidão. Pensava naquele monstro e não conseguia mais odiá-lo. Eu queria! Tentava encontrar dentro de mim o sentimento de pavor e ódio que nutria por ele, mas não encontrava mais isso em nenhuma parte. Até mesmo fazia com que a minha mente visitasse a noite maldita em que tudo aconteceu, mas eu sentia paz de um jeito que não era possível explicar. Uma paz que eu não entendia por que estava sentindo por alguém que desgraçou a minha vida. *A paz que excede a todo o entendimento*, pensei.

Enquanto essa erupção de sentimentos acontecia em mim, tio Clóvis me interrompeu:

– Tentei falar com seus pais a manhã inteira, mas hoje é domingo e eles devem estar no culto, né?

– Tio, eu te peço, por tudo que é mais sagrado nesta vida: não conte nada do que aconteceu para meus pais! Eu não sei onde estava com a cabeça. Isso jamais vai se repetir.

– Sara, minha sobrinha, como posso esconder uma coisa séria como essa dos seus pais? – respondeu ele com um olhar preocupado.

– Por favor, tio! Eu só preciso que você acredite que isso nunca mais vai acontecer. Se você acredita em Deus, vai acreditar também que Ele tem poder para me transformar. E foi isso que Ele fez, tio Clóvis. Eu nasci de novo essa madrugada.

Tio Clóvis me olhou espantado, parecendo acreditar no que eu estava lhe dizendo.

– Tudo bem, jamais vou tocar nesse assunto. Vou te dar um voto de confiança.

– Obrigada, tio – agradeci, com os olhos cheios de lágrimas. – Só tem mais uma coisa que eu quero te pedir.

– Aposto que finalmente está com vontade de comer a minha lasanha de berinjela com muito queijo. Acertei?

– Isso também, pode ter certeza – disse, gargalhando. – Mas quero que ore por mim primeiro.

Em nome do Pai?

– Agora? Aqui?

– Sim, tio.

– Mas eu sou... Você sabe, né? Eu não tenho o hábito de orar pelas pessoas. Só oro em voz alta pelos meus bichos da fazenda.

– Então ore, tio, ore como se eu fosse um bicho qualquer. Tenho certeza de que é na simplicidade das suas palavras que Deus habita – respondi no momento em que fechava os olhos e segurava em suas mãos, para que ele nem tivesse a chance de recusar meu pedido.

– Deus, o Senhor sabe que eu falo com você, ou melhor, com o Senhor, o tempo todo! Mas falo sem procurar palavras certas, falo como quem fala com um amigo. Por isso, agora as palavras me fogem, e eu nem sei o que dizer. Quando o Fulgêncio, lembra, Pai, aquele leitão teimoso? Quando ele passou mal lá na fazenda, eu me ajoelhei e disse...

– Pai amado – interrompi o tio Clóvis e tomei as rédeas da oração. – Sei que o Senhor é o Deus do tio Clóvis, o Deus dos meus pais e até o Deus do Fulgêncio... Me perdoe pelo mal que tentei fazer a mim. Toma a minha vida em Suas mãos e não retire de mim o Teu espírito. Amém.

Assim que abri os olhos, me deparei com um médico e dois enfermeiros parados à porta, que também repetiram "amém" e, logo em seguida, começaram a me contar o quão perto eu havia passado da morte.

14

Portanto, eu lhe digo, os muitos pecados dela lhe foram perdoados, pelo que ela amou muito. Mas aquele a quem pouco foi perdoado, pouco ama. (Lucas 7:47)

Meu quarto estava completamente escuro quando o despertador do celular tocou, indicando que já era meio-dia. Abri as cortinas automáticas pelo controle remoto, e a claridade de um dia brilhante invadiu o ambiente. Desliguei o ar-condicionado, que agora estava me gelando até os ossos, e me preparei para um banho de banheira bem quente e com muita espuma. Meu dia seria cheio e provavelmente bem estressante, já que dali a uma hora almoçaria com as minhas melhores amigas, Luísa e Betina, para tratar de assuntos não tão agradáveis quanto eu gostaria.

O restaurante que escolhemos era um dos meus favoritos, principalmente porque ficava a três quadras de distância da minha casa e tinha uma comida vegana espetacular, que deixava um pouco mais fácil a minha contagem de calorias consumidas.

Betina não parava de tagarelar sobre como seu marido, Clay, estava indo bem nas aulas de preparação para novos pais da igreja. Eles estavam tentando engravidar havia pouco mais de dois meses e, ansiosa do jeito que era, ela não perdeu tempo e logo se inscreveu em todo tipo de atividade relacionada ao mundo infantil. Já Luísa mantinha o semblante fechado e quase não respondia às perguntas insistentes de Betina sobre maternidade. Conhecendo minha amiga, poderia afirmar com toda certeza que ela estava mesmo chateada com o assunto que virou fofoca nos corredores da igreja.

– Ok, Betina, eu sei que você está muito animada com todo este papo de ser mamãe, e eu vou amar ver você exercendo esse papel – falei –, mas hoje viemos aqui para ouvir um pouco o que a Luísa tem a dizer.

– Claro! Desculpa por toda essa falação, é que eu estou mesmo muito animada!

Em nome do Pai?

— Nós percebemos — respondeu Luísa. — Eu quero ver essa animação quando você estiver no segundo filho e de cabelo em pé, igual a mim!

— Como você está, amiga? — perguntei a Luísa, honestamente, segurando em sua mão por cima da mesa.

— Eu não quero te culpar, Sara. Tudo isso aconteceu dez anos atrás, e eu não acho justo culpá-la por uma coisa que foi feita há tanto tempo. Eu só quero ouvir a verdade da sua boca. Foi você quem contou para o seu pai, não foi?

— Luísa... Você me conhece desde pequena. Você sabe praticamente todos os meus segredos, assim como Betina, e eu sei o de vocês — disse. — Você acha mesmo que eu iria contar para o meu pai uma coisa sigilosa como essa?

— Se não foi você, Sara, qual é a explicação que você me dá? Como o seu pai sabia sobre a minha virgindade?

— O meu pai é pastor! O seu pastor! E ele não é mentiroso. Que tipo de cristã você é, que não acredita na revelação de Deus?

— Então é isso o que você acha? Que Deus revelou a minha intimidade para que um pastor a expusesse? Você tem noção do que virou a minha vida depois desse culto, Sara?

— Eu posso imaginar...

— Não, você não pode imaginar! — rebateu Luísa, alterando o tom de voz. — As pessoas falam, comentam e fofocam! As pessoas perguntam umas para as outras com o pretexto de que estão preocupadas comigo e que só querem orar por mim!

— Luísa, eu não sei o que te dizer.

— Mas eu sei muito bem o que te dizer. Se afasta de mim, Sara! — gritou ela, fazendo com que todos à volta olhassem em sua direção. — Não quero mais ter você como amiga! Não por ter contado essa história para o seu pai há dez anos, mas por ter mentido na minha cara agora mesmo, querendo me fazer acreditar que tudo isso é apenas uma revelação de Deus!

— Luísa, você está se alterando. Por favor, as pessoas estão olhando para nós. Vamos conversar civilizadamente e tudo isso vai se resolver — pedi, em uma tentativa de acalmar a minha amiga, que estava tornando tudo aquilo em um circo com plateia e tudo. Um verdadeiro pesadelo para uma pessoa pública como eu.

— Agora eu que te pergunto: que tipo de cristã você é, Sara? Ao contrário de você, eu nunca contei os seus segredos para ninguém. Nem o mais podre de todos eles! — continuou Luísa, espumando de raiva e, em seguida, se retirando da mesa e andando para fora do restaurante.

Cheguei a me levantar da cadeira para ir atrás da minha amiga, mas Betina me alertou, aconselhando que era melhor deixá-la ir, pelo menos por agora.

Betina estava certa. Luísa estava furiosa comigo, e nada de bom iria resultar de uma conversa com ela irritada daquela forma. Apesar da sua histeria, ela tinha razão de se sentir assim. O que eu fiz foi traição e me sentia péssima por isso. Mas não poderia comprometer a integridade do meu pai e, consequentemente, de todo o seu ministério. No fim das contas, eu tinha que mentir para Luísa, pelo bem do meu pai e pelo meu.

Perdi o apetite depois da conversa um tanto quanto agitada e deixei meu prato de salada com tofu praticamente inteiro. Esperei Betina, que não perdia a fome por nada, terminar de comer e paguei a conta do restaurante, de onde saí envergonhada por ter sido uma das protagonistas de todo aquele espetáculo. Provavelmente muitos ali me reconheceram como a cantora gospel do momento, que agora participava de discussões escandalosas nas horas vagas.

— Obrigada por ter vindo, amiga — disse para Betina, me despedindo com um abraço.

— Eu gostaria de ter ajudado, mas…

— Eu sei que sim. Ajudou estando aqui e não me deixando pagar esse mico sozinha — respondi com uma risada sem graça.

— Pelo menos isso! Mas, amiga, não deixe ficar assim. Resolva essa situação e conte a verdade para Luísa. Ela é a nossa melhor amiga, poxa!

— Então você também não acredita em mim, Betina?

— Revelação de Deus, Sara? Ok. Se você diz, eu acredito! Confio em você — respondeu ela com o olhar doce e ingênuo que carregava desde que era uma menininha.

— Obrigada. Ser acusada de algo que você não fez é horrível! E eu não fiz nada disso, você sabe. Agora deixa eu ir, porque tenho uma sessão de terapia daqui a pouco. Beijinhos.

A doutora Tereza Terra me recebeu em seu consultório com o sorriso cordial que sempre abria ao me encontrar.

— Como você está hoje? — perguntou enquanto me direcionava para a poltrona de paciente, com a qual eu já estava mais do que familiarizada.

— Péssima! Acabei de ter uma discussão com a minha melhor amiga.

— Gostaria de conversar sobre isso?

— Na verdade, não. O melhor a ser feito é esquecer.

— Se você prefere assim. Mas lembre-se de que nem tudo pode ser jogado para debaixo do tapete.

— Eu sei.

– Então, vamos continuar de onde paramos. Aceita água, chá, café ou bolachas antes de começarmos?

– Bolachas! Todas que tiver, por favor – respondi, deixando óbvia a minha ansiedade para a psicóloga, que me entregava um pote de vidro com biscoitos amanteigados de maçã com canela.

– Quero que me conte o que aconteceu depois que você teve um encontro com Deus no hospital.

A vida após você ser verdadeiramente restituída por Cristo é outra! Somos lembrados diariamente do Seu amor, de que Suas misericórdias se renovam todas as manhãs e de que Sua graça é infinita. Eu fui transformada naquele hospital, assim como Jesus transformou água em vinho. Ele fez um milagre na minha vida e me salvou de mim mesma!

Os dias agora eram mais leves e relaxantes. Não só para mim, mas também para o tio Clóvis, que, após perceber minha mudança genuína, pôde descansar e se sentir em paz, sem ter que estar em alerta com a sobrinha que não conseguia mais viver. Não diria que os dias se tornaram fáceis, nada disso! Eu ainda tinha noites em claro de choro e aflição; noites em que não parava de pensar no meu filho e de me perguntar onde ele estaria. Mas a diferença era que agora, como diz a Bíblia, o choro poderia até durar uma noite, mas a alegria sempre vinha pela manhã. E lá estava eu, sendo sustentada por Deus mais uma vez.

Fazia pouco mais de um mês desde a minha tentativa de suicídio. A cicatriz em meu punho me lembrava daquela madrugada assustadora e restauradora ao mesmo tempo. A noite em que eu morri e vivi de novo, quando fui salva por Deus de todas as formas que alguém poderia ser salvo.

Os dias na fazenda com tio Clóvis eram agradáveis. Eu passava o tempo ajudando-o com a horta, com as galinhas e buscando a Deus a todo instante. Não podia negar que vinha sendo um bom momento de reflexão e conhecimento da Palavra – e até Emílio tinha se interessado pelas nossas conversas sobre Jesus –, mas àquela altura eu já estava morrendo de saudade dos meus pais, dos meus amigos e da igreja e pretendia em breve convencer mamãe de que chegara, enfim, minha hora de retornar para São Paulo. Assim que minha barriga de grávida diminuísse mais um pouco, é claro! Com a dieta rígida que estava fazendo, logo isso iria acontecer.

– O que você acha, tio Clóvis? Já emagreci bastante, não é? – perguntei, entrando na cozinha com uma blusa plissada branca, que no fim da gravidez nem me servia mais.

— Sabe que eu não reparo nessas coisas, minha sobrinha. Para mim você está linda de qualquer jeito! O que eu sei é que, com essa sua dieta maluca, quem está engordando somos eu e Emílio, que estamos comendo em dobro no seu lugar – respondeu ele de bom humor enquanto picava legumes frescos, colhidos de manhã, para o almoço.

— Que nada, tio, o senhor está sempre elegante. Por falar em Emílio, por onde ele anda? Não o vi hoje por aqui.

— Ixi, Sara, aquele ali tirou o dia para estudar.

— Estudar? – perguntei com espanto.

— Sim. Estudar! Emílio é um menino muito inteligente, está estudando agronegócio por essa tal de internet que ele tem aí.

— Nossa! Parece promissor!

— Mas o que a senhorita quer com ele, hein? Sabe que recebi ordens estritas dos seus pais para manter você longe do moço. Se eu não fosse firme com eles, teriam até me convencido a despedir o pobre do rapaz.

— Eu sei, tio Clóvis. Mas não se preocupe, porque o meu interesse não é no Emílio, e sim na internet que só ele tem aqui no meio deste mato.

— E posso saber o que você quer fazer na internet?

— Eu só quero conversar com as minhas melhores amigas. Bateu uma saudade delas hoje! Quero dar notícias e dizer que logo volto.

— Então tá bom. Estou confiando em você, não vá fazer nenhuma besteira! Ah, e isso fica entre nós dois. Seus pais não podem saber que você anda usando a internet, ainda mais no quartinho do Emílio.

— Pode deixar, tio Clóvis! Obrigada por guardar mais esse segredo – respondi, dando um beijo nas bochechas enrugadas do homem à beira do fogão.

Enquanto caminhava até o quartinho ao lado de fora da casa, pensei no que iria escrever para minhas amigas. Provavelmente teria que inventar que minha tia com câncer já estava ficando melhor e, por isso, logo eu poderia voltar para casa.

Minha cabeça já fazia planos para quando eu retornasse; com certeza iria para a igreja na primeira oportunidade e avisaria a todos os meus amigos para não faltarem ao culto nem em sonho. Depois poderíamos ir à sorveteria ao lado, como eu costumava fazer em alguns domingos, e pediria os meus sabores favoritos: baunilha e pistache. Claro que não comeria demais; tudo com moderação para não correr o risco de a minha barriga aparecer novamente. Passaríamos horas ali, atualizando a conversa de quem começou a namorar quem nos últimos meses e fazendo planos para o próximo acampamento de jovens da igreja.

Em nome do Pai?

Não via a hora de estar de volta! Seria tão incrível! Distraída com os meus pensamentos, mal reparei que abri a porta do quartinho de Emílio sem antes bater – coisa que eu jamais faria se não estivesse com a cabeça no mundo da lua. Só pude perceber a confusão que criei quando vi, com meus próprios olhos, Emílio, em pé de frente para mim, completamente nu. Pelado da cabeça aos pés!

– Desculpa! – disse, fechando a porta imediatamente.

Que vergonha a minha! Tudo culpa da minha desatenção! Emílio devia estar vermelho como pimenta. De qualquer maneira, eu não poderia dizer que não havia gostado de ter visto aquela cena. Emílio era mesmo um homem bonito e musculoso, não pude deixar de notar. Ainda mais eu, que nunca havia visto um menino pelado.

– Que Deus me perdoe e afaste de mim esses pensamentos pecaminosos! – disse baixinho em oração.

– Entra! Agora já estou vestido! A não ser que tenha vindo aqui para me ver pelado mesmo... – disse Emílio, abrindo a porta de madeira de seu quartinho e me dando uma bronca sem graça.

– Nada disso, seu caipira! – falei, tentando esconder o quanto estava envergonhada com toda aquela situação constrangedora. – Eu vim aqui para usar a sua internet. Digo, se você permitir.

– Mas é claro que permito, uai! Deixa só eu fechar essas abas aqui do que eu estava estudando.

– Fiquei sabendo dessa novidade. Você, estudando! Meus parabéns!

– Tenho que estudar se eu quiser uma vida melhor... Um dia, essas botina veia vão ser trocadas por pares de sapatos chiques. De rico mesmo, sabe?

– Sei, sim! Eu acredito no seu potencial, Emílio.

– Obrigado, dona. Tá aí! Pode navegar à vontade – disse ele, me dando espaço para que eu usasse o computador.

Entrei no site de chat on-line e digitei meu login e senha. Tudo o que eu escreveria para as minhas amigas já estava bem decorado em minha cabeça. Emílio ficou esperando sentado na cama, lendo um livro ou pelo menos fingindo ler, já que vez ou outra eu o pegava me bisbilhotando de canto de olhos.

Luísa e Betina, estou com muita saudade. Como vocês estão? Escrevo para dizer que a minha tia teve uma grande melhora em seu quadro e está milagrosamente curada do câncer. Sendo assim, logo eu estarei de volta! Não vejo a hora.

– Enviar. Prontinho! – falei para Emílio.
– Ué, parece que a sua amiga Luísa está on-line. Não quer ficar para esperar a resposta dela?
– Que sorte, não? Estamos conectadas na mesma hora!
– É a tecnologia! Ela já está digitando.
– Chegou! Deixa eu ler! – disse para Emílio, que agora estava bisbilhotando descaradamente a minha conversa com Luísa.

Sara, eu e Betina também estamos com tanta saudade que chega a doer o peito! Nunca ficamos tão longe de você em toda a nossa vida. Fico feliz que, graças ao nosso poderoso Deus, a sua tia esteja curada! Aleluia! E estou mais alegre ainda de saber que logo você estará de volta. Assim também vai poder aproveitar a sua família, que agora cresceu mais um pouco! Aguardamos o seu retorno. Amamos você!

– Quê? Do que você está falando? A minha família cresceu? – perguntei em voz alta para o computador, como se de alguma forma Luísa fosse me escutar do outro lado. – Me ajude a digitar, Emílio, você faz isso mais rápido e eu acho que estou nervosa demais.
– Deixa comigo! – falou ele, teclando rápido como um relâmpago.

A minha família cresceu? Como assim, amiga?

– Enviado! Agora se acalme e dê tempo para que ela responda.
– O que será que ela quis dizer com isso, Emílio?

Ué, amiga, o seu irmãozinho Mateus. É adotivo, mas não deixa de ser da família. A propósito, ele foi apresentado na igreja domingo passado. Que bebê mais fofo!

Minhas pernas bambearam com o que li na tela do computador, fazendo com que eu tivesse caído no chão se não fosse Emílio me dando apoio com seus braços. *Isso não pode estar acontecendo!*

Se meus pais haviam adotado um bebê sem eu saber, logo depois de terem levado o meu para adoção, essa criança só podia ser, então, o meu próprio filho!

15

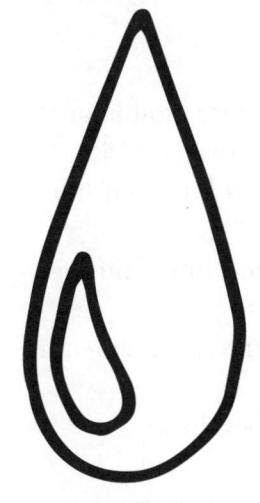

Se confessarmos os nossos pecados, Ele é fiel e justo para perdoar os nossos pecados e nos purificar de toda injustiça.
(1 João 1:9)

— Eu preciso ir agora para minha casa, tio Clóvis! – disse, entrando em disparada na cozinha. Emílio vinha logo atrás de mim, tão nervoso que não sabia nem como agir para que eu me acalmasse.

— O que aconteceu? – indagou meu tio, desconfiado. – O que você fez, Emílio?

— Ele não fez nada, tio. Antes fosse! Pior! Foram os meus próprios pais! Tio Clóvis, os meus pais roubaram o meu bebê!

— O quê? Do que você está falando, Sara?

— Eu fiquei sabendo pela minha melhor amiga que eles adotaram uma criança.

— Os seus pais?

— Sim, tio Clóvis! Os meus pais adotaram o meu filho!

— Mas você nem sabe se isso é verdade, pode ser tudo uma brincadeira!

— O seu tio tem razão, Sara. Você precisa se acalmar antes de tomar qualquer decisão. Tudo não deve passar de uma pegadinha! – falou Emílio, que ficou tão perplexo quanto eu ao ler a mensagem de Luísa, mas, pela primeira vez, tentava enxergar as coisas com um pouco mais de clareza.

— Eu vou voltar para São Paulo no próximo ônibus que tiver! Não importa o que vocês digam!

A cada minuto que passava, eu ficava mais nervosa e agitada. O carro caindo aos pedaços do tio Clóvis andava na velocidade mais alta que conseguia em uma estrada de terra esburacada, que nos levava até a cidade onde ficava a rodoviária. Enquanto tio Clóvis dirigia em silêncio, Emílio não parava de explorar todas as possibilidades de nós dois termos entendido errado a mensagem de Luísa.

— E se Luísa estiver se referindo a um cachorro? Muitas pessoas chamam animais de bebê.

— Óbvio que não. Depois que o Floquinho morreu, mamãe proibiu outro cachorro em casa. Além do mais, não se apresentam cachorros na igreja!

— E se eles realmente adotaram uma criança, mas não for o seu filho? — disse ele.

— E por que cargas d'água eles esconderiam isso de mim, Emílio? — gritei, irritada.

— Para que você não ficasse com ciúmes? — perguntou ele em uma tentativa de que eu aceitasse sua hipótese.

— Mas é claro que não! Eu conheço muito bem aqueles dois.

— E se eles...

— Chega de imaginar, Emílio. Eu quero confirmar com os meus próprios olhos tudo aquilo que já sei.

A rodoviária da cidade estava praticamente vazia, a não ser pelos funcionários que ali trabalhavam. Imaginei que as pessoas daquele lugarzinho pacato não gostassem muito de viajar.

Tio Clóvis comprou uma passagem para mim para o próximo horário com destino a São Paulo, mesmo tentando fazer com que eu desistisse da ideia até o último minuto.

— Tem certeza, minha sobrinha?

— Tenho, tio — garanti enquanto o envolvia em um abraço. — Ah, e, por favor, não diga nada aos meus pais. Não quero que eles tenham tempo de desaparecer com o meu filho.

— Você acha que eles seriam capazes disso?

— Você conhece bem a sua prima! Me diz você.

— É, você tem razão! — confessou ele. — Vou sentir sua falta aqui.

— Eu vou sentir muito mais a sua. Obrigada por tudo, meu tio amado. Foi um prazer ter te conhecido melhor. Tchau, Emílio.

— Tchau, Sara. Espero um dia te ver de novo.

— Eu também espero te ver novamente, seu caipira! E, até lá, você já vai ter trocado essas botinas por um sapato chique de gente rica.

— Pode apostar! — respondeu Emílio, em meio a gargalhadas.

Entrei no ônibus de viagem, que, assim como a rodoviária, estava praticamente vazio, a não ser por umas três pessoas que escolheram seus assentos bem longe do meu. Perfeito! Dessa forma poderia chorar o caminho inteiro sem que ninguém se incomodasse com o barulho.

Da janela, me despedi de tio Clóvis e Emílio com um aceno de mão e pude ver, mesmo que de longe, uma lágrima cair dos olhos do meu velho parente.

Em nome do Pai?

O caminho era longo, e a estrada fez com que eu me sentisse reflexiva. No fim das contas, acabei me acalmando depois de abrir meu coração para Deus e pedir paz, enquanto assistia à luz laranja do pôr do sol entrar pelas janelas do veículo em movimento. Ainda assim, nunca foi inventada uma maneira de fazer com que o coração de uma mãe ficasse completamente calmo ao saber que, em algumas horas, estaria segurando o seu filho no colo.

Minha mente se perdeu em meio à confusão, sem saber o que pensar. Será que eu deveria agradecer a Deus pela oportunidade de ver novamente o meu bebê? Ou ficar furiosa de vez com os meus pais, que haviam roubado o meu filho de mim?

A terra da garoa me recebeu de volta com a sua famosa particularidade. Uma chuvinha fina caía sobre São Paulo, deixando o céu um pouco mais cinza e a cidade com uma temperatura fria. Tirei meu casaco de moletom da mochila e o vesti por cima da blusa de mangas curtas que usava. Logo em seguida, peguei um táxi para a minha casa, com o dinheiro que tio Clóvis me deu para algum tipo de emergência.

Àquela altura do percurso, minhas unhas já estavam todas roídas de nervoso. Eu passava e repassava na cabeça a cena de como seria ver novamente o meu filho. Mas o que na verdade me deixava aflita era me imaginar confrontando os meus pais por terem feito tudo aquilo. Além do mais, uma pequena parte do meu cérebro se perguntava se, no fim das contas, as teorias de Emílio poderiam estar certas. E se tudo não passasse da adoção de um cachorro ou de uma brincadeira de mau gosto?

O táxi entrou em minha rua, e logo a ansiedade aumentou ainda mais. Passei tanto tempo fora que me sentia uma estrangeira na rua em que cresci. O carro parou em frente à minha casa, e uma sensação estranha invadiu meu corpo. Um sentimento de não reconhecimento do meu próprio lar. Me perguntei se eu deveria ter mesmo voltado daquela maneira, sem avisar aos meus pais, pela primeira vez fazendo algo escondido deles. Mas que outro jeito teria? Eu não poderia correr o risco, outra vez, de nunca mais ver meu bebê.

Desci com a minha mala de rodinhas e uma mochila nas costas e fiquei ali, observando a casa por alguns minutos. Tempo suficiente para que a vizinha Maria reparasse. A senhora fofoqueira acenou da janela, com uma expressão no rosto que dizia fazer muito tempo que não me via por ali. Eu acenei de volta, não muito entusiasmada, e logo apertei a campainha para me livrar o mais rápido possível de seus olhares.

Meu coração acelerou ainda mais ao ouvir os passos de alguém vindo abrir o portão para mim.

— Por favor, que seja o papai, Deus. Por favor, que seja o papai. Por favor, que seja o papai — torci baixinho antes que a porta se abrisse à minha frente.

— Sara! O que você está fazendo aqui?! – falou mamãe, com o rosto espantado.

— Surpresa! — disse eu, de maneira debochada.

— Sara, querida! Você não pode entrar nesta casa! — respondeu minha mãe, se colocando no meio da porta, impedindo que eu passasse.

— Eu já sei de tudo, mamãe! Vocês acharam que eu nunca descobriria?

— Do que você está falando, Sara?

— Não se faça de idiota, mamãe! É melhor que você me deixe passar, antes que eu chame a polícia para resolver tudo isso, sua ladra de bebês! — disse, pela primeira vez na vida enfrentando a minha mãe, mesmo que eu estivesse fazendo isso com medo, muito medo.

No mesmo instante, ela saiu da minha frente, liberando espaço para que eu entrasse. Não porque era boazinha, mas porque estava com medo de eu cumprir a minha palavra e do que os vizinhos iriam pensar ao ver toda aquela cena acontecer.

Corri para dentro de casa e encontrei meu pai, tão surpreso quanto mamãe:

— Sara, minha filha!

— Cadê o meu filho, papai?

— Sara, nós íamos te contar...

— Cadê o meu filho?! — gritei, olhando nos olhos assustados do meu pai.

— Está no seu quarto.

Andei a passadas largas na direção indicada, em uma procura incansável pelo meu menino. Os cinco segundos do caminho da sala até o quarto nunca haviam sido tão longos. Meu coração batia mais rápido à medida que eu chegava perto de vê-lo novamente.

Abri a porta e, onde antes ficava a minha cama, vi um berço de bebê. Mas isso não importava, porque a coisa que eu mais amava no mundo estava bem ali, dentro dele, embalada em uma manta azul.

Como ele havia crescido em tão pouco tempo! No entanto, eu poderia reconhecer aquelas bochechas de longe. Assim como as linhas de suas mãos e a curvinha perfeita que sua perna rechonchuda fazia.

Em nome do Pai?

– É o meu filho! Sim, é o meu filho! – falei, emocionada, enquanto trazia o menino para os meus braços.

Mamãe e papai me olhavam da porta, ainda sem saber como reagir à minha aparição repentina.

– Eu sabia, meu Deus! Eu sabia! Obrigada, Senhor!

16

Quem é comparável a Ti, ó Deus, que perdoas o pecado e esqueces a transgressão do remanescente da Sua herança? Tu que não permaneces irado para sempre, mas tens prazer em mostrar amor. (Miquéias 7:18)

Eu tinha plena certeza de que nunca mais o veria. Passaria a vida toda tentando não me esquecer dos detalhes que o faziam ser ele, mas talvez, quando já estivesse muito idosa e a minha memória viesse a falhar, as lembranças do meu menino seriam, sem querer, esquecidas junto com todas as outras coisas triviais da vida. Esse era o meu maior medo. Viver uma vida em que não tivesse conhecido o meu filho.

Cheguei a pensar que tudo aquilo não passava de um sonho e que, na verdade, eu ainda estava na fazenda, dormindo na minha cama até que o tio Clóvis me acordasse para tomar café da manhã. Afinal, nada daquilo parecia real.

Ainda não podia acreditar que havia pegado um ônibus de Minas Gerais até São Paulo sem contar para os meus pais. Também não creio que os enfrentei como uma leoa quando tentaram me impedir de entrar em casa e ver meu filho. Eu tinha feito tudo isso! E, pela primeira vez, sem a permissão de Marta e Eliseu. E, não, eu não estava me sentindo uma pessoa horrível como achava que me sentiria quando isso acontecesse.

Uma hora inteira já havia se passado desde o momento em que peguei meu filho nos braços e não soltei mais. Meu pai e minha mãe nada podiam fazer, porque os dois sabiam que eu precisava daquilo, mesmo que vez ou outra eles viessem até mim tentar um diálogo:

— Eu e a sua mãe queremos conversar com você — falou meu pai, da porta do quarto.

— Mas é claro que querem. Vocês têm muito o que explicar!

Me despedi do meu menino, deixando-o dormindo como um anjo novamente no berço, e me preparei psicologicamente para o que viria a seguir.

Em nome do Pai?

Na sala, mamãe segurava um copo com suco e um sanduíche de presunto e queijo na outra mão.

— Você deve estar faminta, querida.

— Estou, mamãe, mas o que eu estou mesmo é furiosa! O que vocês dois fizeram? – disse aos meus pais, que estavam agora sem reação alguma, como se tivessem virado estátuas de pedra. – Me digam! Vocês acharam que eu nunca fosse descobrir? Qual era o plano de vocês?

— Não é nada disso que você está pensando, meu algodão-doce! – respondeu meu pai.

— Então se expliquem!

— Deixa que eu conto tudo, Eliseu. Afinal, a ideia foi minha.

— Eu não poderia imaginar o contrário. Tinha que ser coisa sua, não é, mamãe?!

— Sara! Essa não era a minha intenção. Nunca foi. Eu nunca planejei ficar com o bebê.

— Ficar não! Roubar!

— Mas assim que saímos da fazenda, naquela madrugada, para deixá-lo com os seus futuros pais adotivos e enfim acabar com toda essa história, eu... eu... eu recebi um sinal de Deus, minha filha!

— O quê? Você quer me dizer que Deus mandou você roubar o meu filho?

— Deus me pediu para criá-lo, querida! Deus falou comigo que o filho homem que eu não fui capaz de dar ao seu pai, depois de ter perdido o útero, estava finalmente sendo enviado por Ele – respondeu minha mãe enquanto as lágrimas caíam de seus olhos.

— Mamãe!

— Sim, querida! Deus me deu esse menino.

— Mamãe, mas esse filho é meu! Ele saiu de dentro de mim! Ele é meu! – disse, sem acreditar nas palavras que saíam de sua boca.

— Você nunca desejou essa criança, Sara! Deus te deu um filho que você não queria e arrancou o meu útero de mim, que sempre quis um filho homem! Isso não é justo!

— Você é uma criminosa! Uma ladra de bebês! Eu vou agora mesmo ligar para a polícia.

— É isso que você quer, Sara? Colocar os seus próprios pais na cadeia?

— Se isso for o necessário para eu ter o meu filho de volta, sim!

— Eliseu, diz a ela o que vai acontecer se ela resolver chamar a polícia. Vai! Diga!

— Sara, minha filha... — falou meu pai, com uma voz tão calma que contrastava com os gritos histéricos da mamãe. — Se você fizer isso, tudo estará acabado. Tudo!

— Vocês não podem me impedir — falei enquanto pegava o telefone fixo e digitava o número da emergência policial.

— Todos irão descobrir o que te aconteceu, Sara! Vão conhecer a sua história e saber que foi desonrada por um cara que nunca mais viu. É isso o que você quer? — falou meu pai, olhando no fundo dos meus olhos e tentando me convencer a desligar aquele telefone antes que eu fosse atendida. — O que acha que as pessoas vão dizer? Como alguém vai se interessar por você depois disso? Nenhum homem vai te querer! Quem iria querer uma mulher prostituída?

— Se você fizer isso, tudo acabou! Você estará sozinha no mundo, criando o filho de um estuprador! Ninguém vai ficar do seu lado, Sara! — completou minha mãe, com uma expressão fria no rosto.

O meu cérebro me mandava fazer uma coisa: escolher o lado certo e enfim ser liberta da chantagem dos meus pais. Mas meu coração me dizia para seguir outro caminho. Como eu poderia colocar meus próprios pais na cadeia? E depois disso? Todos iriam descobrir o que aconteceu comigo. Toda a mentira seria revelada. Eu acabaria sozinha e, ainda por cima, com fama de prostituta e mentirosa.

O barulho do telefone ao meu ouvido fazia com que meus pensamentos se acelerassem. O que deveria fazer? Qual lado deveria escolher?

— Serviço de emergência policial, boa noite — disse uma voz masculina do outro lado da linha.

O aroma de pêssego do consultório da doutora Tereza Terra invadiu as minhas narinas, lembrando que eu estava sã e salva, dez anos depois de tudo aquilo.

— Abra os olhos devagar e respire fundo — disse a mulher com uma voz calma, enquanto eu, deitada em seu divã, despertava a minha consciência. — Isso. Muito bem! Você fez um bom trabalho hoje. Como se sente?

— Cansada.

— O que você sente hoje em dia em relação ao bebê?

— Eu... eu sinto... eu não sei. O meu amor só cresce pelo Mateus.

— Que tipo de amor, Sara? Como você vê o Mateus agora? Como seu filho ou como seu irmão mais novo? — indagou a doutora Tereza.

— Ele sempre será o meu filho, ainda que ele nunca saiba disso.

— Você já pensou em contar a ele alguma vez, Sara?

Em nome do Pai?

— Todos os dias da minha vida, mesmo sabendo que vou morrer com esse segredo.

— Você sabe que não precisa guardar isso para você, não é? — perguntou ela, me olhando por cima dos óculos de grau.

— Como assim? Mas é claro que eu preciso. Eu não posso simplesmente estragar tudo depois de todo esse tempo.

— Você não precisa continuar vivendo uma mentira, Sara. Você já pensou em como seria a sua vida hoje, caso você não tivesse sido tão manipulada pelos seus pais?

— Eu não fui manipulada! Eles só queriam o melhor para mim.

— Sara, Sara! Pare de se esconder atrás dessa garotinha que um dia você foi. Deixe a Sara adulta tomar o comando da sua vida.

— Eu tenho o comando da minha vida!

— Não, você não tem. Um dia você vai ter que enxergar que tudo que você vive hoje é a vida que os seus pais escolheram para você. Como seria a vida caso você tivesse feito suas escolhas?

— Eu... eu não sei. Eu não quero falar nesse assunto.

— Não deixe que eles continuem a fazer as escolhas por você, Sara. Pense na possibilidade de finalmente assumir o papel de mãe desse menino.

— Não é tão simples assim! Você não sabe o que está dizendo.

— Eu sei que não é tão simples, mas eu conheço a sua história e...

— Não! Você não conhece a minha história, doutora Tereza — disse eu, elevando o tom de voz de um jeito que acabou me deixando envergonhada.

— Então me conte — respondeu ela com calma enquanto olhava profundamente em meus olhos. — Me conte a sua história, Sara.

— Eu... eu não posso. Eu não consigo. Me desculpe.

Deixei o consultório com uma sensação ruim martelando em minha mente. Me sentia pesada e triste. Muito triste. Com um tipo de tristeza inconsolável, que nem as melhores palavras do mundo poderiam aliviar.

Entrei em meu carro e peguei o caminho em direção à minha casa. Ouvir coisas duras dói. Ouvir verdades duras dói mais ainda. Mas a doutora Tereza não sabia o que estava dizendo; não, não sabia mesmo! Como eu poderia de repente contar tudo o que fora encoberto durante dez anos? Como eu viraria a mãe do meu, até então, irmão mais novo? Os meus pais nunca me perdoariam. A igreja nunca me perdoaria. Nem os meus amigos, nem os meus fãs e talvez, no fim das contas, nem o meu filho. Meu filho! Há quanto tempo eu não pensava nele como filho como pensei durante a sessão de terapia?

Movida por uma vontade de abraçá-lo e uma saudade diferente das outras que eu já havia sentido por Mateus, desviei da minha rota, entrando com o carro na primeira rua à esquerda, a caminho da casa dos meus pais. O motorista do carro que estava atrás de mim buzinou, irritado pela minha direção brusca e irresponsável, colocou a cabeça para fora da janela e soltou os mais variados palavrões, me tirando de meus pensamentos complexos e trazendo de volta à minha lucidez.

– O que eu estou fazendo? – falei a mim mesma. – Ok. Estou apenas dirigindo até a casa dos meus saudosos pais para passar um tempo com eles e com o meu pequeno irmão. Ok, Sara?

Toquei a campainha algumas vezes e, em poucos segundos, ouvi passos em direção ao portão. Passos conhecidos e familiares demais. O meu coração acelerou-se em uma expectativa esquisita. É ele! O meu filho! Melhor dizendo: o meu irmãozinho.

A porta se abriu, e o menino de cabelos encaracolados me recebeu com uma expressão surpresa no rosto.

– Irmãzona! É você! – disse Mateus enquanto se jogava em meus braços.

– Sou eu, meu amor! Como você está? Não sabia que agora você tem permissão de atender a porta sozinho.

– Na verdade, eu não tenho – confessou ele com um sorriso peralta. – Mas a mamãe está no ensaio do coral da igreja, e o papai está tirando o cochilo dele da tarde. Não quis acordá-lo.

– Então é isso que você faz quando não tem ninguém por perto? Desobedece? – perguntei, com um tom tão brincalhão na voz que seria impossível ser levada a sério.

– Ah, deixa disso! Vem! Quero te mostrar a minha coleção nova de carrinhos – respondeu Mateus, me puxando pelas mãos como sempre fazia.

A casa dos meus pais estava silenciosa e calma, a não ser pelo ronco alto do papai, que estava estirado no sofá da sala. O homem dormia tão pesado que nem sequer pensei em atrapalhar seu sono de glória.

Fui levada por Mateus diretamente para o seu quarto e permaneci sentada em sua cama enquanto ele remexia no caixote de brinquedos e tirava de lá carrinhos de diferentes estilos e cores, tagarelando sobre sua nova coleção.

– Olha! Este é o meu preferido.

– Também gosto deste – respondi, fingindo empolgação como se faz com as crianças.

Em nome do Pai?

— E deste?

— Hmm... Acho que deste eu não gostei muito.

— Mas aposto que você vai amar este! – continuou o menino, exibindo um carrinho vermelho.

— Mateus... Como está a preparação para o Dia das Mães? Já é esta semana. A mamãe ainda não descobriu aquele presente que você guardou para ela? – perguntei, interrompendo o assunto sobre sua coleção.

— Não. E, por falar nisso, eu quero te mostrar uma coisa.

— O quê?

— Lembra que eu te falei que também queria dar para a minha mãe de verdade um vaso daquele que fiz para a mamãe? – disse Mateus, enquanto escalava o guarda-roupa, tentando alcançar alguma coisa na última prateleira.

— Lembro.

— Aqui está – continuou ele, quando finalmente pegou uma caixa de papelão e entregou em minhas mãos. – Abra.

Abri a caixa com cuidado, tentando disfarçar o quanto estava tremendo. Enrolado em um jornal, havia um vaso branco com flores pintadas em azul. E, por mais estranho que pudesse parecer, a simples visão do objeto me fez ter vontade de chorar.

— É lindo, Mateus! – disse eu, dessa vez com sinceridade, não apenas fingindo empolgação para agradar.

— Você acha que ela vai gostar?

— Ela vai amar! – respondi com os olhos cheios d'água.

— Então você também acha que eu vou conhecer a minha mãe? Você acha isso, irmãzona?

— Eu não disse isso. Esqueça essa história, Mateus!

— Esquecer que história? – indagou uma voz forte vinda da porta.

O meu pai apareceu de repente, com uma cara sonolenta e desconfiada ao mesmo tempo.

— Não é nada, papai. Uma coisa qualquer que Mateus estava me contando – respondi, esperando que ele não tivesse percebido a minha pequena mentira e que eu havia escondido o vaso rapidamente de volta naquela caixa.

— O que você faz aqui, Sara? – perguntou ele, criando uma tensão maior no ambiente.

— Eu vim visitar vocês.

— Mas que surpresa! Você nunca vem nos visitar – respondeu meu pai, com deboche na voz.

— Pois é, mas eu vim hoje. É uma pena que eu já tenha que ir embora – falei enquanto me levantava.

— Não vai nem esperar pela sua mãe?

— Não, pai. Estou muito cansada. Só vim ver a coleção nova de carrinhos do Mateus – expliquei, andando de volta para a sala e fazendo com que o meu pai fosse atrás de mim, para que Mateus tivesse tempo de guardar de uma vez aquele presente.

— Ok. Você vem no Dia das Mães, não é?

— Claro! Ou saímos para almoçar depois do culto... O que preferirem.

— Só se você pagar.

— Como sempre, não é, papai? – respondi, gargalhando, fazendo com que ele trocasse a feição desconfiada para algo mais gentil e parecido com aquele velho brincalhão que eu conhecia.

O caminho de volta para casa pareceu ainda mais longo do que realmente era depois que saí da casa dos meus pais. Meu pensamento não parava de voltar para os olhos brilhantes e cheios de esperança de Mateus ao me mostrar aquele vaso pintado por ele, com tanto amor. *Ah, meu filho! Se pudesse, você saberia de tudo!* Talvez a doutora Tereza tivesse mesmo razão. Ninguém mais deveria controlar a minha vida. Se eu contasse a verdade, eu seria a mãe que tanto desejei ser para aquele menino. Eu seria finalmente a mãe que ele tanto esperava, em segredo, conhecer.

17

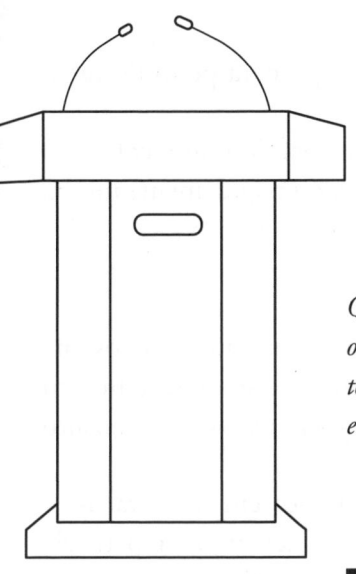

Que o ímpio abandone seu caminho, e o homem mau, os seus pensamentos. Volte-se ele para o Senhor, que terá misericórdia dele; volte-se para o nosso Deus, pois ele perdoará de bom grado. (Isaías 55:7)

— Alô, tem alguém na linha? – repetiu a voz do serviço de emergência policial que me atendia, enquanto eu tentava fazer com que saísse alguma palavra da minha boca, mesmo que soubesse que agora era tarde demais. Eu já tinha me convencido de que seguiria meu coração.

Desliguei o telefone e o coloquei de volta no gancho. Meus pais se entreolharam, aliviados com o que eu acabara de fazer, enquanto eu era consumida por uma dor que tomava pouco a pouco o meu peito, indicando que talvez eu tivesse tomado a decisão errada de abdicar, para sempre, de ser a mãe do meu próprio filho.

Ter o bebê por perto novamente se tornou o meu alívio diário diante de tudo isso. Meus pais o batizaram de Mateus. Até que era um nome bonito, mas não o nome que eu lhe daria se pudesse escolher.

Era domingo. O meu primeiro domingo de volta. O sol brilhava tão forte do lado de fora, que presumi que fosse Deus tentando ajudar a melhorar, nem que fosse um pouquinho, o meu humor para o dia que viria pela frente. Esperei tanto por aquele momento que, agora que havia chegado, eu nem sabia se estava realmente pronta para ele. Voltar para a igreja depois de tudo seria um desafio. Porém, mais desafiador ainda seria fingir que nada havia acontecido.

Escolhi uma saia comprida verde-água e uma blusa branca para a ocasião. Passei apenas um blush no rosto e um batom claro para não parecer tão pálida.

— Estou pronta. Posso segurar o Mateus enquanto vocês se arrumam? – perguntei, indo em direção ao quarto que agora eu dividia com o bebê, para tirar do berço a pequena criança envolta em uma manta branca. Sua pequena mão segurou em meu dedo quando trouxe o seu corpo para perto do meu, encaixando-o confortavelmente em meus braços.

— Coloque-o de volta onde estava, Sara! Você está dando muito colo para esse menino. Desse jeito ele vai ficar mimado! — ordenou rispidamente minha mãe, aparecendo na porta do quarto.

— Mas, mãe...

— Eu já disse, Sara. Fim de conversa!

Deixei Mateus novamente no berço, enquanto seus doces olhos me pediam que eu o trouxesse de volta para mim. Porém, no mesmo instante em que ele percebeu que eu não o faria, disparou a chorar em um volume tão alto e estridente que fez mamãe ficar irritada.

— Viu o que você fez! — disse ela, pegando a criança em seus braços. — Calma, bebê, a mamãe está aqui. Shhhhh. Quietinho, meu anjo — repetia ela para Mateus, que logo se acalmou aconchegado em seu colo.

Cenas como aquela estavam se tornando cada vez mais comuns entre nós duas, e todas as vezes o meu coração enchia-se de raiva. O tipo de raiva que eu sentia antes de ter um encontro com Deus na minha quase morte. Respirei fundo algumas vezes e me afastei dali, tentando não odiar a minha mãe.

Enquanto papai dirigia até a igreja, eu sentia um misto de emoções dentro de mim. A felicidade de finalmente estar de volta e de poder rever as minhas melhores amigas latejava em meu peito, mas ao mesmo tempo o medo tentava ganhar espaço quando pensava em tantas mentiras que teria de contar. Os últimos meses da minha vida estariam eternamente escondidos, e só agora eu conseguia entender que nada voltaria a ser como antes. A Sara de antigamente não existia mais, ainda que eu tivesse que fingir para todos que me rodeavam que ela ainda estava ali.

Meu pai estacionou o carro na parte externa da garagem e, antes que eu abrisse a porta para sair do veículo, pude ver uma multidão aglomerada em frente à igreja. E então percebi o que estava acontecendo. Meus amigos eram a multidão! Aqueles com quem eu convivi desde o nascimento, em sua maioria jovens, como Betina e Luísa, que organizavam a turma, mas entre eles também estavam alguns mais velhos, que sempre viram em mim uma sobrinha. Desci do carro com tanta vontade de abraçá-los novamente que quase tropecei em meus próprios pés enquanto corria em direção ao grupo.

— Amiga! Você voltou! — exclamou Betina, me espremendo em um abraço apertado.

Em nome do Pai?

— Como eu senti a sua falta! — disse Luísa, me roubando para ela.

— E eu senti muito a falta de vocês! De todos vocês! — respondi, com a voz embargada de emoção enquanto era envolvida em um abraço coletivo. Por um breve momento, eu me permiti fingir que era a Sara de antes.

A igreja estava lotada e, por onde passava, as pessoas me cumprimentavam e desejavam bom retorno com seus sorrisos acalentadores e seus olhares simpáticos. Me sentei no terceiro banco da frente, ao lado de minhas melhores amigas, que não paravam de me fazer perguntas sobre o meu período de ausência:

— E onde a sua tia mora mesmo?

— Tinha algum menino interessante por lá? — indagou Luísa.

— Credo, Luísa, você está dentro da igreja! — repreendeu Betina.

— E daí? Por acaso está escrito na Bíblia que é pecado falar sobre meninos dentro da igreja?

— Você devia ter um pouco mais de respeito!

— Para de ser tão puritana, garota — falou Luísa, revirando os olhos para a amiga, como sempre fazia.

— Na verdade, tinha, sim, um menino bem interessante! — disse eu, interrompendo a pequena discussão entre elas e deixando as duas boquiabertas com a novidade.

— Quem?! — questionaram curiosas em uma só voz, como se tivessem ensaiado muitas vezes aquela pergunta.

— Isso é assunto para outra hora.

— Como assim, para outra hora?! Você precisa nos contar! — insistiu uma delas.

— Queremos saber desse tal menino! — falou a outra.

— Só fala o nome dele!

— É, só o nome e a idade!

Enquanto as meninas não paravam de tagarelar sobre a minha vida sentimental, minha mente focava no que eu acabara de ver à minha frente. Mamãe estava sentada em uma cadeira no púlpito — onde geralmente ficavam os pastores —, com o pequeno Mateus em seu colo, exibindo-o para todos como se fosse uma joia cara que ela havia acabado de adquirir. Os burburinhos da congregação só aumentavam, com comentários sobre a cena perfeita entre mãe e filho. Sem dúvidas, para a pastora Marta, Mateus era uma exibição, um prêmio que ela não parava de se gabar de ter conquistado. Como se ele fosse realmente dela.

— Sara? — chamou Luísa, mexendo as mãos em frente ao meu rosto para ganhar minha atenção. — Você está bem?

— Eu... estou — menti.

— A gente estava falando do tal menino misterioso que você conheceu. E aí, ele é loiro, moreno, alto, baixo? — perguntou Luísa.

— Eu já volto! — falei, me levantando do banco em um rompante para caminhar às pressas pelo corredor lateral da igreja, em direção à sala do pastor.

Eu preciso falar com o papai, pensei enquanto descia apressadamente as escadas, antes que chegasse a hora do culto e fosse tarde demais.

Lá estava ele. Quieto e calmo em sua sala, se concentrando nos últimos minutos antes de entregar a palavra de Deus para as suas ovelhas.

— Papai!

— Olá, meu algodão-doce! O que faz aqui?

— Eu quero dar um testemunho!

— Um testemunho, minha filha?

— Sim, papai. Quero testemunhar hoje no culto.

— Agora?

— Sim. Agora.

— Sobre o que você quer testemunhar, minha princesa? — perguntou ele, com um tom desconfiado em sua voz.

— É... é... bem, Deus me mandou testemunhar, papai — menti. — Ele disse que muitos se converterão por intermédio meu.

— Isso é ótimo! Mas sobre o que você quer falar nesse testemunho, hein, Sarinha?

— Não se preocupe, eu não vou falar nada que não deva.

— Eu não posso deixar você testemunhar, Sara.

— Você não confia em mim, pai?

— Eu confio, mas...

— Então me deixe fazer isso. Vamos ganhar muitas vidas para Jesus.

— Sara, você sabe muito bem que...

— Eu sei. O nosso segredo será guardado, papai — disse, olhando diretamente nos olhos dele.

— Estou confiando em você. Não me decepcione, Sarinha.

— Pode deixar!

Pronto! Jogada número um bem-sucedida. Não contive o sorriso de canto de boca, enquanto voltava a me sentar com as minhas amigas, planejando o que iria dizer no meu testemunho. Palavra por palavra. Mamãe não podia continuar fazendo aquilo. Não daquele jeito, e só assim ela entenderia o recado.

Em nome do Pai?

Meu pai iniciou o culto matinal anunciando meu retorno e fazendo com que toda a igreja me recebesse de volta com uma salva de palmas.

– E, daqui a pouco, a nossa pequena Sara vai nos dar um testemunho, amém?

– Amém – responderam os irmãos em coro.

Na mesma hora, minha mãe olhou espantada para o meu pai e, em seguida, para mim. Talvez ela já estivesse começando a entender o que estava perto de acontecer.

A pregação do meu pai entrava em um ouvido e saía pelo outro, pois eu só conseguia prestar atenção em duas coisas naquele momento: minha mãe, exibindo Mateus em seus braços, e meu testemunho, que em breve iria acontecer. E então, quando eu já estava agitada demais para disfarçar a minha inquietação, o meu pai me anunciou para a igreja:

– Quero chamar aqui na frente a minha filha, Sara!

Me levantei de onde estava e andei com calma até o púlpito, dando tempo suficiente para que mamãe se sentisse ainda mais desconfiada.

– Bom dia, igreja!

– Bom dia! – responderam os irmãos à minha frente.

– Vocês não sabem o prazer que é estar de volta! – disse, lançando um olhar de protagonista de novela para a minha mãe, que me encarava com o rosto rígido como uma pedra.

– Amados irmãos e irmãs, vocês não podem imaginar o quão duro foi ficar longe da minha amada igreja. Foram dias difíceis sem ter por perto a minha família e os meus amigos, mas Deus me sustentou. Eu vi o tal vale da sombra da morte de perto...

– Sara, você está muito emocionada, querida. É melhor deixar para outra hora esse testemunho – interrompeu a minha mãe inesperadamente, fazendo com que todos que assistiam se perguntassem o que havia de errado.

– Estou de fato emocionada e fraca, mamãe, mas é quando estamos fracos que o poder de Deus se aperfeiçoa, não é? – respondi, levando a congregação a uma histeria coletiva.

– Como eu vinha dizendo, o tal vale da sombra da morte existe, e eu pude ver minha tia sair de lá. E, ao sair, ela me disse que a vida dela fazia muito mais sentido agora e que o fato de ter passado tão perto da morte lhe trazia uma coragem que jamais sentira na vida. Coragem para encarar seus medos, suas fraquezas, seus inimigos espirituais e até seus inimigos humanos, que muitas vezes se disfarçam de amigos, de conhecidos e até de familiares. Sim, irmãos, é quando você volta do vale da sombra da morte que você cresce e ganha força de tal maneira que aquilo que antes te amedrontava agora te fortifica para lutar por tudo o que é seu. A gente aprende desde pequeno que o diabo veio para roubar, matar e destruir, mas a vida vai anestesiando tanto a gente que, muitas vezes, o diabo está nos roubando na nossa cara e nem percebemos. Se apropriando de nossos sonhos, planos e até de gente que amamos muito.

— Xuricantelebalaia! Xuuuuuuuurias! — diziam alguns irmãos em voz extremamente alta, usando a língua dos anjos para concordar comigo.

— Hoje, irmãos, minha palavra é de encorajamento para que vocês não aceitem passivamente a mentira de satanás na tua vida, porque eu estou determinada a não aceitar, a combater e desfazer toda mentira arquitetada pelo inimigo. Amém? Quem acredita que Deus tem uma promessa para você hoje, aqui nesta noite, grite um amém o mais alto que puder...

— Amém! Aleluia! Glória a Deus!

— Mas, para receber a promessa de Deus, você tem que confiar e não aceitar o plano B nem o plano C, porque Deus só trabalha com o plano A! A Palavra diz que a vontade de Deus é boa, perfeita e agradável. Então por que temos que ter o plano B e o C? Vejam a vida de Sara. Não a minha, irmãos! — disse, arrancando gargalhadas. — Sara, esposa de Abraão, recebeu a promessa de que teria um filho e, mesmo com a idade avançada, ela acreditou. O problema é que o tempo passa e nós achamos que Deus esqueceu o que prometeu, aí começamos a pensar no plano B e no C e, quando vemos, estamos fazendo concessões e permitindo mudanças no plano original de Deus. Sara e Abraão se cansaram de esperar, e ela permitiu que o seu marido se deitasse com a concubina e tivesse um filho. Mas aquela criança não era de Sara. Não era isso que Deus havia prometido. E na vida da gente também é assim, irmãos. Muitas vezes andamos exibindo o que não é nosso por direito, muitas vezes andamos mostrando uma conquista que não foi Deus quem nos deu, e assim nos enganamos e enganamos a todos que nos rodeiam, mas existe aquele a quem nunca conseguiremos enganar, aquele que sabe de todas as coisas e que tudo vê. Aquele que sonda os nossos corações e nossos caminhos e nos faz acreditar na promessa que diz que aquilo que é nosso voltará para os nossos braços, e nada nem ninguém poderá impedir a nossa vitória. Amém? — falei, olhando de canto de olho para mamãe, que agora estava mais pálida do que uma folha de papel.

— Bem, amados, para terminar, eu gostaria de falar do meu irmãozinho, que somente agora pude conhecer. Como uma criança traz consigo alegria e paz... e muita bagunça também! O fato é que esse bebê chegou há tão pouco tempo na nossa vida e já é muito amado. E eu, como estava longe, cuidando da minha tia, não participei da consagração dele há alguns meses. Por isso quero pegar essa coisinha mais fofa no colo, agora, e vou pedir a Luísa, minha querida amiga, para subir aqui e tirar uma fotografia bem linda para eu guardar com todo o carinho do mundo. Papai, queria que o senhor fizesse uma oração. Sei que ele já foi consagrado, mas orar nunca é demais, não é mesmo? Amém!

18

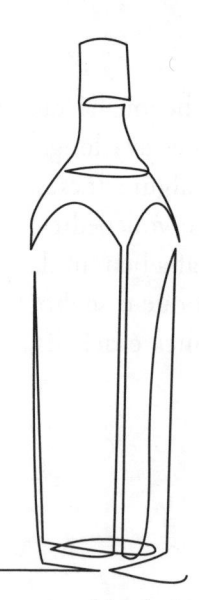

Ele é a propiciação pelos nossos pecados, e não somente pelos nossos, mas também pelos pecados de todo o mundo. (1 João 2:2)

Nem os sorrisos falsos da mamãe foram suficientes para esconder a raiva e o medo que ela sentia de mim. De tão nervosa que ficou, mal conseguiu se despedir dos irmãos na saída da igreja e disparou como uma bala para o carro assim que o culto terminou, com o pretexto de que havia comido algo estragado e que não estava passando muito bem. *Sei, mamãe! Você pode até enganar as suas ovelhas, mas a mim você não engana.*

O meu pai se despedia dos últimos irmãos antes de entrar no carro, assim como eu, que acenava para as minhas amigas, Betina e Luísa. Adeus para lá, sorrisos para cá e enfim todos tinham ido. Éramos só nós quatro novamente. O momento em que as máscaras caíam.

Dentro do carro, mamãe estava muda e paralisada segurando Mateus. E papai ensaiava como começaria a falar, até finalmente se decidir:

– O que foi aquilo, Sara? – disse ele, com a voz calma.

– Aquilo o quê, papai? – perguntei cinicamente.

– Todo aquele testemunho, Sara... Por que disse aquelas coisas?

– Ah, papai, eu só disse o que Deus me mandou dizer. Aprendi com você.

Eu não sabia o que vinha mantendo mamãe tão calma até então, mas a minha frase surtiu efeito inesperado até para mim, que já estava acostumada a todo tipo de reação vindo dela. De repente, em uma explosão de raiva e com o rosto em chamas, ela me esbofeteou com uma das mãos, enquanto segurava Mateus com a outra.

– Como você pode ser tão demoníaca, garota? – gritou ela.

Mateus começou a chorar, assustado com os movimentos bruscos e repentinos.

– Para, mamãe! Para!

– O diabo está dentro dessa garota, Eliseu! Eu não tenho dúvidas! Faça alguma coisa! Diga alguma coisa, Eliseu!

Em nome do Pai?

— Marta, se acalme! — respondeu meu pai, tentando se revezar entre dirigir o carro e tirar mamãe de cima de mim.

— Eu não vou me acalmar! Enquanto essa garota estiver possuída por esse demônio, eu não vou me acalmar!

— Eu não estou possuída, mamãe, e você sabe muito bem disso!

— Então o que você fez hoje naquele púlpito? Quem age ardilosamente para mandar um recado assim, como você agiu? O satanás, querida! Esse demônio vai sair de você, em nome de Jesus!

Me sentia dentro de um filme, vivendo tudo em câmera lenta. Do meu lado esquerdo, papai balançava em seu colo Mateus, que não parava de chorar; e, do meu lado direto, mamãe andava em minha direção segurando uma vara de goiabeira.

Ajoelhada sobre milhos na sala de casa, fechei os olhos esperando que assim a dor diminuísse, mas provavelmente isso não aconteceria. E, como se não fosse suficiente a dor do milho rasgando os meus joelhos, senti a vara em minhas costas e em meus braços, em uma dor forte e ardida. *Uma*, contei. *Duas. Três.*

— Provérbios, capítulo vinte e três, versículos treze e catorze — disse a minha mãe. — Não hesite em disciplinar a criança; ainda que precises corrigi-la com a vara, ela não morrerá...

Quatro. Cinco.

— Eu e o seu pai mimamos muito você durante a vida inteira! E olha o que aconteceu!

Seis. Sete.

— Esse demônio vai sair do seu corpo, minha filha, em nome de Jesus!

Sete vezes. Fui castigada sete vezes pela minha mãe, na frente do meu pai — que orava a Deus pela minha libertação, impondo as mãos sobre mim — e do meu próprio filho, que assistia de olhos arregalados a toda aquela cena.

Minha pele, cortada pela vara fina, ardia. O milho em meus joelhos machucava. A dor física estava lá, mas a dor moral fazia ainda mais estragos. Não conseguia ao menos reagir às palavras duras de minha mãe enquanto ela me batia. Não conseguia fazer nada.

— Meu Deus, onde está você? — sussurrei baixinho, ainda ajoelhada. — Você sumiu de novo, não foi? Grandes aparições não são o seu forte. Eu percebi.

Dali a algumas horas estaríamos todos na igreja novamente para o culto da noite. Mal dava para acreditar que, depois de tudo aquilo, teria de fingir que estava tudo bem comigo. A filha perfeita do pastor, doce e simpática, junto com os seus pais perfeitos e o seu irmão adotivo, que teve a sorte de ser encontrado por uma família tão abençoada. Era o que eles achavam. Se eu pudesse, acabaria com toda aquela mentira de uma vez por todas. Mas, quanto mais os dias passavam, mais tinha a certeza de que nunca faria isso.

Escolhi roupas que cobrissem os meus braços e as marcas que a "expulsão do demônio" haviam causado: um vestido longo com um cardigã preto por cima. Os abraços de Betina e Luísa ao me encontrarem na igreja fizeram com que eu sentisse as feridas doloridas, mas não reclamei, assim não daria espaço para perguntas e questionamentos.

O culto se arrastou devagar e quase não prestei atenção no que o meu pai pregava. Se eu tivesse o poder de escolha de onde ir ou não, certamente eu não estaria ali agora. Mal cheguei a São Paulo e já sentia que queria ir embora. Sentia falta da vida na fazenda e da liberdade que o tio Clóvis me dava. Voltar para lá seria uma possibilidade se não fosse por Mateus. Foi ele quem me trouxe de volta, e por ele eu ficaria eternamente perto do papai e da mamãe.

— Sara, hoje depois do culto, na minha casa — sussurrou Luísa baixinho durante a pregação.

— O quê?

— Os meus pais viajaram e vamos aproveitar a casa para uma pequena festinha de comemoração da sua volta. Só a gente. Você aproveita e dorme lá!

— Ah, Luísa, você sabe que a minha mãe não vai deixar, não é?

Mamãe geralmente não deixava que eu ficasse muito tempo na casa de Luísa, especialmente para passar a noite. Apesar de sua família ter frequentado muito tempo a nossa igreja, alguns anos atrás eles haviam se afastado, dando motivos para minha mãe dizer que estavam desviados. E passar muito tempo com os não crentes, ou desviados como eles, não era uma opção.

— Pelo menos tenta conversar com eles, por favor!

— Por favor, Sara, temos tanta coisa para conversar — concordou Betina.

— Incluindo o tal garoto misterioso! — completou Luísa, em meio a risadas.

— Ok. Vou falar com eles, mas já adianto que os meus pais não estão no melhor humor hoje, então...

— Deixa comigo que eu vou convencer o pastor Eliseu e a pastora Marta. Nisso, eu sou muito boa! — respondeu Luísa.

— Mas agora é melhor vocês duas ficarem em silêncio, porque, papeando desse jeito durante a pregação, aí mesmo que eles não vão deixar — falou Betina, como sempre sensata.

Em nome do Pai?

E não foi fácil convencer os meus pais. Ou melhor, a mamãe. No fundo, papai se sentia culpado pelo ocorrido durante a tarde, e me deixar passar a noite na casa de uma amiga seria como uma retribuição, na cabeça dele. Mas mamãe se mantinha firme, com a sua resposta já esperada. Só depois de muita insistência da parte de Luísa, ela se deu por vencida, mas ordenou que eu voltasse logo de manhã.

No fundo, ela só havia autorizado a minha saída porque, com Luísa insistindo tanto, ela não poderia ficar brava nem perder o controle da situação. Continuava com o seu sorriso de pastora e mãe perfeita, uma mulher bela, recatada e do lar, que não poderia dar uma resposta firme do jeito que queria, para não ser desmascarada. De qualquer forma, a ideia de Luísa havia funcionado. E lá estávamos nós três, as amigas inseparáveis, dentro de uma casa grande com corredores largos, só para a gente.

– Eu ainda não acredito que você conseguiu, Luísa! – disse Betina, toda eufórica com a noite que estava por vir.

– Eu sabia que conseguiria. Como eu disse, sou boa nisso!

– Obrigada por lutar por esta noite, amiga. Digo "lutar" porque aquilo foi uma verdadeira batalha com a minha mãe! – falei, soltando gargalhadas, quase conseguindo me esquecer de que, poucos minutos atrás, eu estava triste e desapontada com a vida.

– Para comemorar essa batalha, olha o que eu tenho aqui para a gente – respondeu ela, exibindo uma garrafa de gim na mão.

– Você é louca, Luísa! Guarde isso antes que quebre – falou Betina.

– Como assim, guardar? Esta noite é nossa! E este gim também!

– Os seus pais vão te matar se a gente fizer isso – disse Betina.

– Eles nem vão perceber, Betina. Relaxa – respondeu Luísa, pegando copos miúdos de cachaça e colocando-os em cima da mesinha de centro, de madeira, em que estávamos apoiadas.

– Bem… eu estou mesmo precisando de uma coisa dessas, não vou mentir – falei.

– Sara! – Betina me repreendeu, se surpreendendo com a confissão.

– Então vamos começar a brincadeira. Primeiro quero dizer que o que será dito e feito esta noite não sai daqui. Segredo nosso. Prometem? – perguntou Luísa, com um ar misterioso na voz.

– Prometemos. Vamos logo com isso. Estou ansiosa, eu nunca bebi álcool na minha vida – disse para as minhas amigas.

— Calma, Sarinha. Não é assim que vamos fazer. Vamos deixar as coisas um pouco mais divertidas — explicou Luísa, deixando seu lado sarcástico e manipulador falar mais alto, o que não me incomodava. Eu até gostava dele, na verdade. — O jogo é: verdade ou consequência. Vamos girar esta garrafa na mesa, e quem estiver sentada em frente à boca da garrafa faz a pergunta, e o outro lado responde. Se a pessoa não quiser responder, ela tem que beber, virar tudo de uma vez, e quem perguntou escolhe um desafio para ela. Entenderam?

— Não sei, não, Luísa. Que tal se a gente só assistir a um filme mesmo? — falou Betina, com os olhos cheios de medo.

— Eu topo a brincadeira. Vai, Betina, se eu que sou filha de pastor estou fazendo, por que você não?

— Ok. Duas contra uma. Vocês venceram! Vamos começar.

Luísa colocou um CD do Capital Inicial para tocar. O tipo de música que eu não estava acostumada a escutar perto dos meus pais. Eles diziam ser música do mundo. E música do mundo não era feita para cristãos, como nós.

A garrafa girou na mesa. As perguntas começaram leves, e os desafios até que engraçados, mas logo tudo tomou um caminho mais interessante depois de alguns copos virados.

— Você já se masturbou? — perguntou Luísa para mim.

— Sério isso, Luísa?

— Vai, tem que responder. Ou um desafio.

— Tá bom. Já — falei timidamente.

— Mas é claro que já! Não sei por que tem vergonha disso, todas nós já! — respondeu ela, deixando Betina com as bochechas coradas.

— Ok. Minha vez de girar — disse eu, rodando a garrafa que ficava cada vez mais leve. — Para você, Luísa. Você já fez sexo com o Guto?

— Ele quer casar virgem. Quer dizer, nós queremos casar virgens. Então a resposta é não.

— Mas você nem é mais virgem, você transou com o...

— Eu sei, Betina! Mas ele não sabe, né, dááá! E nunca vai saber. Segredo de estado.

— Minha vez — falou Betina, girando a garrafa. — Para você, Sara. Você beijou o tal menino misterioso?

— Essa não! Tá bom, eu beijei — respondi com gargalhadas soltas. — E foi bom, muito bom!

— O que mais vocês fizeram? — perguntou Luísa.

— Nada, foi só isso, eu juro!

As risadas altas ecoavam pela casa. Eu me sentia leve, fluida e solta. Sentia que podia fazer e ser quem eu quisesse. Eu me sentia livre. Pela primeira vez na minha vida, eu estava livre.

Garrafas virando, minha cabeça girando, visão turva e calor no corpo. Ficar bêbada dava uma sensação esquisita, porém gostosa. Tão gostosa que só agora conseguia entender os viciados em bebida alcoólica. Tudo estava rodando, mas eu gostava disso. O meu corpo inteiro pegava fogo, mas as minhas mãos estavam frias. Tirei meu cardigá, o que me deixou um pouco mais nua, como eu gostaria de estar naquele momento.

— Meu Deus, Sara! O que são essas marcas no seu braço?

As marcas no meu braço! Me lembrei delas no momento em que Betina as percebeu.

— Eu... eu... eu não sei — respondi, tentando encontrar palavras na minha mente alcoolizada.

— Isso são marcas de vara! O que aconteceu, Sara? Quem fez isso em você? — perguntou Luísa, analisando as feridas ainda com um pouco de sangue.

— Eu...

— E foi recente. Ainda nem formou casquinha. O que houve, amiga? — perguntou Betina com os olhos cheios de compaixão, que me tentavam a contar toda a verdade.

— Eu não posso dizer. Não posso, meninas.

— Fala, Sara. Você tem que dizer se tem alguém te machucando! — disse Luísa, atropelando as palavras de tão bêbada que estava.

— Eu não posso. Eu quero, mas não posso.

— Amiga, está tudo bem — afirmou Betina, me consolando.

— Sara, o que é dito esta noite não sai daqui. Nós prometemos, lembra? — repetiu Luísa, me ganhando com o seu poder de persuasão.

— Ok. Os meus pais... eles... eles me bateram depois do culto, hoje de manhã.

— Como assim?

— É uma longa história. Eu... eu acho que estou muito bêbada para isso. Talvez eu precise vomitar.

— Por que eles te bateram, Sara?

— Eu... eu falei coisas que não devia no meu testemunho. O bebê. O bebê, ele não é dos meus pais. É tudo por causa do bebê. Acho que eu vou vomitar — concluí, correndo em seguida para o banheiro.

O corredor da casa de Luísa era tão grande que quase não consegui segurar o vômito até chegar ao vaso sanitário. Minhas amigas correram logo atrás de mim, preocupadas com o meu estado, mesmo que estivessem tão bêbadas quanto eu, e entraram no banheiro junto comigo.

– O que você está dizendo, Sara? O que tem o bebê? – perguntou Luísa, confusa, antes mesmo que eu acabasse de despejar todo aquele álcool para fora.

– Ai, meninas, eu preciso sair daqui, senão vou vomitar também! – disse Betina enquanto saía cambaleando, quase caindo pelo caminho.

– Responde, Sara!

– Eu estou passando mal, você não está vendo?

– O bebê. O que tem o bebê nessa história toda? Como assim, ele não é dos seus pais?

– O bebê é meu filho, Luísa! Pronto, satisfeita? – respondi sem pensar, deixando minha amiga tão atônita com a nova informação, que vomitou por todo o banheiro segundos depois.

19

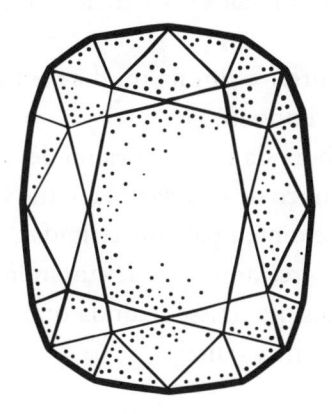

Então reconheci diante de ti o meu pecado e não encobri as minhas culpas. Eu disse: "Confessarei as minhas transgressões ao Senhor", e tu perdoaste a culpa do meu pecado. (Salmos 32:5)

Estava em meu camarim, desmontando tudo que os maquiadores, cabeleireiros e profissionais da beleza levaram horas para fazer, depois de realizar um show para mais de trinta mil pessoas. Em frente ao espelho, tirei meus cílios postiços, aliviada de poder piscar normalmente outra vez.

— Betina, por favor, pergunta às meninas da produção se elas acharam o presente de Dia das Mães que eu pedi para comprarem.

— Ok. Já posso pedir para o carro vir te buscar?

— Pode, sim. Obrigada.

O veículo da produção me buscou na porta dos fundos do local do evento, onde os fãs não tinham acesso. Estava tão exausta que tirei alguns cochilos durante o caminho até em casa. Minha cama parecia mais macia agora que havia passado o dia desejando estar nela, e apaguei antes mesmo de perceber, imergindo em um sono profundo.

— Irmãzona!

— O que é isso? O que está fazendo aqui? – perguntei, assustada, assim que reconheci o rosto de Mateus, que pulava em minha cama e me acordava com beijos melados.

— O Ricardo emprestou a chave dele para fazermos uma surpresa para você, querida. Apesar de ser Dia das Mães. A surpresa deveria ser para mim! – falou mamãe, entrando no quarto ao lado do papai e, logo em seguida, abrindo todas as cortinas, trazendo luz para o ambiente escuro, o que me deixou tonta e enjoada.

— Vocês não podem entrar assim na minha casa, a esta hora da manhã. Eu trabalhei até de madrugada ontem!

— Querida, já é uma hora da tarde. Levanta dessa cama.

— Viemos cobrar o almoço de Dia das Mães que você prometeu. Estou com a barriga roncando! – disse o meu pai, entre risadas.

— Ahhh! Vocês dois! – reclamei, me levantando da cama para vestir algo rápido, antes que meus pais me tirassem ainda mais do sério.

— O Ricardo não vai com a gente?

— Não, mamãe. Não vai.

— Estou achando-o tão sumido esses dias. Aconteceu alguma coisa?

— Claro que não. Só estamos com muito trabalho. Agora dá para vocês saírem do meu quarto para eu me arrumar?

Vesti uma calça jeans justa, com uma blusa verde-bandeira, e pendurei nos ombros a minha bolsa de grife, onde escondi o presente da mamãe, para que a enxerida não pudesse desconfiar de nada antes da hora.

Meus pais escolheram uma churrascaria na zona sul da cidade para celebrarmos a data especial. Na verdade, mais comercial do que especial, mas, ok, eu acabei entrando no clima por eles.

Mateus estava eufórico, falando sem parar sobre sua coleção de carrinhos, enquanto papai comia tudo que o rodízio de carnes oferecia e mamãe fazia uma série de perguntas sobre a minha vida pessoal, como sempre.

— Mas, querida, por quanto tempo você vai continuar dando emprego para a Betina? Sabe, para mim, ela é uma sanguessuga. Só quer o seu dinheiro.

— Mamãe, você não pode falar assim da minha melhor amiga. É um prazer ter Betina como uma das minhas funcionárias e, ainda por cima, poder ajudá-la. Além disso, ela é muito competente no que faz.

— A sua mãe sempre teve implicância com essa menina, minha filha. Não ligue para o que ela diz. Tenho certeza de que Betina é mesmo muito competente – falou meu pai, de boca cheia.

— Quando ela não cisma com a Betina, é a vez da Luísa. Sempre foi assim! – respondi a ele.

— A Luísa, nem me fale! Ela te contou que está desviada da igreja? Está seguindo o caminho dos pais, como eu sempre te alertei que aconteceria! Aquela ali é uma pecadora! – disse a minha mãe.

— Mamãe! – chamei em tom de repreensão. – Saiba que a Luísa só está desviada da igreja por causa de vocês!

— Por nossa causa?

Em nome do Pai?

— Vocês podem até fazer esse tipo de coisa com as fofocas que ouvem por aí, mas não com o que eu contei sobre a minha melhor amiga – desabafei, deixando o rancor claro em minhas palavras.

— Do que você está falando, meu algodão-doce? – perguntou meu pai.

— Deixa para lá, não quero estragar o Dia das Mães. E, por falar nisso, eu tenho um presente para você, mamãe!

— Mas é claro que tem! É Dia das Mães, querida!

Tirei da minha bolsa uma pequena caixinha de presente de cor azul-turquesa.

— É da Tiffany! Deixe-me ver! – falou ela, ansiosa para receber o que sua filha generosa havia comprado daquela vez.

Dentro da pequena caixa havia um porta-joias aveludado, ainda menor. Com delicadeza, mamãe o abriu e, assim que seus olhos miraram no conteúdo dentro dele, seu rosto se encheu de um brilho penetrante.

— Isto é... esmeralda?

— Sim. Esmeralda. E esses são diamantes. – Apontei para os pequenos brilhantes no colar.

— Mas isto deve ter custado uma fortuna!

— Por isso guarde imediatamente e com cuidado. Não queremos chamar muita atenção.

— Oh, Sara! Eu amei! Não haveria como não amar! Obrigada, minha filha – falou mamãe, tão emocionada que quase pude ver uma lágrima em seus olhos.

— Agora é a minha vez! Fiz para você, mamãe – disse Mateus, entregando a ela o vaso com desenhos de flores amarelas.

— Que lindo, meu amor! – respondeu minha mãe, fingindo encantamento com o vaso mal pintado, mas ainda sem tirar os olhos da joia que acabara de ganhar.

— E este é para você, irmãzona – disse ele, me entregando o vaso com flores azuis, o mesmo que vi em seu quarto dias atrás. – Eu não vou mentir. Fiz este vaso para a minha mãe de verdade, mas ela ainda não apareceu. Então, quero dar para você. Será que ela vai ficar chateada quando souber?

Todos à mesa se entreolharam em silêncio. Papai até parou de mastigar os pedaços de carne que estavam em sua boca, enquanto mamãe não sabia como contornar a situação.

— Mateus, meu filho, nós já conversamos sobre isso, não é? Eu sou a sua mãe de verdade!

— Desculpa, mamãe, eu quis dizer que...

— Eu sou a sua mãe, Mateus! Mais ninguém! Eu te criei com todo o amor do mundo desde sempre! Eu!

— Mamãe, está tudo bem — falei, intervindo na cena que estava fugindo do controle.

— Eu sou a sua mãe, Mateus! Espero que entenda isso! — gritou ela, deixando as lágrimas escaparem de seus olhos.

— Tudo bem, mamãe. Se acalme, por favor, estão todos olhando — pedi, preocupada com a minha reputação ao participar de mais uma confusão em lugar público. Esperava que eu não ficasse marcada por isso.

— Desculpa, mamãe — disse Mateus, sem saber o que fazer para ver a mãe bem novamente.

— Não quero ter que voltar nesse assunto, meu filho.

— Mas a Sara pode aceitar o meu presente?

Mais uma vez, todos se entreolharam. Papai continuava mudo, com a expressão paralisada. E mamãe agora estava com os olhos arregalados, tentando encontrar a melhor resposta.

— Tudo bem. A sua irmã pode aceitar o presente, mesmo que nem mãe ela seja ainda. Não tem por que ganhar um presente no Dia das Mães, mas já que você escolheu dar para ela... — concluiu minha mãe, deixando óbvio que não estava nada confortável com aquilo.

— Obrigada, Mateus! Este foi o melhor presente que eu já ganhei! — E de fato era. — E obrigada, mamãe — falei baixinho para ela, que sabia que aquele vaso, de fato, significava muito mais para mim do que qualquer outro presente que eu já havia ganhado em toda a minha vida.

O vaso pintado de branco com flores azuis estava agora decorando a sala da minha casa, bem posicionado em cima da estante principal, no meio de tantos outros objetos de decoração: peças que trouxe de recordação da Itália, de quando visitei o Egito recentemente, e das minhas idas recorrentes a Miami, em sua maioria.

A designer de interiores que contratei com certeza acharia que eu havia ficado louca de vez, quando percebesse um vaso barato pintado à mão por um menino de 10 anos no meio da estante, mas só eu sabia que aquela era a peça mais importante de toda a casa e que nem os meus quadros caros pintados por artistas franceses contemporâneos valiam mais do que ele.

A segunda-feira começou a todo o vapor. Tinha uma reunião com a chefe de marketing da minha empresa, para definir as estratégias de lançamento das próximas músicas, e outra com dois compositores evangélicos que agora iriam me

Em nome do Pai?

ajudar com a difícil tarefa que compor vinha se tornando. Desde que comecei a revirar todo o meu passado nas sessões de terapia com a doutora Tereza Terra, a minha cabeça se fechou completamente para composições, e as ondas de criatividade que antes me visitavam com frequência nunca mais apareceram.

    A ideia de que alguém teria que fazer esse trabalho por mim não me agradava muito, para ser sincera. Talvez eu devesse falar sobre isso com a doutora Tereza na próxima sessão. *A próxima sessão!* Se não fossem meus devaneios, teria me esquecido de que, antes das reuniões, eu tinha uma sessão marcada para às onze horas.

    Escovei os dentes, vesti um moletom cinza e largo por cima dos pijamas e saí de casa depressa enquanto calçava os tênis dentro do elevador. Com o trânsito que deveria pegar até lá, provavelmente chegaria atrasada, mas cancelar não era uma opção, pois, quanto mais eu desembaralhava as peças do quebra-cabeça da minha vida, mais sabia o que fazer com ela dali para frente.

— Me desculpe, doutora Tereza! Acho que me atrasei demais! — falei enquanto entrava em seu consultório, ofegante por ter subido cinco andares de escada para não ter que esperar o elevador.

— Está perdoada. Desde que você sinta muito remorso em saber que isso vai atrasar o meu almoço, que deveria ser daqui a vinte minutos.

— Perdão. Se a conforta, também vai atrasar o meu, e eu estou no meio de uma dieta nova que faz com que eu complete dezesseis horas em jejum agora.

— Ok, você venceu! Como você está hoje, Sara? Além de morrendo de fome, é claro — perguntou a doutora, bem-humorada.

— Eu estou pronta. Cada vez mais pronta para resolver a minha vida. É essa a palavra. Resolver! — respondi, demonstrando mais entusiasmo do que costumava fazer.

— O que precisa resolver, Sara?

— Coisas. Coisas que você nem imagina.

— Que coisas são essas?

— Você vai saber. Logo!

— Não podemos fazer progresso algum se você se recusar a me contar.

— Eu vou te contar. Quero dizer, estou no caminho para isso.

— Tudo bem. Vamos continuar de onde paramos na semana passada. Sara, o que aconteceu depois da noite em que você contou, bêbada, para as suas amigas, sobre o Mateus ser o seu filho?

    Acordei na manhã seguinte com a cabeça latejando e com um pouco de tontura. Meus olhos não conseguiam se adaptar à luz forte que entrava pelas janelas largas do quarto de Luísa, e qualquer pequeno movimento do meu corpo me fazia ter náuseas. Então era isso o que chamavam de ressaca?

Betina estava acordada aos prantos, se sentindo culpada pelo que fizera na noite anterior, enquanto Luísa ainda dormia como um anjo em um sono pesado, apesar dos soluços altos de choro da nossa amiga ao lado.

– A minha mãe vai me matar! Já são duas horas da tarde e eu ainda não voltei – falei para Betina, enquanto calçava os sapatos.

– Por que nós fizemos isso, Sara? Por quê?

– Eu também não sei. Me sinto tão mal quanto você.

– É o fim, Sara! Não temos outro destino a não ser queimar eternamente no fogo do inferno – falou minha amiga, criando rugas de preocupação na testa.

– Espero que Ele nos perdoe, Betina! Mas, antes de enfrentar a ira de Deus por ter desobedecido, eu tenho que enfrentar a ira da pastora Marta, que está me esperando em casa furiosa. Tchau! Diga à Luísa que precisei ir.

Apesar de ser uma adulta, eu me sentia uma adolescente que teve uma experiência ruim com bebida pela primeira vez e agora precisava encarar a fúria dos pais. As minhas pernas ficaram bambas ao entrar em casa, mas eu não sabia se era apenas o efeito da ressaca ou o medo do que os meus pais fariam, caso percebessem o motivo de eu ter chegado tão depois do horário combinado.

Fechei o portão da frente e passei pela porta de dentro pedindo a Deus por um livramento, esperando que meus pais não estivessem em casa, mas seria bom demais para ser verdade. Onde mais estariam a não ser me esperando, prontos para me darem um castigo? Antes mesmo de eu ter tempo de cruzar a sala, minha mãe apareceu do quarto com o rosto duro, de quem havia passado as últimas horas preparando um sermão.

– Você sabe que deveria estar aqui há tempos, não é, Sara?

– Eu sei. Me desculpa, mamãe.

– O que aconteceu? Por que se atrasou?

– Nós passamos a noite conversando e acabei perdendo a hora de acordar. Me desculpa, isso não vai mais acontecer.

– Não! Não vai mais acontecer mesmo, porque você não entra mais na casa daqueles pecadores desviados! Maldita hora que eu fui deixar Luísa me convencer! Onde eu estava com a cabeça?

– Me perdoe, mamãe.

– Tá bom... Chega desse assunto. Vai já para o banho, porque você tem ensaio do coral hoje.

– Ensaio do coral?

Em nome do Pai?

— Sim, querida. Eu te inscrevi no coral da igreja. Eu e seu pai achamos que vai ser bom para você voltar a cantar. Além disso, Deus te deu o dom da voz e você está aí, usando isso apenas para conversar bobagens com as suas amigas.

— Mas, mãe, eu... eu não estou a fim de...

— Nós sabemos o que é melhor para você, Sara. Isso não está em discussão. Você vai para o ensaio do coral e ponto-final!

Eu não estava em posição de questioná-la depois daquela noite, então o melhor a fazer seria aceitar o que ela havia dito e depois tentar reverter a situação de ensaiar para um coral do qual eu não tinha a mínima vontade de participar no momento. Só de ter me livrado do sermão sobre o meu atraso, eu já estava feliz o suficiente.

Peguei minha toalha no varal dos fundos e corri até o banheiro para um banho quente, antes que alguém percebesse o meu cheiro de...

— Álcool! Você está fedendo a álcool! — gritou meu pai, passando por mim antes que eu tivesse a chance de me livrar dele.

— Olá, papai — respondi com um sorriso sem graça.

— Você andou bebendo, Sara?

— Não. Claro que não! Talvez tenha sido...

— Ahhh, Sara! Você pode até enganar a sua mãe nessa, mas não a mim. Um ex-alcoólatra! O que deu em você, minha filha?

— Eu...

— Está com bafo de álcool! Marta, corre aqui! — gritou ele em direção à cozinha, onde estava a minha mãe. — A sua filha andou bebendo, você sabia disso?

— Eu não acredito! Não posso acreditar! O que você está fazendo com a sua vida, Sara? Você já não tem a honra que uma menina solteira deveria ter, agora você quer se estragar ainda mais entrando no mundo das drogas?

— O que nós fizemos de errado, Marta? Você vai deixar a nossa menina ser uma bêbada, como eu fui no passado? — perguntou meu pai para ela, decepcionado com a minha atitude.

— Mamãe, papai... Não é nada disso, foi só uma brincadeira...

— Me conta tudo, Sara! O que vocês fizeram na casa de Luísa? — questionou a minha mãe. — O que vocês beberam?

— Eu não me lembro bem, eu...

— Vocês ficaram bêbadas?

— Nós... Bem, nós ficamos, mas...

— Sara! O que você fez com as suas amigas enquanto estavam bêbadas? Sobre o que vocês conversaram?

— Nós só brincamos de...

— O que você disse a elas, Sara? — perguntou minha mãe, cada vez mais incisiva em suas palavras.

E, de repente, eu lembrei. Até o momento, eu havia apagado da minha mente a parte mais importante de toda a noite. A hora em que eu contei para as minhas amigas sobre o bebê não ser dos meus pais, antes de vomitar tudo o que havia bebido e cair de tão bêbada na cama, junto com Betina e Luísa. Eu tinha falado demais! Disse coisas que não deveria ter falado. Essa era a verdadeira preocupação da minha mãe, que continuava a me encarar, aflita, esperando por uma resposta.

— Mãe, pai. Eu acho que fiz besteira.

Fui convocada para uma missão. Não, não como aquelas que os missionários da igreja fazem. Algo mais parecido com uma missão secreta — pelo menos era assim que mamãe estava encarando as coisas. Meus pais estavam sentados no sofá à minha frente, fazendo milhões de questionamentos sobre a noite passada, mas a minha memória havia virado um borrão de informações sem sentido.

— Então é isso o que vai acontecer. Presta bem atenção — falou minha mãe. — Você vai ligar para Betina e Luísa agora e fazer elas virem até aqui.

— Tá, mas em que isso vai ajudar?

— Você vai sutilmente tentar descobrir se alguma delas se lembra de alguma coisa e até onde elas sabem.

— Mas... e se elas lembrarem?

— Aí é outra história, querida. Espero não ter que chegar a esse ponto.

— E nem eu, Marta, nem eu — falou papai, com o olhar cheio de preocupação.

20

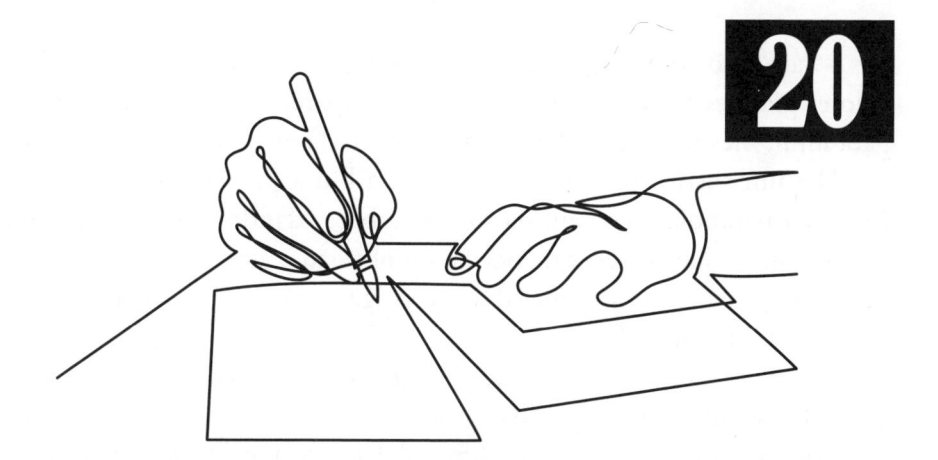

Portanto, meus irmãos, quero que saibam que mediante Jesus lhes é proclamado o perdão dos pecados. Por meio dele, todo aquele que crê é justificado de todas as coisas das quais não podiam ser justificados pela lei de Moisés.
(Atos 13:38-39)

A mesa estava posta para um delicioso lanche da tarde. Pão francês, bolo de laranja, queijo, mortadela, suco de uva e ainda um saboroso sonho açucarado com muito doce de leite. Luísa e Betina haviam chegado fazia alguns minutos, exibindo sorrisos contentes por estarem lanchando na casa do pastor.

– Podem se servir, meninas – falou minha mãe, se sentando à mesa ao lado do papai e do carrinho, onde estava o bebê. Eu e as minhas amigas ocupamos os outros lugares.

Papai puxou uma conversa agradável sobre o grupo de jovens do qual nós três participávamos, dizendo que todos estavam indo muito bem nas campanhas de arrecadação de recursos para a igreja. Betina mantinha a conversa com ele, empolgada por estar recebendo elogios do pastor, e Luísa tentava ficar por dentro do assunto, que não era muito a sua praia.

Depois de poucos minutos de conversa e alguns pães entrando na barriga do papai, ele logo deu uma desculpa para colocarmos o nosso plano em ação; afinal, era para isso que elas estavam ali.

– Bem, vamos deixar vocês conversarem. Acredito que tenham muito papo para colocarem em dia, agora que a nossa doce Sara está de volta – disse, se retirando da mesa junto com a mamãe e o bebê.

— Sara, não coma muito! Deixe os doces para as suas amigas, que não têm culotes grandes como os seus para se preocuparem — falou mamãe baixinho para mim, mesmo que soubesse que as minhas amigas escutariam tudo.

Dei um sorriso sem graça, puxando a blusa para esconder meu corpo. Mas essa paranoia logo saiu da minha cabeça, dando espaço para a missão secreta que eu havia sido convocada, ou obrigada, a executar. Com mamãe e papai longe, eu poderia começar as investigações sobre a noite passada.

— Ontem à noite foi...

— Louco! A melhor noite que já tivemos juntas — completou Luísa.

— Pena que Deus não acha a mesma coisa, não é, Luísa? Nós ficamos bêbadas, passamos de todos os limites! Espero que Deus nos perdoe pela nossa desobediência — sussurrou Betina, ainda com medo de que os meus pais pudessem escutar alguma coisa.

— Eu não me lembro de muita coisa. Sobre o que nós conversamos? — perguntei.

— Segredos. Que ficarão guardados para sempre! — respondeu Luísa, em um tom de mistério, como se estivesse atuando em um filme de terror.

— Por mim ficarão mesmo guardados, porque eu não me lembro de nada! Tudo que eu sei é que acordei toda suja de vômito — disse Betina.

— Eca! Mas que segredos foram esses, Luísa? Do que você se lembra?

— Fica tranquila, Sara. Eu não vou contar para ninguém.

Ela sabia. Sabia demais. E agora os meus pais, que estavam escutando tudo com um copo grudado do outro lado da parede fina, também sabiam que ela sabia. Pobre Luísa! Mas o que eu poderia fazer?

Mal pude perceber quando mamãe entrou na sala, com movimentos nervosos, acompanhada do papai.

— Betina, querida! Acabei de falar com a sua mãe, e ela disse que você está fora desde ontem.

— Sim, eu estava na casa da Luísa até agora.

— Então é hora de voltar para casa, não acha? Não queremos deixar a sua mãe irritada. A Sara te deixa em casa, fique tranquila!

— Então eu vou aproveitar e pegar uma carona com você, Sara. Pode ser? — perguntou Luísa.

— Claro, ami...

— Por que tanta pressa, Luísa? Os seus pais estão viajando mesmo, tenho certeza de que não terá problema se ficar um pouco mais.

— É que eu tenho algumas coisas para fazer, na verdade.

Em nome do Pai?

— Que é isso, bobinha! Espere até a Sara voltar, assim vocês continuam o papo – falou a minha mãe, esperta como uma raposa.

Ah, Luísa! Eu temia pela minha amiga, mas no fundo sabia que mudar isso não estava ao meu alcance.

Eu não sabia o que havia acontecido após eu sair de casa. Tudo o que sabia era que o que meus pais estavam fazendo era para me proteger e que, depois daquela noite, Luísa nunca mais tocaria no assunto do bebê. Muito pelo contrário, ela evitaria a todo custo falar sobre o meu irmão, talvez com medo de soltar algo que nunca deveria sequer ter descoberto.

Eu já havia participado outras vezes do grande coral da igreja, mas confesso que nunca foi tão difícil quanto daquela vez. Entrei no templo e encontrei aproximadamente cinquenta pessoas de idades variadas, mas nenhuma delas com menos de 40 anos, disso eu tinha certeza. Fazia alguns anos que o coral da igreja vinha sendo uma atividade destinada para os mais adultos, se assim poderia dizer, o que acabou dando espaço para que novos grupos surgissem, como o coral das crianças e o dos jovens, do qual eu já participava. Mas isso não era o bastante para a filha do pastor! Não mesmo! Segundo mamãe, eu deveria estar no coral principal. O grande coral da igreja.

— Boa noite a todos! Pelo que vocês podem ver, temos uma nova integrante no nosso grupo. Seja muito bem-vinda, Sara – falou Joaquina, regente do coral desde que eu me entendia por gente. Uma figura simpática e com uma voz tão estrondosa que ninguém acreditava que saía de uma pessoa de tão baixa estatura. Apesar da idade avançada, ela continuava exigente como sempre.

— Obrigada, Joaquina. É uma honra ser aceita no coral principal da igreja – menti.

— É uma honra ter você conosco, Sara. Os seus pais ficarão muito orgulhosos. Vamos começar! Aquecimento das vozes. Dividam-se em grupos. Sara, soprano, certo?

— Isso.

— Fique com aquele grupo, por favor – disse, apontando para um bando de senhorinhas.

Aquele definitivamente era o último lugar em que eu gostaria de estar. Rodeada de idosos cantando hinos da harpa do cantor cristão. Não que eu não gostasse de idosos nem de hinos da harpa, mas passar quatro horas de três noites na semana fazendo isso não era parte dos meus planos. Para ser bem sincera, eu nem sabia mais quais eram os meus planos.

Antes de tudo acontecer, eu sabia que Deus reservava um futuro abençoado para mim. Passava as noites sonhando acordada em um dia levar a palavra de Jesus pelo mundo e pensava que Deus tinha um plano especial para eu cumprir em minha vida. Agora, já nem sabia mais o que o amanhã me reservava. Para aquela noite, acho que era isso. Cantar com um grupo da terceira idade.

Cheguei em casa depois de um dia e uma noite igualmente cansativos. Papai já havia ido dormir, e mamãe estava toda atarefada com o bebê chorando em seus braços, enquanto retirava as roupas estendidas do varal no quintal dos fundos.

— Quer ajuda aí? — perguntei.

— Pegue! — falou ela, se livrando rapidamente da criança chorando de forma estridente em seu colo.

— Está tudo bem, mãe? — perguntei, desconfiando da sua atitude, já que raramente me deixava cuidar de Mateus.

— Está, sim, querida. É que tem sido difícil. Até mesmo uma mulher forte como eu não é de ferro, não é mesmo?

— Claro. Você tem os seus dias ruins — falei, enquanto ninava o bebê, em uma tentativa frustrada de fazer com que ele parasse de chorar.

— Como foi o seu primeiro ensaio no grande coral da igreja?

— Então, mamãe, sobre isso, eu acho que não estou muito a fim de…

— Ahh, Sara! Poupe os meus ouvidos! Nós já tivemos essa conversa.

— Me desculpe. Bem, eu vou para o quarto com o Mateus. Acho que está ventando demais para ele aqui.

— Eu sei quando o vento está bom ou não para o meu filho, querida! Mas vá, entre e faça esse garoto parar de chorar.

— Sim, mamãe.

O bebê se aconchegou em meu corpo assim que me sentei na cama, no quarto que dividíamos, e, apesar de parecer confortável em meus braços, o seu choro não cessava por nada.

— Ah, bebê, o que você quer? — disse baixinho a ele. — Está com fome?

Meu instinto materno não poderia agir diferente. Levantei a blusa que estava vestindo e tirei o sutiã do caminho, levando meu seio até a boca do meu filho; e, no mesmo instante, um silêncio pacífico tomou conta do ambiente quando o choro descontrolado de Mateus deu lugar a uma expressão suave em seu pequeno rostinho.

— O que você está fazendo, Sara?

Em nome do Pai?

Meu susto foi tão grande ao ouvir a voz da mamãe que imediatamente abaixei a blusa, envergonhada do que eu acabara de fazer, e Mateus voltou a chorar ainda mais alto, com grunhidos agudos.

— Eu... eu estava...

— Eu sei muito bem o que você estava fazendo! E eu não vou tolerar esse tipo de coisa, Sara!

— Desculpa, mamãe.

— Quando você vai entender que esse bebê é o meu filho? — disse ela com aspereza na voz.

— Eu só estava tentando fazer com que ele parasse de chorar.

— Chega! Você não pode fazer o que bem entender dentro desta casa, Sara!

— Isso não vai se repetir.

— E não vai mesmo! A partir de agora, o Mateus vai dormir no meu quarto, longe de você!

— Mas, mãe...

— Eu disse ao seu pai que você não deveria dividir o quarto com o seu irmão, mas ele, teimoso como uma mula, não me ouviu!

— Não precisamos fazer isso, mamãe. Eu prometo que a partir de hoje eu vou ser a irmã do Mateus, assim como você quer.

— Eu já não confio em você, Sara, e não quero correr o risco de perder o meu filho — disse ela, tirando o bebê dos meus braços e levando-o para fora do quarto.

Talvez mamãe tivesse mesmo razão. Quanto mais eu insistisse em ser a mãe de Mateus, pior seria para mim e para o bebê. Se eu amava tanto aquela criança, eu deveria conseguir deixá-la ser o meu irmão. Pelo bem dela. Pelo nosso bem.

Sem Mateus por perto, o quarto ficou ainda mais silencioso, me trazendo de volta lembranças tristes da noite em que ele fora tirado de mim naquela fazenda. Tudo estava melancólico, mas as lágrimas já nem tinham mais forças para brotar em meus olhos, de tanto que já havia chorado.

Liguei o abajur ao lado da minha cama e, dentro da gaveta da cômoda, peguei uma caneta e uns papéis, onde fazia anotações idiotas em dias tristes como aquele. Escrevi algumas palavras com final rimado e, antes que percebesse, tudo se transformou em poesia. Quem sabe uma música? Coloquei ritmo nos versos e, quando me dei conta, eu estava ali, no meio de uma madrugada triste, substituindo as lágrimas que não conseguiam escapar dos meus olhos pela minha primeira composição musical.

21

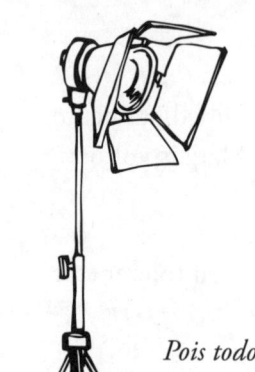

Pois todos pecaram e estão destituídos da glória de Deus. (Romanos 3:23)

Meu escritório ficava em um prédio comercial perto da Avenida Paulista. As salas eram bem decoradas em tons de gelo e azul-escuro, e nas paredes estavam pendurados pôsteres emoldurados de todas as minhas capas de CD e álbuns lançados.

Entrei na sala de reunião acompanhada de Carina, a chefe da equipe de marketing, uma jovem de vinte e poucos anos que usava roupas coloridas; da minha secretária Tati, uma garota da igreja que havia acabado de sair da adolescência e precisava trabalhar; e de Betina, minha produtora e melhor amiga.

Me sentei à ponta da mesa comprida, tirando da bolsa, logo em seguida, o meu pote de salada crua que carregava para quando a ansiedade atacasse, na intenção de não apelar para doces e balas açucaradas. As outras três mulheres se sentaram ao meu redor, deixando mais da metade da mesa com um espaço vazio.

– Espero que não se importem de eu mastigar algumas folhas enquanto conversamos. Tati, papel e caneta na mão. A partir de agora, você anota todos os pontos que vamos discutir, ok?

– Sim, dona Sara.

– E, por favor, não me chame de dona. Bem, vamos começar. Betina, o que você tem para mim?

– Eu trouxe alguns dados que estudam estrategicamente a melhor semana para lançarmos o novo álbum – falou Betina, espalhando sobre a mesa papéis com gráficos e números grandes demais para que eu pudesse entender.

– Ok, confio em você quanto a isso. Lançamos na semana que achar melhor – respondi para a minha amiga. – E você, Carina, o que me diz?

– Bem, depois de estudar junto com a equipe de marketing a melhor maneira de lançar o novo álbum, chegamos à conclusão de que precisamos de mais do que um lançamento comum.

– Como assim?

— Queremos fazer barulho nas plataformas midiáticas, Sara. Queremos que todo o Brasil veja você cantando as suas novas músicas, não apenas o público do seu show.

— E então... — encorajei Carina a falar logo tudo de uma vez e acabar com o suspense.

— Então, achamos que o melhor jeito de chamar a atenção que queremos é fazer uma transmissão ao vivo para o YouTube. Mas não no seu primeiro show após o lançamento do álbum, como fizemos da vez passada. Melhor do que isso, a transmissão ao vivo deveria ser dentro da sua igreja.

— Um show, dentro da igreja?

— As pessoas vão amar! Elas querem te ver dentro do ambiente em que você cresceu e nunca abandonou, mesmo depois da fama. Elas querem ver a sua família e os seus amigos de perto. Querem saber da sua intimidade, que só a igreja traz. Não mais um show comum como todas as outras cantoras gospel fazem por aí.

— Eu não sei, não, Carina. Parece mesmo uma boa estratégia, mas eu não sei se é o melhor momento para eu me expor desse jeito.

— Sara, você precisa ousar! Senão vai continuar no mesmo patamar das outras cantoras em se tratando de mídias sociais.

— Ok, você me convenceu. Betina, ajude a Carina a preparar tudo para que essa transmissão on-line seja perfeita. Tati, ligue para os meus pais agora mesmo e avise a eles que faremos um baita de um show dentro daquela igreja!

Deixei meu escritório com um frio esquisito na barriga, pensativa sobre os novos passos que estava dando na minha carreira. Fazer uma transmissão on-line, expondo não só a mim, mas toda a minha família e amigos, não fazia parte dos meus planos para o momento. Mas, segundo Carina, era disso que minha carreira precisava.

Como em todas as sessões, me acomodei na poltrona confortável em frente à doutora Tereza e retomamos, juntas, a história da minha vida, do ponto onde havíamos parado.

— Então, lá estava você. Mais uma vez, deixando a sua mãe te comandar... — disse a psicóloga.

— Não completamente — respondi na defensiva.

— Como não? Eles manipularam você para armar uma emboscada para suas duas melhores amigas, afastaram você mais ainda do seu filho, e até do coral da igreja você foi obrigada a participar. Os seus pais comandaram a sua vida até nos pequenos detalhes por tanto tempo que hoje você não consegue ver o quanto isso te fez mal.

– Eu sei, mas... o coral, por exemplo, no fim das contas acabou se tornando uma coisa boa. Quando percebi, eu já estava no décimo ensaio, comandando vozes e até levando a minha primeira composição para uma apresentação. No fim, foi a mamãe ter me obrigado a participar do grande coral da igreja que me fez ser quem eu sou hoje.

– Me conte sobre isso – disse a doutora Tereza, com curiosidade.

Finalmente, a noite da apresentação do grande coral da igreja havia chegado e, embora eu estivesse muito nervosa para a minha estreia, me sentia segura de que estava preparada para aquele momento.

Foram muitas noites ensaiando, praticando e me descobrindo no canto. Percebi que o dom da voz, que eu havia recebido de Deus, não poderia continuar sendo desperdiçado no chuveiro; deveria ser bem usado para que toda a igreja pudesse escutar. Eu me via tão entusiasmada que até mostrei para Joaquina a composição da música que escrevi. E, para a minha surpresa, a regente se encantou tanto com a letra que resolveu quebrar uma tradição, deixando que eu cantasse a minha música para encerrar o espetáculo. Essa era uma das poucas vantagens de ser a filha do pastor.

Estávamos todos em uma sala que dava acesso ao palco, esperando ser anunciada a hora em que deveríamos entrar. Cinquenta e sete pessoas espremidas em um espaço que não comportava tanta gente, enquanto tentavam não amassar muito as suas roupas especiais para a noite: uma bata comprida e de tecido brilhoso. Roxo para os homens e amarelo para as mulheres. Apesar de eu me sentir uma idiota dentro daquele pano, não estava nem ligando para isso. O que importava mesmo era que tudo fosse maravilhoso como nos últimos ensaios.

Joaquina entrou na sala, vinda da porta que dava acesso ao palco, com suas rugas parecendo ainda mais marcadas no rosto.

– Silêncio! – falou a senhora mandona. – Tenho uma notícia esplêndida para dar a vocês. Acabei de falar com o pastor Eliseu, e ele disse que temos aqui uma grande figura do mundo gospel a nos visitar.

Os burburinhos começaram por todo lado, junto com a agitação que se espalhava em uma onda.

Em nome do Pai?

— Xiu! Quietos! Agora vou dizer a notícia maior. O tal empresário de sucesso ouviu falar do grande coral da igreja pela sua sobrinha, moradora do bairro, e veio conferir de perto a nossa apresentação.

Agora todos ficaram ainda mais agitados e orgulhosos de si mesmos, por serem o motivo de termos aqui uma visita importante. Não que isso fosse mudar alguma coisa na vida de alguém, mas parecia legal perceber que o nosso coral era comentado fora das paredes da igreja.

Entramos no palco divididos em grupos de vozes. A coxia arranjada, roxa e amarela, nos escondia dos irmãos à nossa frente. As lâmpadas estavam apagadas para dar mais destaque às luzes de palco, que surpreendentemente eram da mesma cor das vestes e do cenário. Mal tivemos tempo para nos posicionar – pois, quanto mais gente, mais demorado ficava – e a cortina logo se abriu, revelando o grande coral da igreja.

De onde estava, vi o templo cheio, com muitos visitantes de fora que foram até lá para prestigiar os amigos e parentes, membros do coral. Mamãe e papai estavam no canto esquerdo, observando de perto, como geralmente acontecia nas apresentações. E Luísa e Betina, no mesmo lugar de sempre, o terceiro banco da frente, até agora sem entender o porquê de eu ter me juntado a um bando de velhinhas.

Honestamente falando, nem eu entendia muito bem como havia começado a gostar mais de participar do coral junto com elas do que do coral de jovens. Mas arriscava uma teoria: no grupo de jovens, eu tinha uma responsabilidade enorme. A filha do pastor era sempre vigiada, comentada e respeitada demais. Ninguém ousava dizer um palavrão sequer na minha frente. E, apesar de isso também acontecer com os meus novos amigos da terceira idade, sentia que, no fundo, eles não davam a mínima para quem eu era. Já haviam vivido tanto nessa vida, que agora sabiam diferenciar o que importava de verdade e não queriam perder o tempo que lhes restava pensando demais sobre assuntos banais. Talvez eu tivesse encontrado amigos que nunca achei que encontraria ali.

Joaquina deu o sinal de que a primeira música iria se iniciar, fazendo com que a minha cabeça voltasse a se concentrar no momento presente. E, em um coro harmônico, bem ensaiado e com vozes poderosas, surpreendemos a plateia à nossa frente.

— Sou feliz – cantavam as mulheres.
— Sou feliz – repetiam os homens.

– Com Jesus – mulheres outra vez.
– Com Jesus – homens de novo.
– Sou feliz, com Jesus, meu Senhor! – cantava todo o coro em uma só voz.

O público se alegrou em uma longa salva de palmas, e até mesmo mamãe pareceu estar orgulhosa de mim.

Logo chegou a vez da música de encerramento. A minha música! Mal podia acreditar que a canção que escrevi para Deus em um momento de fraqueza seria agora ouvida por mais pessoas do que apenas eu e Joaquina.

Me dirigi à frente do coral, conforme ensaiado, e ajustei o posicionamento do microfone para a minha altura. As luzes roxas de palco refletiam em meu rosto, e todos me observavam, curiosos com o que viria a seguir. Joaquina deu o sinal para o coro introduzir a música *acappella*, e logo depois eu comecei a cantar.

Estava de olhos fechados. Preferia assim; dessa forma, me sentia invisível, ainda que soubesse que isso não era verdade. A minha voz era doce e suave e, mesmo nos momentos de nuances musicais e notas altas, eu permanecia com a expressão serena. Joaquina costumava dizer que eu cantava com classe, sem grandes gestos e movimentos extravagantes, como os donos de vozes bonitas fazem. Mas era dessa maneira que eu me sentia bem cantando. Os meus lábios se mexiam com leveza, e no fundo eu sabia que estava sendo conduzida por Jesus durante aquela canção. E assim foi, até a última palavra cantada.

Abri os olhos e vi à minha frente toda a igreja em êxtase, aplaudindo em pé, com gritos de aleluia e glória a Deus. As cortinas se fecharam, e a sensação de alívio por tudo ter corrido perfeitamente bem tomou conta de todo o grupo, que comemorou entre abraços eufóricos.

A animação de uma noite especial na igreja ainda pairava no ar quando chegou o fim do culto. Luísa, Betina e eu conversávamos nos corredores do templo, enquanto eu recebia os elogios de todos que passavam por mim:

– Você foi incrível, que voz poderosa! – disse um senhor, que certamente eu conhecia, mas do qual não lembrava o nome.

– Obrigada!

– Você foi mesmo incrível! – completou Betina.

– Eu concordo! Com certeza, a melhor desse coral de velhacos – disse Luísa.

– Obrigada, meninas, mas eu tenho que defender os meus companheiros de canto. Sabe, tem uma senhorinha que...

Em nome do Pai?

— Sara, acho que o seu pai está te chamando — me interrompeu Betina, apontando para o lado oposto de onde estávamos, ao perceber a urgência estampada no rosto do pastor.

Meu pai fazia um sinal com as mãos para mim, de um jeito formal e educado, como nunca o vi fazer. Logo que me aproximei, pude entender o motivo de tanta delicadeza. Bem ao seu lado estava um homem de barba volumosa, vestindo roupas que qualquer um ali acharia modernas demais. *Ele definitivamente é alguém importante*, pensei, antes mesmo de ele se apresentar: — Prazer em conhecê-la. Eu sou Marcos Bala, empresário artístico gospel. E você, quem é, além de filha do pastor e dona da voz mais angelical que já escutei?

— Sara. Muito prazer em conhecê-lo — falei, enquanto apertava a mão do homem, tão nervosa quanto o papai e a mamãe ao meu lado.

— Sara, minha filha, o Marcos Bala quer dar uma palavrinha com a gente. Nos acompanhe, por favor, até a minha sala.

— Sim, papai.

A sala do pastor era o lugar reservado para as reuniões mais sérias que aconteciam na igreja, e ninguém entrava lá se não fosse convidado por ele. No canto do ambiente ficava uma mesa quadrada de madeira escura, que combinava com o resto da mobília e com a estante lotada de crachás de congressos evangélicos dos quais o meu pai já participou. Papai se sentou, obviamente, na cadeira do pastor, enquanto minha mãe e eu nos sentamos do outro lado da mesa quadrada, junto com o tal empresário.

— Muito bem — iniciou meu pai. — O que você nos conta, doutor Marcos Bala?

— Por favor, eu não sou doutor. Me chame de Marcos, apenas.

— Marcos. Me desculpe.

— Eu vim até a sua igreja quando fiquei sabendo que é aqui que tem o melhor coral do bairro. O grande coral da igreja!

— Obrigado pelos elogios, Marcos. Eu batalhei muito para manter esse coral em pé durante anos — respondeu meu pai, mesmo que eu e mamãe soubéssemos que ele nunca movera um dedo para apoiar o grupo, e isso sempre fora uma briga frequente entre eles.

— Eu tenho que confessar que, apesar dos rumores, eu não esperava encontrar o que vi essa noite. A apresentação da sua filha foi…

— Não se preocupe, ela ainda tem muito o que aprender — interrompeu mamãe. — Colocar uma música de sua autoria junto com os hinos do cantor cristão não foi a melhor escolha, mas…

— Acho que você não me entendeu bem, pastora Marta. Eu quis dizer que a apresentação da sua filha foi perfeita. Incluindo a música que ela compôs, que tem uma letra profunda e uma melodia impressionante – respondeu Marcos Bala, deixando a minha mãe tão envergonhada que a fez se arrepender de ter aberto a boca.

— Obrigada, Marcos – disse eu.

— O seu pai comentou que você é formada em teologia. Isso é verdade, Sara?

— Sim. Eu costumava pregar nos cultos de jovens e tive a oportunidade de dar a Palavra em um culto de domingo à noite.

— Calma aí, deixa eu entender. Você canta, compõe e prega? – perguntou ele, com um sorriso surgindo no rosto.

— É... Eu acho que sim.

— Você é um diamante não lapidado, Sara. Você gostaria de ser cantora?

— Eu? – perguntei, com a voz surpresa.

— Ela? – indagou a minha mãe, ainda mais surpresa do que eu. – A Sara é a minha filha, doutor Marcos, quero dizer, Marcos. E tem qualidades maravilhosas que o senhor não pode nem imaginar, mas cantora com toda certeza eu posso te garantir que a Sara não é – respondeu ela, com uma gargalhada debochada.

— Mas o que eu vi hoje naquele palco foi uma cantora, sem sombra de dúvidas.

— Me desculpe, doutor Marc... digo, Marcos. Mas eu fiz dois anos de aula de canto quando moça e participei durante muito tempo do grande coral da igreja, antes de ter o meu segundo filho. Eu tenho uma boa aptidão com a música e posso assegurar-lhe que a minha filha não é uma cantora. No máximo, afinadinha.

— Mamãe! – respondi, advertindo-a, mesmo que de nada fosse adiantar. Ela já havia sido ouvida pelo empresário, que agora não sabia como disfarçar o inconveniente.

— Pastora Marta, parabéns pelas suas experiências musicais. Permita-me apresentar também o meu currículo, de uma maneira breve, é claro. Não queremos passar a noite inteira aqui. Me formei em produção musical aos 20 anos. Assim como a Sara, fui um garoto precoce e, aos 25, eu já havia me tornado o empresário dos melhores artistas gospel do mercado. Hoje eu gerencio a carreira de mais de quinze artistas; entre eles estão as cantoras Ana Clara Wladão e Alice Barrios, que certamente você já deve ter escutado. Então, se eu digo que, quando vi a sua filha naquele palco, eu vi uma cantora, acredite, sei o que estou dizendo.

Em nome do Pai?

    As bochechas da minha mãe coraram, e nem o pó branco que usava no rosto escondeu a sua vergonha. Papai, assim como ela, estava procurando palavras para que o silêncio fosse quebrado e amenizasse um pouco o constrangimento daquela situação, mas nada conseguiam dizer ao homem importante – mais importante do que eles imaginavam – parado à sua frente.

    – Marcos, obrigada pela visita. Eu tenho uma pergunta para fazer. Como eu posso me tornar uma cantora? – disse, enfim tomando a iniciativa de falar e fazendo com que os meus pais virassem a cabeça de imediato em minha direção, surpresos com a minha ousadia.

    – Sara, você quer mesmo isso? – perguntou Marcos Bala, com um sorriso de canto de boca.

    – Eu quero! Por que não?

    – Então se prepare, porque eu vou transformar você em uma estrela!

22

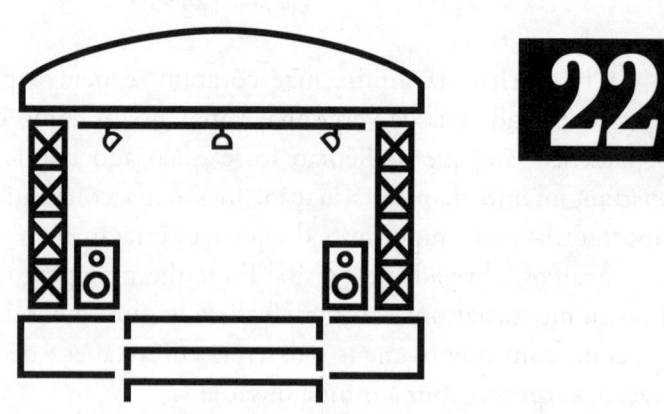

Perdoa as nossas dívidas, assim como perdoamos aos nossos devedores. (Mateus 6:12)

Fama, sucesso, dinheiro. Tudo vinha tão rápido, que parecia que eu vivia em um sonho. Em um segundo, estava cantando dentro da igreja de bairro dos meus pais e, no outro, me vi em cima do palco em um show para centenas de pessoas que gritavam o meu nome.
Eles sabem o meu nome! Eles me conhecem! Eu sou uma estrela!
– Você é um sucesso, filha! – exclamou a minha mãe ao entrar no meu camarim, após ouvir a multidão histérica me chamar.
– Eu sei, mamãe. Isso não é o máximo?
Era a noite do meu primeiro show fora de uma igreja, o que significava que todas as pessoas que estavam ali pagaram para me ver cantar. Significava também que aquela noite teria uma dimensão muito maior do que eu estava acostumada; na verdade, nem havia tido tempo de me acostumar. Tudo aconteceu tão depressa e, quando dei por mim, havia me transformado em uma das cantoras gospel mais tocadas do momento.
Também era a primeira vez que tinha um camarim só para mim, sem precisar dividir com outros cantores ou até mesmo com a produção do evento, mas isso não significava que estava sozinha. Mamãe e papai não perderiam a oportunidade de estar ali, se gabando para todos que passavam por serem os pais da artista. Luísa e Betina também vieram, como as minhas convidadas de honra, e não faziam muito diferente dos dois, orgulhosas da melhor amiga famosa.
– Está pronta, Sara? – perguntou Marcos Bala, entrando em meu camarim.
– Bem, acho que estou.
– Fique tranquila. Você vai fazer exatamente a mesma coisa que fez nesse último ano: o seu show. Só que em uma proporção muito maior.

Em nome do Pai?

– Em uma proporção gigante, você quer dizer, né? Tem muita gente, e muita luz, e... o palco! Eu não estou acostumada com esse tipo de palco.

– O palco de um show é exatamente a mesma coisa que o de uma igreja, Sara. Me desculpe, pastor – disse ele para o meu pai, que ouvia a conversa.

– Ok. Quanto tempo eu tenho?

– Dez minutos. Você tem dez minutos para fazer essa cabeça se acostumar com a ideia de que você, agora, é uma estrela dos palcos.

A adrenalina pulsava em meu corpo, e o nervosismo aumentava, mas de um jeito bom. De um jeito incrível, na verdade. Em alguns segundos, eu estaria no palco, frente a frente com o mar de gente que não parava de gritar pelo meu nome.

– É agora, Sara – avisou o produtor. – Você entra em três... dois... um!

As cortinas se abriram à minha frente, me revelando para a multidão, que agora fazia ainda mais barulho.

– Posso ouvir um grito de aleluia? – disse eu no microfone, como fazia desde o primeiro show.

– Aleluia! – respondeu o público, em um coro frenético.

– Posso ouvir um "glória a Deus"?

– Glória a Deus!

– Amém! Quem veio aqui para ver Jesus esta noite?

Os gritos ensandecidos do amontoado de pessoas fizeram com que as borboletas em meu estômago se agitassem. Eu estava mais nervosa do que quando havia entrado, mas ainda de um jeito bom. Ainda de um jeito incrível. *Então é isso que é ser uma estrela?*, pensei, enquanto dava início à minha primeira canção. O grande sucesso da minha carreira explosiva. A música que escrevi naquela noite em que as lágrimas não saíam de meus olhos.

O meu primeiro show em um grande palco foi extraordinário de uma forma que até mesmo eu duvidava de que seria. Eu me senti forte e confiante, como uma super-heroína dos filmes da Marvel, que acabara de salvar a cidade e podia, enfim, se orgulhar pelo trabalho bem-feito. Mamãe, papai, Luísa, Betina e Marcos Bala me receberam com palmas na coxia, não poupando os elogios à minha performance:

– Você foi perfeita, querida! Eu sempre soube que você tinha um brilho especial – falou mamãe.

– Nós sempre soubemos, Marta. Não se esqueça de que ela também é a minha filha – replicou meu pai.

– Mas foi de mim que ela puxou a voz encantadora que tem.

— Vocês dois, podem parar! Tem Sara para todo mundo — falei, soltando uma gargalhada leve enquanto abraçava meus pais como havia muito tempo eu não fazia.

O consultório decorado em tons pastéis da doutora Tereza Terra estava silencioso, a não ser pelo barulho de sua caneta anotando no papel o que eu supunha ser as últimas informações sobre o que eu acabara de lhe contar.

— Então foi assim? Uma carreira explosiva? — perguntou a mulher, me olhando por cima dos óculos de grau.

— Sim, tudo aconteceu de repente.

— E você teve que se acostumar praticamente de uma vez, correto?

— Mais ou menos isso. Um ano depois de eu ter conhecido o meu ex-empresário, Marcos Bala, eu já havia me tornado uma estrela.

— Como foi lidar com tudo isso? A fama, o sucesso, o dinheiro...

— Não são coisas difíceis de ter que lidar, concorda?

— Depende do ponto de vista. Você era muito jovem. Por acaso sabia como administrar toda essa responsabilidade?

— Não, eu não sabia. Mas aprendi. Tive que aprender.

— E os seus pais, como eles reagiram ao seu sucesso iminente?

— Eles amaram, é claro. Depois de terem percebido quem eu havia me tornado, eles se animaram com toda essa coisa de serem pais de uma artista. Papai dizia para todo mundo que encontrava que eu era a sua filha, e mamãe... Ah, mamãe! Acho que ela finalmente voltou a me amar como antes.

— Antes? Antes de quê?

— Antes da noite em que eu fui estuprada.

— Por que você acha isso, Sara? Ela já te disse algo assim alguma vez?

— Ela nem precisava dizer.

O meu corpo ainda estava dolorido do meu primeiro show em um grande palco, na manhã seguinte. Talvez toda a tensão tivesse deixado os meus músculos rígidos demais. Apesar disso, eu não me importava de brincar com Mateus pendurado em minhas costas, me fazendo de cavalinho — sua brincadeira favorita.

— A sua irmã está cansada, Mateus, não é uma boa hora para isso — disse o meu pai.

— Não é mesmo! Eliseu, tire o Mateus de cima dela. A Sara precisa descansar para o próximo show. Venha, querida! — falou mamãe, me puxando pela mão em direção ao seu quarto.

Em nome do Pai?

    O quarto dos meus pais era um pouco maior do que o meu, mas, mesmo assim, sem espaço algum de sobra, já que o berço de Mateus ocupava o único lugar que seria livre. Apesar disso, era um ambiente aconchegante, com cortinas que impediam a luz solar de entrar pelas janelas, deixando o lugar tão escuro que, na mesma hora, a vontade de tirar um cochilo chegava, mesmo que você não estivesse com sono algum.

    – Como você mal pregou os olhos, vou deixar que durma um pouco em minha cama até a hora do almoço. O que você quer que eu faça para você comer?

    – Qualquer coisa está ótimo, mamãe. Obrigada.

    – Nada disso. Você escolhe o prato do dia. Você merece, meu amor! Diga o que quer e cozinharei.

    – Já que você insiste... eu estou muito a fim de comer costelas.

    – Perfeito! Vou preparar enquanto descansa.

    – Obrigada, mamãe.

    – Mas não antes de eu pentear os seus cabelos. Eu sei que você gosta que eu faça isso e, sendo bem sincera, você precisa da minha ajuda para desfazer esses nós – falou ela, com uma gargalhada.

    – Eu sei, acho que foi todo aquele laquê que usaram nos meus cabelos.

    – Deixa comigo! – disse minha mãe, com uma escova nas mãos.

    É estranho quando você não está mais acostumada com uma coisa que já te pertenceu. Parece esquisito no começo, mas, assim que você reconhece o toque que já foi seu, tudo volta ao seu lugar. Foi exatamente isso que aconteceu quando a minha mãe apoiou a minha cabeça em seu colo, como costumava fazer. Enquanto eu mergulhava em um sono leve, ela desembaraçava gentilmente os meus cabelos, e o meu coração palpitava de tanta alegria por ser acolhida de volta. E então, os meus olhos reagiram, se enchendo de lágrimas, mas dessa vez de felicidade.

    Assim que acordei, percebi que havia dormido mais do que pretendia. O quarto escuro não me deixava saber que horas eram, mas, pelo tempo que achava que havia passado, com certeza já ia além da hora do almoço. Me levantei da cama confortável e fui até a sala, ainda com os olhos se adaptando à iluminação clara.

    – Mamãe, papai, vocês não me acordaram. Que horas são?

    – Ah, meu algodão-doce, você estava em um sono tão profundo que a sua mãe não quis incomodar, apesar de eu estar com tanta fome que quase comi o pé da mesa.

    – Me desculpe, vocês não precisavam me esperar para almoçar.

– Mas é claro que precisávamos, Sara. E o seu pai não vai morrer de fome. Venha, sente-se aqui – chamou mamãe, puxando a cadeira para que eu me sentasse.

– Sendo assim, fico feliz que vamos comer todos juntos, porque dessa forma será a ocasião perfeita para lhes dar uma boa notícia.

– Que boa notícia, Sarinha? – perguntou papai, curioso.

– Mamãe, papai, eu estou muito feliz com tudo que está acontecendo na minha vida e vejo que vocês vibram junto comigo. Por isso eu quero lhes oferecer um presente.

– Um presente?! – perguntou mamãe, com os olhos brilhantes.

– Sim, mamãe, um presente.

– Ah, Sara, que bom que nos deu essa oportunidade. Eu tenho tanto para pedir – comentou papai. – Mas que tipo de presente?

– Ah, que tal um celular novo, por exemplo? O seu já está tão velhinho, e, para a mamãe, o que acha de uma tarde de compras? Podemos sair juntas para algumas lojas de roupa...

– Roupa, querida? Com esse tanto de dinheiro que você está ganhando, você nos oferece um celular e... roupas? – disse ela, com uma expressão no rosto que demonstrava desprezo.

– Você tem razão, Marta! Criamos a nossa doce Sara dentro da igreja, então ela sabe muito bem os princípios que Jesus nos ensinou. E dividir foi um deles.

– "Quem é generoso será abençoado, pois reparte o pão com o pobre." Provérbios, capítulo vinte e dois, versículo nove – completou mamãe, usando o seu vasto conhecimento bíblico para argumentar.

– Mas, mamãe, papai, desde que comecei a ganhar dinheiro, eu tenho sustentado a nossa família. Paguei, inclusive, dívidas antigas de vocês e da igreja! Eu sou generosa, como Jesus ensinou.

– Você pode até ser generosa, minha filha, mas não como Jesus gostaria que você fosse – rebateu o meu pai.

– É, talvez vocês tenham razão. Então, o que vocês querem de presente? Escolham o que quiserem.

– Ah! Sem dúvidas, eu escolheria uma Ferrari! Afinal de contas, um pastor precisa dar o exemplo para o seu rebanho sobre as bênçãos que Deus pode nos dar. Não acha, Marta? – falou o meu pai, cutucando mamãe com o cotovelo enquanto soltava uma risada alta.

– Mas... uma Ferrari? Uau, é um presente e tanto.

Em nome do Pai?

— Você disse que podemos escolher o que quisermos, querida! Até porque o que as pessoas iriam pensar se vissem os pais de uma estrela dirigindo um carrinho popular como o nosso? – falou mamãe.

— Ok! Tudo bem!

— E, já que o seu pai escolheu um carro novo, eu escolheria uma casa nova. Aquele casarão na rua da igreja sempre foi o meu sonho e já está há tanto tempo à venda... Quem sabe não esteja só esperando pela nossa família?

— Mas, mamãe, aquela casa deve custar uma fortuna! É a melhor casa do bairro!

— Nada é caro se for feito com bondade e generosidade, como Cristo nos ensinou! Além do mais, até quando vamos ficar vivendo neste muquifo? Você agora é rica, Sara! Rica!

— Está bem! Vocês me convenceram.

— Ah, querida, não há filha melhor do que você neste mundo! Eu te amo, te amo muito! – respondeu a minha mãe, em um tom afetuoso que havia muito tempo não usava comigo, fazendo com que eu finalmente sentisse que tudo tinha voltado a ser como antes.

Rasguem o coração, e não as vestes. Voltem-se para o Senhor, para o seu Deus, pois ele é misericordioso e compassivo, muito paciente e cheio de amor; arrepende-se, e não envia a desgraça. (Joel 2:13)

Carro italiano conversível, relógios de marca, bolsas de grife. Sapatos caros, restaurantes caros, presentes caros. A nossa vida se transformou em uma vida de novela, com direito a passeios de helicóptero, para curtir uma tarde em Angra dos Reis, e tudo!

A pequena casinha simples de dois quartos em que cresci foi trocada pela tão sonhada casa na rua da igreja. O lugar era uma verdadeira mansão dentro de um bairro modesto, o que, estranhamente, deixava mamãe ainda mais contente; assim ela não seria apenas mais uma rica de um condomínio de luxo, mas a única rica de um bairro de classe média, ela dizia.

Era domingo. E, depois de muito tempo sem aparecer nos cultos por conta da minha agenda lotada, finalmente estaria de volta na igreja para aproveitar a folga do meu único fim de semana sem show. Papai dizia que os irmãos não paravam de perguntar por mim e que surgiram até alguns membros novos, interessados em fazer parte da igreja da cantora Sara Regina.

– É melhor se preparar, querida. Você irá sentir uma grande diferença da época em que não era ninguém – alertou mamãe enquanto entrávamos no carro conversível para o culto da manhã.

– Que nada, eu já estou acostumada com os fãs, mamãe.

– Não é melhor aquele seu segurança, que te acompanha nos shows, ir com você para impedir a aproximação das pessoas?

Em nome do Pai?

— E o que todos pensarão? Que de uma hora para outra eu virei uma metida, que anda com segurança dentro da sua própria igreja?

— Você tem razão, minha filha! – disse papai. – Deixe que os irmãos cheguem até você. Vai ser bom tanto para a sua reputação como para a da igreja.

Todos os olhares se viraram em direção ao nosso carro assim que o veículo foi estacionado na parte externa da garagem, se destacando em meio às dezenas de modelos de carros populares. E então, como eu previa, toda a atenção estava em mim. Entrei na igreja me sentindo dentro de um filme, daqueles em que colocam a protagonista para caminhar em câmera lenta, enquanto todos ao seu redor parecem hipnotizados com ela. E, para dar mais brilho ao meu desfile, era acompanhada pela família perfeita que aparentava ter.

Mamãe usava um vestido vermelho e os cabelos bem escovados (o estilo que ela adotara ultimamente, agora que podia pagar o salão de beleza cinco vezes na semana); papai exibia seu terno azul-marinho e um relógio caro no pulso; e Mateus seguia dentro do seu carrinho portátil, ideal para ambientes internos. Antes mesmo de chegarmos ao templo, os burburinhos começaram a ficar mais altos pelo caminho:

— É a Sara! – falou uma menina de cabelos cacheados à minha direita.

— Sara, você pode nos dar um autógrafo? – pediu outra.

— Gente, é a Sara! – gritou um menino, trazendo consigo uma quantidade suficiente de pessoas para formar um alarde.

— Ok! Vai ter autógrafo para todo mundo, desde que seja no fim do culto, assim o pastor não ficará bravo comigo por atrapalhar a programação – disse eu, dando uma piscadela para o meu pai. – Pode ser?

O grupo de pessoas que nos cercava concordou, ao mesmo tempo em que uma sensação estranha tomou conta de mim quando percebi que estava sendo paparicada por aqueles que pouco tempo antes passavam por mim só me reconhecendo por ser a filha do pastor e, agora, sabiam quem eu era pela minha voz, pela minha música e pela minha pregação.

Ainda com os fãs seguindo os meus passos, continuei andando a caminho do templo e, poucos segundos depois, senti um toque em meus ombros, que achei que seria de mais alguém pedindo um autógrafo.

— Eu já falei que os autógrafos serão no fim... – A minha frase foi interrompida assim que me virei e vi que atrás de mim estavam Luísa e Betina, tentando arrumar um pequeno espaço no meio de tanta gente.

— Amiga, somos nós! – falou uma delas.

— Me desculpem, meninas, é que tem tanta gente aqui que...

— Deixa isso para lá! – respondeu Betina.

— Nada de "deixa isso para lá", porque isso é só mais um sinal de que a fama subiu à sua cabeça! – falou Luísa, usando um tom de voz debochado como fazia muitas vezes.

— Como assim? Eu sempre fui a mesma com vocês.

— Ah, Sara! Carros, viagens, roupas novas... Isso muda as pessoas.

— Não dê bola para o que ela está dizendo, Sara. Claramente a Luísa só está com inveja – falou Betina, me defendendo, irritada, da acusação de Luísa.

— Me desculpe se eu mudei, Luísa. Você é e sempre será minha amiga. Vocês duas! Minhas melhores amigas! – disse, envolvendo as meninas em um abraço coletivo.

— Tudo bem! Desde que você leve a gente na próxima vez que for para Angra de helicóptero – respondeu Luísa, com um sorriso no rosto.

— Luísa! – repreendeu Betina.

— Negócio fechado!

A última coisa que eu queria era passar uma impressão errada para os outros, ainda mais em se tratando das minhas melhores amigas. O dinheiro podia até mudar algumas pessoas, mas não a mim.

Me sentei junto com as meninas no banco de sempre. Mas, por causa da aglomeração que se formava ao meu redor, acabei achando melhor escolher um lugar mais reservado. Então, antes mesmo de o culto se iniciar, aceitei a ideia dos meus pais e me juntei a eles na cadeira dos pastores, em cima do palco e de frente para o público – digo, os irmãos da igreja. Luísa se emburrou com a situação, mesmo com Betina tentando lhe explicar sobre o incômodo que os fãs poderiam nos causar. De qualquer forma, eu não tive muita escolha depois de ver um adolescente tirar uma foto minha escondida, com sua máquina fotográfica.

Meu pai começou a pregação assim que o ministério de louvor saiu de cena. Ouvi-lo pregar depois de tanto tempo soou diferente aos meus ouvidos, e olha que nem havia sido tanto tempo assim, mas o suficiente para me causar estranheza. Antes eu poderia concordar com cada palavra dita por ele; na verdade, eu o admirava e me inspirava em sua forma de pregar o Evangelho ao seu rebanho, mesmo tendo ouvido os seus sermões durante anos seguidos. Mas, agora, tudo parecia raso e sem fundamento. Será que sempre havia sido assim e só agora eu conseguia enxergar? Afastei os pensamentos importunos quase que no mesmo segundo em que eles chegaram e voltei minha atenção à palavra do papai.

Em nome do Pai?

— Ah, meus irmãos! Quanto eu batalhei para chegar até aqui — dizia ele. — Se hoje ando de Ferrari, é porque passei muito tempo de joelho no chão em oração a Deus. Se hoje moro na melhor casa deste bairro, é porque tive muita fé e perseverança no Senhor! Se hoje, meus irmãos, faço viagens de helicóptero, é porque já deixei muito do meu salário como dízimo nesta igreja!

— Aleluia! — vibrava a congregação.

— O que quero dizer, meus irmãos, é que, na minha vida, fiz as três coisas necessárias para se ter vitória! Oração, fé e contribuição! Se você quer um carro, uma casa, uma vida como a minha, não basta você somente orar. Você tem que ter fé!

— Glória a Deus!

— E o mais importante: você tem que contribuir com o dízimo na casa do Senhor. Porque Malaquias, capítulo três, versículos oito a dez, diz: "'Pode um homem roubar de Deus? Contudo vocês estão me roubando. E ainda perguntam: como é que te roubamos? Nos dízimos e nas ofertas. Vocês estão debaixo de grande maldição porque estão me roubando; a nação toda está me roubando. Tragam o dízimo todo ao depósito do templo, para que haja alimento em minha casa. Ponham-me à prova', diz o senhor dos Exércitos, 'e vejam se não vou abrir as comportas dos céus e derramar sobre vocês tantas bênçãos que nem terão onde guardá-las'". Amém, irmãos?

— Amém!

— E foi o que aconteceu comigo e com a minha família, irmãos! Hoje estamos vivendo um tempo de tantas bênçãos, que nem temos onde guardá-las. Em Provérbios, capítulo onze, versículo vinte e quatro, está escrito: "Há quem dê generosamente, e vê aumentar suas riquezas; outros retêm o que deveriam dar, e caem na pobreza". Está claro o que essa passagem vem nos falar, irmãos! Se vocês não derem generosamente para a casa do Senhor, como esperam ter riquezas? O seu futuro será de pobreza!

— Aleluia! Xurias! — gritou um senhor de idade, puxando um coro de "aleluias" e "glória a Deus" em seguida.

— E, para finalizar, quero ler o que está em Lucas capítulo seis, versículo trinta e oito: "Deem, e lhes será dado: uma boa medida, calcada, sacudida e transbordante será dada a vocês. Pois à medida que usarem, também será usada para medir vocês". Resumindo, se vocês derem pouco, meus irmãos, é pouco que vão receber! Mas, quanto mais derem à casa do Senhor, mais Ele abastecerá os teus celeiros! Amém?

— Amém!

– Nesta manhã, eu quero te fazer um desafio, meu irmão e minha irmã! Não importa se você tem conta para pagar, não importa se não tem comida em sua casa, não importa se a luz vai ser cortada... Dê! Dê o seu dízimo com amor! Dê tudo o que você tiver, e Deus te honrará! Amém?

– Amém!

Aquele era o momento em que o ministério de louvor tocava uma canção emocionante e comovente, enquanto os diáconos e diaconisas passavam com a sacolinha recolhendo o dízimo. Papai sempre dizia que devíamos colocar algum valor alto, para dar o exemplo. Tirei a minha carteira de couro da bolsa e peguei três notas de cem reais, tudo o que eu tinha.

– Eu quero aproveitar este momento de generosidade dos irmãos para fazer um anúncio – disse o meu pai, voltando ao microfone, enquanto os fiéis colocavam as ofertas nas sacolinhas. – Durante a palavra, o Espírito Santo falou comigo, irmãos!

– Aleluia!

– O Espírito Santo me disse que eu deveria dar mais! Mais do que eu já estou dando para a casa do Senhor. Então, eu quero aproveitar a presença da minha filha, Sara Regina, a grande cantora gospel que eu sei que vocês conhecem, para anunciar que nós, a minha família, iremos doar a reforma da igreja!

– Xuricantalebalaia! – Se alegrava a igreja, com línguas estranhas.

– É claro que isso se deve graças ao sucesso da minha filha, Sara, que vai fazer essa grande doação. Não é, meu algodão-doce? – disse ele, olhando para mim.

O que o papai está fazendo? Nada disso havia sido combinado e certamente reformar uma igreja não era como comprar um pirulito. Eu precisava de dinheiro para isso, muito dinheiro! E ultimamente eu vinha gastando tanto com aquele novo estilo de vida, que chegava a pensar se teria fundos suficientes para mais aquilo.

Me levantei de onde estava e caminhei até o púlpito, a pedido do meu pai, que esperava por uma resposta. Os irmãos cheios de fé aumentavam cada vez mais o volume dos seus gritos de aleluia e glória a Deus, e os valores colocados na sacolinha do dízimo mais do que triplicavam. Se era uma grande comoção coletiva para trazer mais dinheiro o que o meu pai queria, ele havia conseguido.

Ajustei o microfone para a minha altura, enquanto encarava o papai ao meu lado, com um olhar de repreensão.

– Não me decepcione, Sara – sussurrou ele em meu ouvido.

– Você não deveria ter feito isso, papai – respondi em tom ameaçador.

Em nome do Pai?

    Eu poderia acabar com tudo ali mesmo. Eu poderia não fazer aquela doação e dar fim àquela mentira do meu pai de uma vez por todas! Mas uma mentira nunca se revela sozinha. Uma mentira carrega com ela outras dezenas de pequenas e grandes mentiras que poderiam acabar de vez comigo e com tudo o que eu vinha construindo. Papai sabia muito bem disso e, por essa razão, sabia também que eu iria entrar no seu jogo.

    – Será um prazer fazer a doação da reforma da igreja! – falei ao microfone, terminando, enfim, com todos aqueles segundos de tensão entre nós dois.

    O caminho de volta para casa foi silencioso. No fundo, eu esperava que papai viesse tentar me convencer com uma desculpa esfarrapada de que ele realmente ouviu a voz do Espírito Santo naquele momento, mas achava que àquela altura ele já havia percebido que eu não era tão estúpida quanto o seu rebanho e preferiu ficar calado, assim como mamãe.

    À medida que o carro se aproximava da nossa nova casa, pude ver em frente ao portão a nossa antiga vizinha, dona Maria. Provavelmente viu o meu CD em algum lugar e notou que agora eu era famosa.

    – Deve estar querendo um autógrafo – disse eu.

    Descemos do carro juntos, mais uma vez como a família perfeita que aparentávamos ser. Dona Maria chegou mais perto no mesmo instante, nos avaliando da cabeça aos pés, assim como fez com o carro e fazia com a casa, antes de reparar que nós havíamos chegado.

    – Bom dia, vizinhos!

    – Bom dia, dona Maria! A que devo a honra? – respondeu mamãe, com um ar de superioridade que havia adotado junto com seu novo estilo de cabelo.

    – Marta, Eliseu e Sara... Que casa mais maravilhosa vocês adquiriram, hein? – falou a senhora, nos encarando cada vez mais de perto.

    – Obrigada, Maria! O que você quer? É um autógrafo da minha filha? Diga logo porque precisamos entrar, temos muito o que fazer – perguntou mamãe.

    – Ah! Como você é inocente, minha vizinha Marta! Um autógrafo? Antes fosse – respondeu, com uma risada quase que diabólica.

    – O que você quer, dona Maria? – interveio papai, percebendo que se tratava de algo sério.

    – Eu não sei! O que vocês me ofereceriam para ficar de bico fechado sobre a madrugada em que a supercantora famosa apareceu pela rua como um zumbi, completamente desonrada?

    – Você não ousaria, sua cobra! – gritou mamãe.

– Ah, não? O meu sobrinho é jornalista. Basta um telefonema para todos saberem quem é a verdadeira cantora Sara Regina! Eu quero uma proposta em dinheiro de vocês ainda hoje!

Dona Maria, nossa vizinha por tantos anos, que, em um gesto de bondade, havia amparado a minha mãe na ocasião terrível do ocorrido, sabia do segredo. Ou melhor, da mentira. Uma grande mentira. E, como eu disse, quando uma mentira se revela, ela nunca se revela sozinha.

24

Arrependam-se, pois, e voltem-se para Deus, para que os seus pecados sejam cancelados. (Atos 3:19)

O meu quarto estava totalmente escuro quando acordei de um sono pesado. Olhei as horas na tela do meu smartphone. Nove e vinte. E oito chamadas perdidas da minha mãe. Conhecendo-a, provavelmente não era nada demais, mas, de imediato, retornei as ligações por precaução, logo pensando que poderia ter acontecido algo com Mateus.

– O que foi, mãe?

– Querida! Aquela sua secretária me falou do show que vamos fazer na igreja! Será perfeito! O seu pai e eu achamos que a nossa igreja precisa mesmo de toda essa divulgação midiática. É assim que vocês chamam, não é? Estou querendo me atualizar! – disse ela, soando bem-humorada.

– Sim, vai ser excelente! – respondi, ainda com a voz sonolenta.

– Mas o motivo da minha ligação é outro. Eu percebi que faz muito tempo que o Ricardo não aparece nas nossas reuniões em família. Vocês estão mesmo bem? Luísa também comentou que ele não foi à festa na casa dela.

– E quando você falou com a Luísa? Vocês conversam agora, é?

– Não, querida, apenas a encontrei perto do bairro e tive de ser cordial, não é mesmo? Apesar de agora ela ser uma desviada, assim como os seus pais.

– Ser cordial não é falar sobre a minha vida, mamãe.

– Você não respondeu à minha pergunta, Sara. O seu relacionamento com o seu marido não está bem, não é mesmo?

– Eu não te devo explicações, mamãe! Mas, sim, nós estamos bem. Agora eu preciso desligar, tenho que me arrumar para chegar na hora à terapia.

– Você e essas bobagens! Quando você vai perceber que terapia é perda de tempo? Só Jesus salva, minha filha, e você já sabe bem disso.

– Tchau, mamãe, eu preciso ir – falei, desligando imediatamente, antes que ela fizesse mais perguntas inconvenientes.

Abri a persiana do meu quarto pelo controle remoto, fazendo com que a claridade invadisse o ambiente, o que me ajudou a despertar mais rápido. Troquei meu pijama felpudo por uma calça jeans preta e uma blusa de algodão branca e, em poucos minutos, estava pronta para mais um dia de autoconhecimento no consultório da doutora Tereza Terra.

Ao contrário do que mamãe pensava, eu não esperava ser salva. E também não achava que a doutora Tereza fosse um tipo de heroína ou alguém que iria mudar a minha vida. Com o processo, eu vinha entendendo aos poucos que terapia nada mais é do que autoconhecimento. Talvez esse fosse o meu maior medo: aos 31 anos, eu finalmente estava descobrindo quem eu era. E descobrir quem você realmente é às vezes pode ser assustador!

Entrei no consultório tão bem-disposta que até mesmo a recepcionista pôde perceber.

– Bom dia, Sara! Você está radiante hoje! – elogiou a psicóloga, abrindo a porta de sua sala.

– Obrigada. Me sinto mesmo radiante.

– Algum motivo específico?

– Não. E isso é o mais engraçado de tudo! Eu me sinto radiante mesmo com motivos para não estar.

– Isso é ótimo! – respondeu ela, sentando-se à minha frente. – Você gostaria de falar agora sobre esses motivos pelos quais você não deveria se sentir radiante?

– Não agora. A hora certa vai chegar.

– Há muitas sessões você vem evitando aprofundar o assunto, Sara. E, para que eu possa realmente ajudá-la, preciso que quebre algum tipo de barreira que possa existir.

– Vamos chegar lá. Eu prometo! Estou tentando.

– Ok. Vamos retomar de onde paramos. Então a sua vizinha estava chantageando você?

– Uma proposta em dinheiro. Ela pediu uma proposta em dinheiro, ainda naquele dia – respondi, relembrando as palavras exatas que ela usara.

– E o que vocês fizeram?

Mamãe estava histérica, andando de um lado para outro na cozinha bem equipada da nossa nova casa, enquanto papai matutava um plano em sua cabeça, sentado à mesa com os braços apoiando o rosto. Até mesmo o pequeno Mateus se sentia aflito e angustiado com toda aquela apreensão que demonstrávamos.

— E se ela já contou tudo para esse tal sobrinho? Ah, Eliseu, o que vamos fazer?

— E se ela está blefando e não tem sobrinho jornalista nenhum? — respondi, acompanhando a mulher que andava de um lado para outro.

— Ah, essa cobra! Ela me paga! — resmungou a minha mãe.

— Se é dinheiro que ela quer, por que não pagamos? — sugeri.

— Mas até quando? Ela nunca se contentará e vai sempre nos sugar, pedindo cada vez mais e mais.

— Você tem razão, mamãe.

— Precisamos tomar uma medida mais drástica. Algo que pare essa diaba de uma vez por todas.

— Mas o quê?

— Vocês duas! Dá para pararem de falar abobrinhas e me deixar pensar em paz? — disse o meu pai, aumentando o tom de voz. — Eu tenho uma ideia! Eu sei o que vai fazer a dona Maria pensar duas vezes antes de mexer com um servo de Deus.

Em um rompante, papai se levantou da cadeira e, sem dar mais explicações, entrou no carro para dirigir até a casa de dona Maria, que ficava a poucos minutos da nossa. Nós duas fomos atrás, curiosas com o que viria a seguir.

— Acabe com essa cobra, Eliseu! — disse a minha mãe, explodindo de ódio.

— Não deixe barato para ela, papai — reafirmei com tanta raiva na voz quanto mamãe.

Depois da segunda vez em que a campainha foi tocada, a velha senhora abriu a porta. Enrolada em um roupão tão antigo quanto ela, dona Maria apareceu carregando em seus braços um poodle branco.

— Que surpresa agradável, meus amáveis vizinhos! — falou ela, dissimulada. — Pensaram bem em qual proposta vão me oferecer?

— Pensamos, sim, dona Maria. Mas, antes, eu vim fazer um convite a você — respondeu o meu pai.

— Um convite? — perguntou ela, ao mesmo tempo em que eu e minha mãe ficávamos incrédulas com o que meu pai estava fazendo. Aquela senhora nos ameaçou, e ele devolvia com um convite?

— Sim, um convite. Eu sempre soube que a senhora é católica. Por isso, nunca tomei a liberdade de lhe convidar para um culto na nossa igreja. Mas creio que, assim como eu, você acredita em Deus, não é, dona Maria?

— Claro que acredito!

— Então, se você acredita em Deus, você também acredita que Ele possa ter falado comigo esta tarde, não é?

— Aí eu já não sei, pastor Eliseu.

— Pois acredite! Ele falou e me disse claramente que era para eu te convidar para assistir a um dos nossos cultos.

— Eu já sei aonde você está querendo chegar, Eliseu! Você acha que vai me convencer a desistir dessa ideia me levando aos seus cultos? Acha que vai conseguir me converter ou algo assim? Você está muito enganado, pastorzinho!

— Dona Maria, eu só te faço esse pedido. Vá ao culto de hoje à noite e se, ainda assim, a senhora não mudar de ideia, nós conversamos sobre a tal proposta em dinheiro que você quer — respondeu o meu pai, calmo e manso, como se tivesse ensaiado bem as palavras antes de dizer.

— Eu vou pensar! — falou dona Maria, fechando o portão de sua casa e nos deixando plantados.

Então era isso o que iria acontecer? Éramos ameaçados pela nossa vizinha maligna, e papai resolvia convidá-la para um culto? Voltei para casa furiosa, já pensando na quantia que eu iria separar para aquela chantagista, ao contrário da minha mãe, que agora parecia tão tranquila quanto papai.

A igreja estava lotada como eu nunca havia visto em toda a minha vida. Parecia que os rumores de que eu estive no culto da manhã se espalharam pelo bairro, fazendo com que o templo se enchesse de pessoas loucas por um autógrafo da famosa cantora Sara Regina no culto da noite. Talvez a ideia da minha mãe de ter um segurança me acompanhando não fosse tão ruim assim. Pelo menos eu evitaria formar multidões ao meu redor, o que só servia para congestionar ainda mais o espaço.

Depois de me desvencilhar várias vezes de grupos de fãs pelo caminho, cheguei ao palco da igreja e me sentei na cadeira dos pastores, ao lado da minha mãe e de Mateus em seu colo. De onde estava, podia ver Luísa e Betina no terceiro banco, no qual nos sentávamos desde crianças. Com um sorriso amarelo, acenei para as minhas amigas, mas só Betina acenou de volta. Menos de um minuto depois, meu pai chegou ao palco, iniciando o culto noturno.

— Bem, acho que, no fim das contas, a dona Maria não vem — cochichei para mamãe, ainda preocupada com a situação.

Mas, antes que papai pudesse iniciar a sua palavra, as portas da igreja se abriram, e a nossa antiga vizinha entrou por elas.

Em nome do Pai?

    Dona Maria, ainda em pé, por falta de lugares, logo foi amparada por um diácono, que trouxe até a senhora uma cadeira. A mulher pareceu desconfortável em estar ali, talvez nunca tivesse estado em uma igreja evangélica, mas manteve sua postura erguida, passando a imagem de uma pessoa forte. Assim que papai a avistou no meio dos irmãos, olhou para mim e para mamãe de relance, e nada foi preciso ser dito entre nós três. Ali eu já havia entendido que o nosso plano estava em ação. E, então, a pregação começou:

    – Amados irmãos e irmãs, nesta noite, eu trago uma palavra vinda da parte de Deus – falou o meu pai no púlpito. – Tenho, no mais profundo do meu íntimo, procurado trazer a este púlpito algo que venha do coração do Senhor, passe pelo meu coração e chegue ao coração de todos vocês. No entanto, não é fácil estar no lugar que estou, sendo canal para Deus falar. Fico pensando, inclusive, por que eu? Sim, eu, um pobre homem cheio de defeitos e pecados; eu, que escondo segredos que só minha alma conhece. Eu, que não sou digno nem de falar do nome sobre todo o nome... Sim, me pego pensando: por que eu, Senhor? E é neste momento que sinto uma voz dizendo calmamente: porque Eu te escolhi!

    – Aleluia! Glória a Deus! – vibrava a congregação.

    – Sim, Deus não escolhe os capacitados, mas capacita os escolhidos. E eu sou um escolhido! E por isso sei que tenho a fúria de satanás contra mim. Amém ou não amém?

    – Amém!

    – Ah, irmãos e irmãs, amados e amadas, vocês não sabem como o inimigo tem se levantado contra este pastor que vos fala. Mês passado eu bati o carro duas vezes e quase bati a terceira vez, mas repreendi aquele espírito de barbeiragem e tive um livramento.

    – Glória a Jesus!

    – E não para por aí, porque o inimigo é astuto. Semana passada, eu fui jantar com a minha amada Marta, e nós escolhemos um restaurante muito bem falado! Sempre tivemos vontade de comer naquele lugar, no entanto minha vida modesta não permitia, mas, agora, Deus nos deu em dobro tudo o que sempre doamos, e finalmente podemos sair para jantares caros, viagens de barco e tudo mais que o dinheiro nos permitir!

    – Aleluia! Deus seja louvado!

    – Bem, como eu dizia, semana passada, diante da insistência da Marta, fomos a esse tal restaurante. Meus amados, percebam as armadilhas de satanás. Entramos, comemos bem, pedimos sobremesa e, quando a hora já era avançada, eu pedi a conta. O garçom veio com a conta e, naquele momento, somente naquele exato momento, eu percebi que havia esquecido minha carteira em casa. Marta ficou morrendo de vergonha e, para falar a verdade, eu também. E, enquanto o garçom foi chamar o gerente para resolver a questão, sim, nesse curto espaço de tempo, eu clamei pedindo ao Senhor que o teu servo não fosse envergonhado. Ohhhh shuricantará, rarabachuri... Marta sugeriu que deixássemos o meu relógio como garantia e fôssemos em casa pegar a carteira. Enquanto nós discutíamos essa possibilidade, o gerente chegou... Irmãos, prestem atenção no que vou dizer agora... Tem hora que o diabo coloca uma armadilha na sua frente para você ser envergonhado, mas Deus, com Sua infinita bondade, te dá a vitória e humilha o inimigo. Pois bem, quando relatei ao gerente o que havia acontecido, ele me disse: "Eu sei quem é o senhor. Já foi na casa de uma tia minha e orou por ela, que estava muito enferma, e dois dias depois ela já estava curada. Esse jantar é uma cortesia da casa".

– Aleluiaaa! Glória ao Senhor!

– Oh, aleluia, aleluia, surianda chabalava... Toda vez que o inimigo tentar envergonhar um ungido do Senhor, ele é quem será envergonhado! Eu poderia parar por aqui, irmãos, mas, quanto mais eu cresço como pastor, quanto mais esta igreja cresce, mais o inimigo furioso tenta aprontar contra mim! Semana passada cortaram minha luz. Sim, irmãos, confesso que eu e Marta, por tanta dedicação à igreja, muitas vezes nos esquecemos das nossas tarefas pessoais. Sim, temos pleiteado junto ao conselho da igreja uma secretária pessoal e, para honra e glória do Senhor, até os que são contra serão convencidos dessa necessidade. Mas a história não acaba aí. Uma vizinha não muito próxima passou por mim e, com um sorriso cínico, veio dizer que havia visto o carro da companhia de luz lá em casa e que isso era uma vergonha para um pastor. E, para me afrontar, saiu dizendo que iria espalhar pelo bairro sobre a situação. Irmãos, eu não preciso fazer nada, porque o sofrimento para essas pessoas vem a cavalo. Eu apenas orei para Deus, e hoje o cachorrinho dela apareceu morto no quintal. Mas Deus só levou o animalzinho dela porque eu pedi. Mesmo com muita raiva, porque eu sou humano, pedi para que o Senhor não tocasse na vida dela! Embora isso não dependa de mim, irmãos. Se ela realmente quiser falar para alguém sobre a minha luz, a vida dela pode terminar como a do seu cachorrinho, porque não se brinca com um ungido do Senhor! Amém ou não amém?

– Amém! – respondeu a igreja em um coro.

Em nome do Pai?

    Ah, o papai! Sempre me surpreendendo. Quando eu achava que ele fosse usar do seu poder de pastor para tentar converter a dona Maria, lá estava ele, sutilmente a ameaçando de volta. Jogando o mesmo jogo sujo que usou comigo, ainda naquela manhã. Bem, fosse lá o que tivesse sido aquilo, devia ter funcionado, já que a senhora foi embora na mesma hora com os olhos arregalados.
    Deixamos a igreja o mais rápido possível ao fim do culto, diferentemente de todas as vezes. Agora, os meus fãs já eram muitos, e atender aos pedidos de autógrafo de cada um deles não fazia parte dos meus planos. Então, saímos pela porta dos fundos até a garagem, onde um grupo de adolescentes mais espertos do que os outros nos esperava perto do carro. Tirei uma foto rápida com eles e entrei no veículo, antes que a multidão de pessoas percebesse onde eu estava. Com toda aquela confusão, nem tive tempo de me despedir das minhas amigas e voltei para casa com o coração apertado por isso.
    Assim que viramos em nossa rua, vi de longe a dona Maria. A senhora estava, mais uma vez, em frente à nossa casa, provavelmente nos esperando.
    – Ah, não, eu achei que ela havia entendido o recado – falou mamãe.
    O carro foi se aproximando, e agora eu podia ver mais nitidamente toda aquela cena. Dona Maria estava em prantos, com um choro incontrolável, segurando em suas mãos algo branco. Quando percebi o que era, tive a noção do que realmente aconteceu naquela noite. Nas mãos de dona Maria, estava o seu cachorro, um poodle branco, tão imóvel quanto um objeto. Desci do carro imediatamente, sem acreditar no que papai foi capaz de fazer. Quando olhei o cachorro de perto, percebi que ele estava mesmo sem vida. Dona Maria gritava desesperada, fazendo um escândalo em frente à nossa casa, pedindo para que o meu pai pedisse a Deus que ressuscitasse o pequeno animal.
    – Ele é o bem mais precioso que eu tenho, pastor Eliseu. Eu não tenho filhos, não pude ter. E sou viúva há muitos anos. Tudo o que me resta é o Charlie! Faça com que ele ressuscite, pastor, e eu nunca mais digo nada sobre você e a sua família – implorava a mulher de joelhos para o meu pai.
    – Você deveria ter pensado nisso antes de ter falado da minha luz, dona Maria. Antes de abrir a boca para ameaçar a minha luz! – disse papai, enquanto envolvia a mim, mamãe e Mateus em seus braços, para nos afastar daquela cena fatídica.

25

No passado Deus não levou em conta essa ignorância, mas agora ordena que todos, em todo lugar, se arrependam. (Atos 17:30)

A nova casa em que vivíamos era grande, com janelas e portas imponentes e espaço para três famílias inteiras viverem dentro dela. Agora, eu tinha um quarto bem decorado e pintado de verde-água, a cor que eu escolhi. Mateus também tinha o quarto dele, com um berço e brinquedos caros, e os meus pais ficavam com a suíte principal. Toda a casa foi mobiliada com móveis planejados de primeira linha, e até utensílios novos de cozinha mamãe havia feito questão de comprar. Mesmo assim, algo ainda me incomodava. Aquele era o mesmo bairro em que eu havia crescido, e eu tinha muito apreço por ele, mas também era o lugar onde algumas coisas ruins aconteceram comigo. Foi nesse mesmo bairro que me pegaram quando fui estuprada, que também vivi escondida ao engravidar, não podendo ao menos ver a luz do sol para que os vizinhos não percebessem a minha barriga; e dali fui obrigada a ir embora para a fazenda. Não poderia me esquecer também de quando havia voltado e vivido momentos de terror com os meus próprios pais, ao ver que eles estavam com o meu filho.

Agora, para completar toda aquela história, era na minha nova rua que eu vi o desespero estampado no rosto da minha antiga vizinha ao exibir o seu cachorro morto e desfalecido nos braços, tudo por minha causa! Dona Maria nunca mais olhou em nossa direção e, apesar de tudo, me doía passar por ela e saber que a minha família lhe fizera mal. Foi pensando em todas essas coisas que tomei uma decisão. Talvez a mais importante que já havia tomado em toda a minha vida.

– Mamãe, papai. Eu vou me mudar! – disse aos dois, entrando na sala de estar.
– O quê?
– Sim, acho que preciso respirar novos ares, uma casa nova e um bairro novo vão ser bons para mim.

Em nome do Pai?

– Você ficou louca, querida? Acabamos de terminar a reforma da casa! Você tem um quarto lindo, agora, e não quer aproveitar nada disso?

– A sua mãe tem razão, meu algodão-doce! Não tem por que você sair daqui.

– É que eu acho que chegou a hora de caminhar com as minhas próprias pernas. Chegou a hora de eu morar sozinha e ter o meu espaço.

– E o que você acha que as pessoas vão pensar, Sara? Uma menina vivendo sozinha? No mínimo vão achar que você está levando homens para casa!

– Mamãe!

– A sua mãe está certa, minha filha. Não é bom para uma menina como você, que mal se tornou adulta, morar sozinha. Não é bom para mulher nenhuma, para falar a verdade.

– Como assim? Eu conheço várias meninas que vivem sozinhas, papai.

– Que meninas são essas? Crentes, provavelmente elas não são! – replicou mamãe. – Eu mesma só fui sair da casa dos meus pais quando me casei.

– Mas os tempos são outros, mamãe! E se eu nunca quiser me casar?

– Você ficou maluca de vez ou o quê? Andar com essa corja moderninha do ramo da música, que se diz cristã, não está fazendo bem para você! Eliseu, olha a bobagem que a sua filha está dizendo.

– Deus fez a mulher para o homem, Sara. Não é à toa que Eva foi tirada da costela de Adão! – respondeu meu pai.

– Vocês... vocês... arrgh! – gritei de indignação. – Eu vou sair de casa e ponto-final!

– Você não vai sair de casa, Sara! E está decidido! – falou mamãe.

– Mãe, eu não sei se você percebeu, mas eu não preciso mais da sua aprovação para fazer alguma coisa. Você e o papai não mandam mais em mim!

– Tudo bem, Sara! Vá, se mude e depois volte chorando para os braços dos seus pais quando a sua carreira estiver arruinada por fofocas que vão destruir a sua reputação!

– Nós só estamos tentando te proteger! – falou o meu pai.

– Não, vocês só estão tentando me manipular, como sempre fizeram! – respondi, ao mesmo tempo em que saía em disparada de volta para o meu quarto.

Mesmo contra a vontade dos meus pais e ficando um pouco mais longe de Mateus, eu tinha que fazer o que parecia certo naquele momento. Talvez eu fosse descobrir que a minha mãe tinha razão; corria o risco de quebrar a cara e voltar chorando para casa. Eu até temia isso, mas só saberia a verdade se tentasse seguir a minha vontade. E a minha vontade, agora, era de me dar a chance de um recomeço. Uma nova vida para uma nova Sara.

O meu novo lar era um apartamento localizado em um bairro nobre de São Paulo, bem perto do Parque Ibirapuera. Quando o corretor de imóveis me mostrou que estava à venda, eu não pensei duas vezes antes de comprá-lo. Contratei uma designer de interiores, que decorou o lugar de uma forma tão incrível que parecia ter saído de uma revista de decoração, mas sobretudo deixou o ambiente com a minha cara em cada detalhe escolhido, desde o piso até o porta-retrato em cima do rack. Finalmente, eu estava em casa. Na minha casa!

O apartamento não era tão grande quanto a nova casa dos meus pais, mas, ainda assim, era espaçoso e bem dividido. A sala tinha dois ambientes, a sacada contava com uma vista excelente, a cozinha era do tamanho ideal, e os três quartos grandes continham banheiros em todos eles. O maior era o meu, um outro transformei em um pequeno escritório, onde me sentava para compor e anotar algumas ideias de show, CDs e músicas e com o terceiro quarto, fiz o que sempre sonhei desde que Mateus chegou ao mundo. As paredes eram azuis e com desenhos de nuvens brancas na parte superior. Do lado esquerdo, ficava um berço e todo o enxoval que um bebê precisa. E, do lado direito, tapetinhos e brinquedinhos infantis. O meu filho iria amar! Ou melhor, o meu irmão.

Até chegou a passar pela minha cabeça fazer uma grande comemoração para celebrar a casa nova, mas ultimamente eu tinha estado tão cansada com toda a rotina de shows e eventos que a última coisa que queria era estar cercada de muita gente. Então, cozinhei eu mesma um jantar simples, apenas para a família e os amigos próximos.

Em alguns minutos, os meus pais deveriam chegar junto com Mateus. Luísa e Betina também viriam, assim como Marcos Bala, o meu empresário. Mas, antes que isso acontecesse, aproveitei o tempo que tinha comigo mesma.

Preparei um banho de banheira, em uma tentativa de receber os meus convidados mais relaxada do que estava agora. Acendi algumas velas aromáticas e despejei sais de banho na água quente, assim como via fazerem nos filmes. *Espero ter colocado a quantidade certa*, pensei.

Entrei na água para o meu primeiro banho de banheira da vida. Nada melhor do que uma banheira novinha em folha para a minha estreia! Mas, após alguns minutos lá dentro, me senti como um frango ensopado, louca para me livrar daquela água quente. Talvez fosse uma coisa que os ricos só usassem nas cenas de filmes e novelas. Afinal, será que as pessoas tomavam mesmo banho de banheira? Bem, se fosse o caso, eu iria me acostumar.

Em nome do Pai?

Apoiei a cabeça no encosto atrás de mim e, de olhos fechados, pensei na noite feliz que teria e nos dias felizes que vinha tendo ultimamente. Tudo andava bem demais comigo, para dizer a verdade. Os meus pais, no fim das contas, tiveram que aceitar a minha mudança de casa e estavam sendo um pouco mais maleáveis em relação a essa situação. A minha carreira estava indo de vento em popa. E as minhas amigas, ah, elas continuavam sendo o meu porto seguro nos momentos em que precisava, mesmo que eu andasse meio sem tempo para elas.

Abri os olhos quando ouvi o interfone tocar, me tirando abruptamente dos meus pensamentos.

— Quem deve ter chegado mais cedo do que o horário combinado? – disse a mim mesma, enquanto me enrolava em uma toalha branca para atender à chamada.

— É o seu Marcos. Marcos Bala. Pode autorizar? – falou o porteiro pelo interfone.

— Pode, sim, seu Manoel. Obrigada.

Provavelmente Marcos Bala devia ter terminado o trabalho mais cedo e resolveu se adiantar. Sem problemas. Destranquei a porta da sala e corri para o quarto para me secar e vestir uma roupa.

— Sara! Você está aí? – gritou o empresário.

— Estou aqui! Desculpe, eu estava no banho. Entre e fique à vontade! – respondi do quarto.

Abri o meu guarda-roupa, procurando algo perfeito para a ocasião. Algo que não me fizesse estar tão arrumada, porque eu estava em casa, mas também que não me fizesse parecer desleixada, porque receberia visitas. Algo confortável, mas não tão confortável quanto um moletom. Um meio-termo entre a roupa de descanso e a roupa de sair. Indecisa, selecionei alguns vestidos e os espalhei em minha cama para uma melhor visualização.

Vesti o laranja, mas me senti chamativa demais com ele, então o troquei pelo branco, que me fez ficar mais gorda. Com o amarelo pareci pálida, e logo o tirei do meu corpo para trocar por um preto. *O preto será a escolha certa*, pensei comigo mesma, colocando o vestido na frente do meu corpo, antes de ser surpreendida quando me virei em direção à porta.

Dei um grito alto, levando um susto e me cobrindo imediatamente ao ver Marcos Bala em pé à porta do meu quarto. O homem segurava um buquê de rosas e pareceu ter se assustado tanto quanto eu ao ouvir meu grito.

— Desculpe, eu não queria te assustar!

— Mas me assustou! O que você está fazendo aqui? Eu estou pelada!

— Achei que você tinha dito para eu entrar.
— Eu disse, mas não no meu quarto! — respondi, furiosa.
— Me desculpe, essa não era a minha intenção.
— Tudo bem.
— Eu trouxe isto para você, onde posso deixá-las?
— Pode levá-las para a sala, por favor. Eu já estou indo.
— Ok.

Ele saiu do meu quarto, estranhamente nem um pouco envergonhado com o que acabara de acontecer, enquanto eu mal podia encará-lo outra vez ao me lembrar de que, poucos segundos antes, ele estava me vendo completamente nua à sua frente.

Entrei na sala usando um vestido preto decotado nas costas. Marcos Bala estava sentado em meu sofá com os pés para cima, se mostrando tão confortável que nem parecia ser uma visita em minha casa.

— Gostou?
— Sim, está tudo incrível! Parabéns, Sara. Fico feliz de ver que aquela menininha que vi cantando no coral da igreja, um dia desses, hoje se transformou em uma linda mulher!
— Obrigada, Marcos. Bem, acho que os outros já devem estar chegando.
— Relaxa, sente-se aqui. Vamos aproveitar este momento, só eu e você — falou ele, me puxando pela mão.
— Ok — respondi, me sentando ao seu lado, desconfiada com o jeito estranho do meu empresário.
— Você está linda com esse vestido.
— Obrigada.
— Está sexy! Sabe, hoje consigo enxergar em você uma mulher que antes eu não via. Você está diferente, Sara. Está poderosa, sensual e dona de si — falou ele, chegando cada vez mais perto de mim.
— Não, eu não estou diferente. Eu... eu sou a mesma.
— Não, você não é a mesma — continuou ele, acariciando os meus braços.
— É melhor você parar, isso não está ficando legal...
— Por que não? Você precisa curtir um pouco, Sarinha, se destravar! Sabe, eu conheço muitas evangélicas como você que são mais soltinhas, se é que você me entende! Deixa eu te contar um segredo: eu amei ter te visto nua. Eu estava lá fazia muito tempo, e você nem percebeu. Isso não é excitante?
— Chega! — respondi em um grito, me afastando imediatamente dele, ao mesmo tempo em que o interfone tocou. *Ufa! Salva pelo gongo.*

Em nome do Pai?

Recebi o papai, a mamãe, Mateus, Luísa e Betina, que logo mudaram a atmosfera tensa do ambiente, me ajudando a tentar esquecer o que aconteceu com Marcos Bala minutos antes, mesmo que eu soubesse que isso seria impossível.

Meu pai passou pela porta já querendo saber do jantar, o que me fez dar risada por ele só pensar em comida, enquanto as meninas queriam ver primeiro o apartamento. Mamãe observou com os olhos aguçados cada detalhe do lugar, assim como Luísa. Já Betina, como sempre emotiva, quase derramou lágrimas de felicidade pela minha conquista:

— Ah, amiga, eu não poderia estar mais feliz por você! Está tudo tão lindo!

— Obrigada, Betina! Eu sei que você sempre torceu muito por mim.

— Está tudo lindo mesmo, querida — concordou mamãe. — Você poderia ter comprado toda a decoração da nossa casa da mesma marca que usou para este apartamento.

— Mas, mãe, foi você mesma quem escolheu tudo da sua casa.

— Eu apenas quis baratear os custos para você, mas, se eu soubesse que tinha dinheiro mais do que sobrando, com toda certeza eu teria escolhido um lustre como este.

— Ah, mamãe! O seu lustre é lindo.

— Mas é simples! Deixa para lá, o importante é que você está feliz!

— Venha, vamos ver os quartos — falei, mudando depressa de assunto, antes que ela voltasse a dizer que queria ter feito alguma outra coisa igual em sua casa. — Este aqui é o meu quarto. Este, eu fiz de escritório, e este último eu deixei para o Mateus! Não ficou lindo?

— Como assim, para o Mateus? Por que o seu irmão teria um quarto na sua casa? — perguntou a minha mãe, em um tom de voz tão mais alto do que estávamos conversando, que Luísa e Betina olharam espantadas para ela. Até mesmo papai, que estava na cozinha beliscando um pouco de comida escondido, veio correndo para saber o motivo da sua esposa ter ficado tão irritada.

— Ah, mamãe, eu quero ter o meu tempo com Mateus também. Ele pode passar algumas noites comigo. Sinto falta dele agora que não moramos mais juntos.

— Você só pode estar de brincadeira comigo, não é, Sara? O meu filho nunca vai dormir aqui!

— Marta, se acalme, por favor — interveio o meu pai.

— E por que não, mamãe? Por que o Mateus não pode passar a noite comigo?

— Justamente porque ele é o meu filho! E uma criança deve passar a noite ao lado da sua mãe.

— Como você é insegura, mamãe! Não se garante nem na maternidade – respondi, deixando a minha mãe sem palavras de tão furiosa que ficou.

Betina olhou para aquela cena sem saber o que realmente estava acontecendo por trás de tudo aquilo que não poderia ser dito. Nunca poderia ser dito! Já Luísa parecia saber o que se passava. Sagaz, para reverter a situação, papai nos lembrou de que estava com fome, anunciando o prato que eu havia preparado, depois de ter ido bisbilhotar na cozinha, e trazendo toda a atenção de volta para o jantar. Esperava que pelo menos a comida estivesse boa; era a única coisa que poderia salvar a noite, que até agora estava sendo um verdadeiro fiasco!

Ninguém dizia uma palavra sequer, além do meu pai, que não parava de elogiar o prato entre uma garfada e outra. Risoto de camarão com alho-poró, receita que aprendi com meu tio Clóvis na fazenda. Apesar de realmente muito delicioso, eu mal toquei no jantar, sem vontade alguma de continuar com a recepção, mas tendo que me esforçar ao máximo para não desagradar ninguém mais do que eu já havia feito.

Marcos Bala me encarava como uma raposa maliciosa de um lado da mesa, enquanto, do outro, mamãe mal olhava em minha direção. Apesar disso, eu tinha as minhas amigas do meu lado, que pareciam estar amistosas mesmo com toda a situação constrangedora.

— Obrigada por ter nos convidado, amiga. — Betina tentou puxar conversa em meio ao silêncio estranho que se fazia, no qual só se ouvia o tilintar dos talheres.

— Mas é óbvio que eu convidaria vocês! Minhas duas melhores amigas, desde sempre!

— Ah, nunca se sabe. Depois das últimas coisas que você tem feito, eu não duvidaria de mais nada – se intrometeu Luísa, gerando mais tensão ainda na mesa, fazendo com que todos, até mesmo mamãe, me olhassem para saber qual seria a minha resposta.

Mas, antes que eu pudesse dizer algo, Betina saiu em minha defesa:

— Cala a boca, Luísa.

— Você está sempre do lado dela, não é?

— Luísa! – disse Betina, mais uma vez em tom de repreensão, tentando fazer com que a amiga parasse.

— Tudo bem, Betina, deixe que ela fale. O que eu tenho feito de tão errado, Luísa? Ou, pelo menos, você acha que eu tenho feito? – perguntei, me dirigindo a Luísa no mesmo instante em que todas as cabeças se viravam para ela, em busca de uma explicação.

Em nome do Pai?

— Você mudou, Sara! Eu não queria ter esta conversa na frente de todos, mas, já que você perguntou, eu vou dizer! Você está diferente. Não se senta mais com a gente nos cultos, isso quando aparece nos cultos! E nem se despediu da última vez que foi à igreja.

— Eu não pude...

— Você mudou e sabe disso! Todos nesta mesa sabem! Mudou o estilo de roupa, mudou o jeito de falar e até mesmo de casa. Afinal, para que morar em um apartamento de três quartos sozinha? Para que tantas roupas e carros luxuosos? Você não é assim, Sara. Bem, você não era assim! Porque, agora, você é.

Já estava feito. A gota d'água que faltava para que tudo estivesse acabado não poderia fazer seu caminho de volta.

Eu estava tão decepcionada com a minha amiga, que nem fiz questão de responder. Se todos diziam que eu havia mudado, talvez estivessem certos! Talvez Luísa estivesse certa, assim como Marcos Bala ao dizer que eu estava sensual, tanto que o homem mal conseguia segurar seus impulsos ao meu lado. Talvez até a minha mãe estivesse certa ao não concordar que Mateus tivesse um quarto em minha casa.

Independentemente, tudo o que eu queria era que todos fossem embora para que eu pudesse terminar de vez com aquela noite pavorosa que tinha tudo para acabar mal do mesmo jeito que havia começado. Mas, como eles provavelmente não sairiam dali tão cedo e só continuariam usando os seus disfarces para manter o jantar até o fim, eu mesma me retirei da mesa, deixando todos à minha volta surpresos. E então, trancada em meu quarto, deixei rolar as lágrimas que já estavam em meus olhos, só esperando o momento certo para caírem.

26

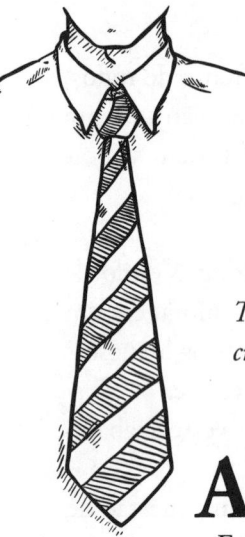

Todos os profetas dão testemunho dele, de que todo aquele que nele crê recebe o perdão dos pecados mediante o seu nome. (Atos 10:43)

A voz da doutora Tereza Terra fez os meus pensamentos retornarem ao presente:

– Então, o recomeço que você achou que teria em um novo lar não aconteceu assim, do dia para a noite, pelo que você está me dizendo, certo?

– Pensando bem, não foi fácil. Eu poderia mudar de casa, mas nunca de família e de amigos.

– Admiro a sua capacidade de perdoar e de até hoje mantê-los em sua vida.

– Que escolha eu teria? São os meus pais e a minha melhor amiga.

– Nós sempre temos escolha, Sara. Sempre.

– Eu não sei se realmente temos – respondi a ela, pensativa sobre o assunto.

– Você fez uma escolha com o seu ex-empresário, não fez? Foi depois daquela noite que você decidiu que não trabalharia mais com ele?

– Sim, fiz uma escolha em relação a Marcos Bala. Eu precisei fazer.

Entrei na sala de reunião da MB Music, a empresa de Marcos Bala, antes de o sol se pôr, para uma reunião importante que iria definir os detalhes de lançamento do meu próximo disco. O espaço era grande e amplo, com janelas de vidro que iam do chão até o teto e uma mesa de tampo preta no centro, com mais de vinte cadeiras ao redor, eu supunha.

– Marcos Bala e os outros já estão chegando. Vou avisá-los de que está aqui – falou a secretária loira e bem-arrumada que me acompanhou até a sala.

– Obrigada – respondi.

Me sentei na cadeira mais próxima da porta, impaciente com o atraso da equipe, que já passava dos quinze minutos. Talvez a mulher tivesse se esquecido de avisá-los. Mas, logo depois que esse pensamento passou pela minha cabeça, entraram na sala Marcos Bala e mais alguns homens cheirando a cigarro.

Em nome do Pai?

O empresário me encarou diretamente enquanto me cumprimentava, sem disfarçar seu olhar predatório, o que me lembrou de ajeitar minha saia no corpo, puxando-a mais para baixo, apesar de já estar apenas um pouco acima do joelho. Eu deveria ter vindo de calça.

– Desculpe pelo atraso, Sara, mas esses caras precisavam fumar.

– Ok, sem problemas.

Os homens se sentaram ao redor da mesa após me cumprimentarem. Alguns vestiam camisas de botão, enquanto outros usavam uma polo com o símbolo de uma marca famosa na frente. Dentre o grupo de polo, passei a reconhecer alguns rostos de outras reuniões, mesmo que para mim parecessem todos iguais. Brancos, com idade entre 30 e 40 anos e estatura média. Assim como o meu empresário, que só se diferenciava pelas roupas despojadas e estilosas demais que costumava usar.

– Acredito que lembre quem são eles, não é, Sara? – falou Marcos Bala, se referindo aos três rapazes sentados à minha direita. – Roberto, diretor da gravadora. Alexandre, gestor de marketing. E Pablo, organizador de eventos.

– Me lembro sim! – menti, na intenção de não estragar o ego inflado de ninguém.

– Perfeito! E a Sara eu não preciso nem lhes apresentar novamente, não é? Ela é a nossa grande estrela atualmente e tem crescido cada vez mais. Como cantora e como mulher.

– Obrigada, Marcos – respondi.

– Bem, antes de começar a parte chata, quero contar uma situação engraçada que aconteceu na semana passada. A Sara me chamou para um jantar íntimo de inauguração do seu apartamento...

– Ah, não!

– Me deixe contar, Sara. Vai ser bom para descontrair – falou Marcos Bala, em meio a risadas. – Saí do trabalho mais cedo, comprei flores, me perfumei e, quando cheguei lá, a Sara não me recebeu na porta, apenas a deixou aberta para que eu pudesse entrar. Então, fiz o que todo homem faria, entrei no jogo – disse ele, se gabando para os amigos, que agora esperavam animados pela continuação da história.

– Marcos, não precisamos falar sobre isso... – interrompi, constrangida.

– Somos todos amigos aqui, Sara. Não tem problema – continuou ele. – E então, quando cheguei até o quarto de Sara, a encontrei com-ple-ta-men-te nua!

Os homens ao redor da mesa começaram a se agitar, com assobios e gritos impróprios para um ambiente de trabalho. Parecia mais que todos estavam em um churrasco entre amigos ou em um jogo de futebol onde se podia falar e conversar sobre qualquer coisa, não dentro de uma grande empresa renomada, em uma reunião importante com uma cliente também importante. A história de Marcos Bala continuou até o momento em que ele disse que eu apareci na sala com um vestido preto que mostrava demais as minhas costas.

— Com todo respeito, Sara, mas qual cara resistiria? — disse um dos homens de polo.

— É o que eu também acho! Ela estava pedindo, com aquela roupa e olhar sexy para mim — completou Marcos Bala.

Todos começaram a rir, como se uma piada muito engraçada tivesse sido contada. Nenhum deles pôde perceber o meu constrangimento e humilhação. Talvez o único a ter notado tivesse sido aquele que provocou tudo aquilo: o contador da história, que agora me fitava com os olhos apertados em uma expressão de audácia.

As risadas altas penetravam os meus ouvidos. Poucos segundos pareciam ser minutos que não passavam para que enfim pudéssemos começar a reunião. Eu não podia mais ficar ali, sendo o motivo da risada daqueles homens que mal me conheciam. Em um impulso, me levantei imediatamente de onde estava e disparei para fora da sala na intenção de nunca mais pisar ali dentro. A secretária loira me viu passar por ela com os olhos marejados e correu preocupada até mim:

— Senhorita, está tudo bem? — perguntou ela gentilmente, enquanto as portas do elevador em que eu acabara de entrar fechavam.

Eu quis responder para aquela mulher que não, não estava tudo bem! Nem comigo e provavelmente nem com ela.

Ainda estava explodindo de raiva quando entrei em meu apartamento e me surpreendi com duas pessoas ali em pé, no meio da minha sala.

— Mamãe, papai! Vocês querem me matar de susto?

— Olá, meu algodão-doce. Onde estava a esta hora da noite?

— Como vocês entraram aqui?

— O seu pai tomou a liberdade de fazer uma segunda chave, para o caso de você perder a sua.

— Eu já tenho uma segunda chave, mamãe!

— Ótimo! Assim poderemos ficar com essa! — falou mamãe, revelando a sua verdadeira intenção. — Como foi o seu dia?

— Terrível! Vocês nem imaginam o que acabou de acontecer! Onde está o Mateus? — respondi, ignorando a intromissão dos meus pais.

Em nome do Pai?

— No quarto infantil, que não sei por que você montou na sua casa. Acabei cedendo ao seu choro insistente depois de ele ver o dinossauro Rex. Mas é só por hoje, não quero que ele pense que esse quarto é dele!

— Ah, me deixe vê-lo! O Mateus é a única coisa que vai me acalmar agora – falei, correndo em direção ao quarto e pegando no colo o pequeno menino, que abriu um sorriso contagiante assim que me viu.

— Mas, então, nos conte por que o seu dia foi tão terrível assim – perguntou mamãe, me seguindo até o quarto de Mateus.

— Eu não estou com cabeça para explicar bem, mamãe, mas você é mulher e creio que vai me entender.

— E eu, que sou homem, não vou? – disse o meu pai, entrando no dormitório logo em seguida, onde agora estávamos todos em meio aos brinquedos e bichos de pelúcia.

— Bem, aí depende do seu caráter, papai. O que aconteceu foi que o Marcos Bala passou dos limites na semana passada antes do jantar. Ele tentou me beijar e ficou em cima de mim como se eu fosse uma presa fácil. Eu me senti péssima, mas deixei tudo para lá por causa do meu trabalho. Do nosso trabalho! Mas acho que ele não pensa da mesma forma. Hoje, antes de iniciarmos a reunião, ele resolveu compartilhar o acontecido com os outros homens que estavam presentes. Chefes de empresas e pessoas importantes, que se deliciaram ao rir de mim enquanto eu tive vontade de sumir. E foi o que fiz, mamãe, eu sumi daquele escritório e não sei mais se volto algum dia!

— Ah, querida, eu sinto muito que isso tenha lhe deixado chateada. Mas você bem que poderia dar uma chance às investidas do rapaz, ele é um partidão! Você não aprovaria, Eliseu?

— Bem, ele parece ser um cara bacana! E tem dinheiro! – respondeu o meu pai, seguido de uma gargalhada.

— Vocês não entenderam nada mesmo, não é? – confirmei, desacreditada do que os meus pais estavam dizendo.

— Acho que você é quem está fazendo tempestade em copo d'água, Sara.

— Eu concordo! Afinal, os homens são assim! Eu mesmo era um cara que vivia caçando mulheres antes de entrar para a igreja – respondeu papai, deixando mamãe irritada e começando uma breve discussão ali mesmo.

Eles podiam até tentar me convencer do contrário, mas os meus sentimentos não mentiam. O jeito que me senti amedrontada por Marcos Bala, na sala da minha própria casa antes do jantar se iniciar, dizia alguma coisa. Assim como a forma que me senti humilhada na sala de reunião, enquanto todos aqueles homens se animavam com uma história que descrevia que eu estava nua. Não, aquilo não estava certo, não importava o que dissessem! E, por mais que eu precisasse de Marcos Bala para continuar a minha carreira, também precisava ser respeitada. Havia chegado a hora de eu ser a responsável por mim. *É isso! Eu posso ser responsável por mim, posso ser a minha empresária! Não preciso de Marcos Bala coisa nenhuma!*

Deixei Mateus nos braços da mamãe e corri para a sala em busca do meu celular de última geração, que comprara recentemente. Papai e mamãe me seguiram curiosos, finalizando a discussão na mesma hora para descobrirem o que eu estava tramando.

– Alô! Betina? Preciso que você venha até a minha casa o mais rápido que puder!

Minha mãe, meu pai e até mesmo Mateus me olhavam com os olhos arregalados, esperando por uma explicação. Eu estava finalmente usando a minha cabeça para pensar por mim mesma e para definir o meu futuro e o rumo da minha carreira.

Quando Betina tocou a campainha, foi quase que um alívio para todos nós. Para mim, porque não via a hora de contar a novidade para a minha amiga e, para os meus pais, porque não viam a hora de saber que novidade era essa.

– Que bom que você veio! – falei, enquanto puxava a garota para dentro da minha casa.

– O que é tão importante assim, Sara? Me conte, estou morrendo de curiosidade!

– E nós também! – se intrometeu mamãe.

– Betina, mamãe, papai... Eu vou montar o meu próprio escritório de empresariamento artístico. E a primeira artista que vamos empresariar será ninguém mais ninguém menos do que... rufem os tambores... eu!

– Isso é brilhante, amiga!

– Isso é loucura! – respondeu mamãe. – Você não pode sair de um dos melhores escritórios do Brasil por causa de uma birra com o Marcos.

– Eu também acho! Como você espera entrar em uma competição com o melhor empresário de São Paulo? – completou papai.

– Eu não vou entrar em competição nenhuma! Eu só vou montar a minha própria empresa.

– Você não precisa disso, minha filha. Você já é uma estrela! Não precisa ser uma empresária também.

– Aliás, você nem tem tempo para isso. Vamos combinar, Sara! Você não vai conseguir administrar a sua própria carreira!

Em nome do Pai?

— Eu sei que não vou conseguir administrar a minha própria carreira, ao menos não sozinha! E foi por isso que eu te chamei, Betina. Eu quero que você venha trabalhar comigo.

— Eu? Mas, Sara, eu nunca trabalhei com isso antes!

— Não tem problema, eu também não! Vamos aprender juntas. Você topa?

— Mas é claro que eu topo! Tudo que eu quero é te ver crescer, Sara, e fazer disso o meu trabalho vai ser incrível! Além do mais, eu estou meio mal de grana, você sabe...

— Negócio fechado! Agora preste bastante atenção, Betina: eu quero que você descubra as melhores mulheres do mercado para trabalhar com a gente. Nós vamos fazer história juntas!

— Ah, Sara, eu estou muito feliz que você tenha pensado em mim para isso! Obrigada, amiga, eu nunca vou me esquecer do que você está fazendo.

— Isso não é nada, Betina. Você sempre esteve ao meu lado, nada mais justo do que estar nesse desafio também.

— Eu sempre estarei ao seu lado, Sara, porque você é e sempre foi como uma irmã para mim — respondeu ela ao mesmo tempo em que me envolvia em um abraço, fazendo meus pais se entreolharem de maneira estranha, como se algo os tivesse deixado arrepiados.

27

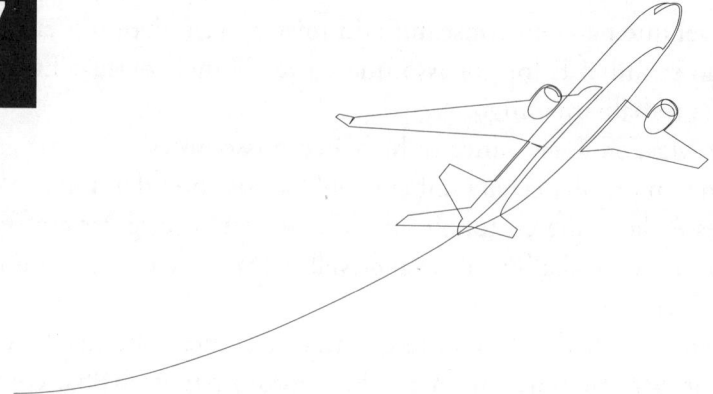

Se alguém afirmar: "Eu amo a Deus", mas odiar seu irmão, é mentiroso, pois quem não ama seu irmão, a quem vê, não pode amar a Deus, a quem não vê. (1 João 4:20)

A minha carreira deu um salto gigante quando passei de cantora gospel a cantora gospel e empresária artística, após ter construído a minha própria empresa. Aos poucos, a Arca de Cristo foi ganhando espaço, e cada vez mais os artistas nos procuravam tendo como referência a nossa seriedade e transparência no trabalho. Betina havia se saído melhor do que eu imaginava, se tornando a minha produtora-chefe e o meu braço direito. Junto com ela e outras sete mulheres que também faziam parte do time, nós nos desenvolvemos no mercado de trabalho gospel.

Viajei pelo Brasil afora, levando a Palavra do Senhor, como um dia sonhei que faria. Escrevi canções inspiradas por Deus, que tocavam em todas as rádios evangélicas e que fizeram os meus CDs serem os mais vendidos por muito tempo. E cantei para milhares de pessoas em eventos gigantescos, mas também criei espaço na minha agenda para levar a minha música até os palcos menores das igrejas.

Três anos após o início da Arca de Cristo, lá estávamos eu e a minha equipe dentro do aeroporto, nos preparando para o embarque com destino a Salvador, lugar onde aconteceria um grande congresso evangélico com os maiores nomes da música gospel atual.

– Já está na hora do embarque, galera – falou Betina, ao mesmo tempo em que acordava o restante da turma que cochilava nos bancos do saguão.

– E lá vamos nós! Mais uma vez! – respondi.

O cansaço que a rotina de shows pelo Brasil trazia não podia se comparar a nada que eu tivesse vivido antes. Havia muito tempo que eu não tinha uma boa noite de sono, o que fazia com que eu tirasse um cochilo em todo lugar que

Em nome do Pai?

encostasse a cabeça. Apesar disso, o conforto da primeira classe amenizava toda a situação. Tirei os sapatos assim que entrei no avião e finalmente me recostei na poltrona macia, logo depois de pedir à aeromoça uma taça de champanhe.

– Já vai começar a beber? Cuidado com isso – advertiu Betina, ao meu lado, crente demais, até para mim.

– Ah, Betina, é só uma taça. Não banque a minha mãe agora, por favor.

– A sua mãe faria muito pior.

– Com isso, eu tenho que concordar – respondi, soltando uma gargalhada bem-humorada para a minha amiga.

O efeito do champanhe com a altitude do avião me deixou literalmente nas nuvens, e, poucos minutos depois da decolagem, eu já estava bem apagada, sonhando com coisas esquisitas e irreais. Primeiro, eu estava presa em um castelo de pedras no meio de uma floresta densa, assim como acontece com as princesas nos contos de fadas. Logo depois, aparecia um cavaleiro, montado em seu cavalo branco, para me resgatar daquela vida sem esperanças, também como nos contos de fadas. Mas o mais estranho daquilo tudo foi que, assim que fui resgatada pelo nobre homem, caí em um poço gigante e sem fundo, de onde nunca mais consegui sair. Acordei assustada e, ao recobrar a consciência, chamei por Betina ao meu lado.

– Betina! Betina! Acorda! Eu tive um sonho horrível!

– Eu falei para você maneirar na bebida – respondeu ela, com uma voz sonolenta.

– Talvez você tenha razão, mas agora não consigo dormir depois desse pesadelo.

– Mas eu consigo. Tchauzinho – respondeu ela, fechando os olhos novamente e se aninhando entre as cobertas.

– Calma aí, Betina! Deixa eu te perguntar uma coisa.

– O que é, Sara?

– Você pensa em se casar?

– Que pergunta é essa de repente? Mas é claro que eu penso em me casar!

– Então por que não se casou ainda? Digo, nós já temos 26 anos. Não acha que está ficando meio tarde para a gente começar a procurar um namorado?

– Estamos esperando pelo homem certo, amiga.

– Tipo... um príncipe em um cavalo branco?

– Não exatamente em um cavalo branco, mas sei que Deus está preparando um príncipe para nós duas. Assim como a Luísa encontrou o Guto, também vamos encontrar alguém.

– E, por falar em Luísa, em alguns meses será o casamento dela. Nunca achei que ela fosse ser a primeira de nós a desencalhar – disse para minha amiga.

– Também confesso que achei que você seria a primeira!

— Eu? Mas eu nem sei se acredito nisso.
— Em quê? Em casamento?
— Não. Casamentos acontecem. Eu não sei se acredito em um casamento verdadeiramente feliz.
— Como não, amiga? A Bíblia diz que...
— Ai, Betina! – interrompi a minha amiga. – Eu sei bem o que a Bíblia diz, mas essa é uma daquelas coisas em que eu só acredito vendo!
— Tenha fé e, um dia, o amor vai chegar para você.
— Só espero que esse dia não demore tanto!

Ah, o calor da Bahia! Mal desci do avião e o ar úmido e quente já me fez transpirar. Senti as bochechas ficarem vermelhas de calor e tirei a jaqueta jeans do corpo antes que começasse a me sentir sufocada. Apesar disso, toda a equipe estava animada para os dias de folga em Salvador. Betina tagarelava com um dos nossos produtores sobre dirigirem até uma das mais lindas praias famosas, e o assunto não foi outro até chegarmos no resort em que ficaríamos hospedados, um verdadeiro paraíso privado!

Então, o assunto passou a ser esse: as piscinas, as comidas, os drinques e serviços que o hotel oferecia. Todos estavam se sentindo muito sortudos pelo emprego que tinham. Menos eu, que não estava nem um pouco animada. Alguma coisa naquele champanhe e naquele sonho esquisito fez com que os meus parafusos se soltassem mais ainda da cabeça, e agora tudo o que eu pensava era nesse príncipe encantado que eu poderia nunca encontrar na minha vida.

Depois de ter tido uma péssima noite de sono – apesar do quarto luxuoso e confortável do hotel –, preparei um banho de banheira com bastante espuma e sais de lavanda para começar o dia. Os poucos segundos mergulhada na água quente fizeram com que eu me sentisse relaxada e pronta para o evento, que seria dali a algumas horas. Vesti a roupa que separei para a ocasião, um vestido bege de linho, e logo me encontrei com o restante da equipe, que me esperava dentro de uma van contratada para nos levar até o centro de exposições.

O pavilhão era bem iluminado e refrigerado por um ar-condicionado potente, que fez com que eu quase me esquecesse do calor que fazia lá fora. Pessoas de diferentes idades passeavam por todos os lados, muitas acompanhadas da família. Os stands de artigos evangélicos formavam os corredores de um lado, enquanto do outro ficavam as barraquinhas de lanches rápidos e guloseimas – a atração preferida das crianças. Imediatamente, me lembrei de

Em nome do Pai?

Mateus quando vi um grupo de garotos de uns 5 ou 6 anos brigando por um saquinho de pipoca e sorri sem perceber, me dando conta de que gostaria que ele estivesse ali comigo.

— Sara! Ei! – disse Betina, agitando as mãos na frente do meu rosto. – Está tudo bem? Você está parada há um tempão olhando para aquele saco de pipoca. Eu vou até lá e compro um para você, se quiser.

— Não é isso! É que, de repente, me deu uma saudade do meu irmão...

— Eu entendo, também sinto falta da minha mãe quando estamos viajando. Agora vamos! Temos que ir para o camarim, antes que as pessoas comecem a te pedir para tirar foto.

Então, entrei em uma pequena sala com sofá, espelho com iluminação ao redor e uma mesa coberta de frutas, pães, bolos, doces e castanhas, para esperar pela hora da minha entrada no palco. De acordo com o que a produção do evento havia me informado, mais de dez mil pessoas estariam no local para ouvir a minha música, o que era um número razoavelmente alto para um evento como aquele, mesmo que eu já tivesse feito shows grandes para muito mais gente. Betina retocou a minha maquiagem antes de eu me preparar para a entrada, e depois caminhei até a parte de trás do palco, pronta para o show.

Da coxia, pude ver a cantora gospel que acabara de emocionar a plateia sair com um sorriso no rosto. A mulher era uma senhora antiga no meio pentecostal, que já fez muito sucesso no passado, mas hoje não fazia tanto assim. Não como eu. Assim que ela passou por mim, me cumprimentando educadamente, ainda que com um ar de superioridade, entrei no palco, fazendo com que a multidão à minha frente fosse ao delírio.

— Posso ouvir um grito de aleluia? – falei no microfone.

— Aleluia! – respondeu o público, em um coro animado.

— Posso ouvir um "glória a Deus"?

— Glória a Deus!

— Amém! Quem veio aqui para ver Jesus esta noite?

Iniciei o show com a minha música mais tocada do momento, e todos cantaram junto comigo, desde crianças pequenas até os mais idosos. Eu definitivamente era um sucesso! Mas, por alguns segundos, senti que não era nesse grande evento que eu deveria estar.

Ao fim do show, Betina me recebeu de volta no camarim com elogios e aplausos, como sempre fazia:

— Você foi incrível, amiga!

— Você sempre diz isso – respondi.

— Porque você é sempre incrível!

— Obrigada, Betina.

— Então, a partir deste minuto, estamos oficialmente de folga! – celebrou ela. – Temos mais dois dias em Salvador, o que vamos fazer?

— Eu não sei. Recuperar algumas noites de sono perdidas?

— Eu me recuso a dormir! Nós precisamos aproveitar a cidade!

— Você pode aproveitar a cidade, enquanto eu durmo.

— E, por falar em aproveitar a cidade, um pastor local de uma igrejinha de bairro veio até mim. Quase me esqueci de mencionar.

— O que ele queria?

— Ele pediu um orçamento do seu show na igreja dele, mas, assim que dei uma prévia dos valores, o pobrezinho desistiu na mesma hora, dizendo que a igreja era muito pequena e não teria fundos para isso.

— Quem é esse pastor? Onde ele está?

— Eu não sei, provavelmente já deve ter ido embora.

— Betina, ache esse pastor e diga que eu vou cantar em sua igreja!

— O quê? Como assim? Pelo que eu entendi, é uma igreja minúscula e eles não têm grana para isso. Além do mais, você já fechou na sua agenda as datas para os shows de caridade – argumentou Betina.

— Você não entendeu! Ache esse pastor porque nós precisamos levar a Palavra de Jesus até a sua igreja.

— Mas e a nossa folga? O hotel, as piscinas, as praias, as comidas...

— Betina, essa não é uma ordem minha. É uma ordem de Deus.

No momento em que soube da existência daquela pequena igreja, entendi o recado que Deus estava me passando naquele palco, enquanto eu cantava para centenas de pessoas. Não era para aquele evento grandioso que Deus me trouxe até Salvador, e, então, assim que os meus pés pisaram naquela igreja humilde, dentro de um bairro pobre, eu descobri o motivo principal daquela viagem.

O espaço era pequeno e mal ventilado. As cadeiras, de plástico, e as paredes estavam descascando de tão velhas. Ainda assim, isso não foi motivo para afastar os fiéis daquele lugar. Dentro da igreja já não cabia mais ninguém, de tanta gente que preenchia as cadeiras, os corredores e até as calçadas do lado de fora da pequena congregação. O pastor, uma figura pequena e magricela, não conseguia acreditar no que seus olhos estavam vendo, quando comecei a minha primeira música, emocionando os irmãos.

Em nome do Pai?

O show foi um sucesso e, antes que eu pudesse me despedir, senti em meu coração a vontade de ficar mais um pouco em cima daquele palco tão mal construído que parecia improvisado. E então, entendi que estava sendo guiada pelo Espírito Santo e deixei que as palavras simplesmente saíssem da minha boca:

— Antes de cantar a minha última canção, eu queria falar da alegria de estar numa igreja tão pequena aos olhos humanos, mas tão grande aos olhos de Deus. Eu tenho cantado por aí em grandes templos e até em estádios de futebol, mas, sempre que recebo o convite de igrejas como esta, menores, eu tento arrumar um espacinho na minha agenda e aceitar o convite. Porque eu sei que aqui está o verdadeiro povo de Deus. Os verdadeiros adoradores, que adoram a Deus em espírito e em verdade.

— Aleluia! — gritava o povo, com alegria.

— Aqui tem muita gente que não poderia pagar um ingresso para me assistir, então Deus me fala para cantar de graça para vocês. E é nesta atmosfera que eu quero declarar que hoje é dia de salvação neste lugar! Hoje é dia de transformação, e quem tiver ouvidos para ouvir, ouça: Deus quer te ajudar a sair do buraco em que você se encontra!

— Glória a Deus! — vibrava a congregação.

— Nesta noite, seus pecados serão jogados ao mar e esquecidos por Deus. Basta você aceitar Jesus como seu único e suficiente Salvador, e o bêbado vai parar de beber, o viciado vai parar de cheirar, o fumante vai parar de fumar, o assassino vai parar de matar, o agressor não vai mais agredir... Porque, quando o Espírito de Deus entra, o pecado sai, em nome de Jesus!

— Amém!

— E é neste momento, enquanto meu pianista, Marcelo, toca levemente esta melodia, neste momento em que daqui eu vejo muitos com lágrimas no rosto, neste momento em que eu percebo que o Espírito de Deus passeia por este lugar, que eu te convido, seja você quem for, sem importar o que te trouxe até aqui nem qual é o seu pecado... Eu te convido a levantar do seu lugar e aceitar Jesus na sua vida. Venha como está, porque Deus é quem vai provocar a mudança no seu coração.

Aos poucos, as pessoas se levantaram de suas cadeiras e caminharam até a frente. Homens, mulheres e até pequenas crianças, que pareciam já saber o que estavam fazendo.

— Vejo muitos aqui na frente e eu vou orar por cada um de vocês, colocando a mão na sua cabeça. Mas eu sinto que ainda falta uma pessoa, que já não aguenta mais carregar o pecado que carrega, e está se segurando na cadeira para não levantar, mas eu declaro agora toda força e poder para te tirar daí e te trazer à frente. Venha, meu jovem... Isso, levanta e vem – disse para o homem caminhando em minha direção. – Qual o seu nome?

– Ricardo. Ricardo Abreu.

– Ricardo, posso ver que você está muito emocionado. Isso é o Espírito de Deus tomando conta de você.

– O meu pecado... ele... – falou o homem aos prantos, tentando se explicar por algo que era inexplicável, desde que Jesus morreu por nós naquela cruz.

– Não importa qual é o teu pecado. Você crê que hoje você vai sair liberto daqui?

– Sim, eu creio.

– Você quer que isso aconteça?

– Sim, eu quero!

– Então eu, como ministra do Evangelho, te declaro liberto de toda prática pecaminosa. Em nome de Jesus! Amém!

28

Contra ti, só contra ti, pequei e fiz o que tu reprovas, de modo que justa é a tua sentença e tens razão em condenar-me. Sei que sou pecador desde que nasci; sim, desde que me concebeu minha mãe. Sei que desejas a verdade no íntimo; e no coração me ensinas a sabedoria. Purifica-me com hissopo, e ficarei puro; lava-me, e mais branco do que a neve serei. Faze-me ouvir de novo júbilo e alegria, e os ossos que esmagaste exultarão. Esconde o rosto dos meus pecados e apaga todas as minhas iniquidades. (Salmos 51:4-9)

A fila que ultrapassava a porta da igreja, agora, já chegava ao fim, com as últimas pessoas que esperavam por um autógrafo, uma foto ou apenas uma palavra de carinho da minha parte. Assinei a primeira página da Bíblia de uma senhora, tirei foto com um adolescente, e enfim estávamos oficialmente de folga. Apesar do cansaço de uma sequência de shows, me sentia feliz por estar ali, agora. A equipe estava terminando de guardar os instrumentos na van, e eu já me preparava para deixar o local quando senti um toque em meus ombros.

— Sara! — disse uma voz masculina. Olhei para trás e vi um homem alto e extremamente bonito. O seu olhar era tão penetrante, que quase não me dei conta de que o homem que estava vendo era o mesmo que havia se convertido alguns minutos atrás.

— Olá, me desculpe! — disse quando reparei que o encarei por tempo demais.
— Eu sou o...
— Ricardo. Eu me lembro de você.
— Isso! Eu vim te parabenizar pelo show, você foi... perfeita!
— Obrigada!
— E a sua pregação foi... bem, eu realmente sou uma nova pessoa, Sara. Graças a você, à sua palavra e à sua música...

— Na verdade, foi tudo graças a Deus. Ele me trouxe até aqui e me usou naquele momento.

— Você tem razão. E, então, por quanto tempo vocês ficam na cidade? — perguntou Ricardo.

— Temos mais um dia aqui.

— Já têm um roteiro dos lugares que querem visitar? Eu conheço tudo por aqui, eu poderia...

— Na verdade, eu vou aproveitar o meu tempo para descan...

— Seria excelente! — se intrometeu Betina. — Fica com o meu cartão. Aqui tem o meu número, me ligue amanhã bem cedo.

— Ok, então... Até amanhã. Eu acho — respondeu ele, se despedindo.

Ricardo andou para fora da igreja, deixando a atmosfera ainda com o seu notável perfume masculino, enquanto eu o observava por tempo suficiente para que Betina percebesse.

— Que gato, não é mesmo? Eu não sou de ficar comentando sobre homens, isso é coisa da Luísa, mas esse cara é muito charmoso!

— É, ele é bonito – respondi, sem demonstrar o meu verdadeiro entusiasmo.

— E, além de tudo, ele está muito a fim de você! Você também notou? O jeito que ele te olhou foi profundo.

— Você acha? Não reparei — menti, sem querer dizer que, sim, eu havia notado e, sim, eu estava até que um pouco animada com a situação.

O quarto do hotel estava silencioso e escuro quando Betina entrou acendendo as luzes na manhã seguinte. Abri os olhos devagar, ainda me adaptando à claridade, e olhei para a minha amiga vestida com uma saída de praia em minha frente.

— Se arrume depressa, o seu amigo bonitão vai passar aqui em quinze minutos — falou ela, ao mesmo tempo em que ajeitava o chapéu em sua cabeça.

— Vão vocês. Eu estou muito cansada para isso.

— Sara! Como você espera achar o seu príncipe encantado assim, se você nem sai do quarto? Quem sabe aquele homem ter aparecido ontem à noite não foi um dos planos de Deus para a sua vida?

— O quê? Você acha que aquele cara é o meu príncipe encantado? — perguntei, pensativa, para Betina, mas ainda com a voz de sono.

— Eu não sei, pode ser! Só vamos saber se você sair daí! Vamos! Eu te empresto um maiô, sei que você não trouxe um.

Em nome do Pai?

Sem mais resistir às insistências de Betina, me levantei da cama em um salto e me preparei para um dia de praia. Maiô, protetor solar, óculos escuros, chinelo nos pés e estava pronta.

Entrei nervosa no carro popular de Ricardo, junto com Betina, Marcelo (o pianista) e Clay (um dos nossos produtores); ao mesmo tempo, eu me perguntava o que se passava pela minha cabeça quando deixei Betina aceitar o convite de um completo estranho. Me sentei no banco de trás, junto com Betina e Clay, e me senti tímida quando Ricardo me olhou com a mesma profundidade da noite anterior, só que agora com um sorriso, exibindo seus dentes brancos e perfeitos.

Ricardo estava bem diferente do que se mostrou na igreja, vestido com uma bermuda de tactel e uma blusa regata, que deixava seus braços musculosos e tatuados à mostra. Mesmo assim, eu ainda podia reconhecer o homem que vi se converter na noite passada. Um homem bom e arrependido de seus pecados.

— Eu vou levar vocês à praia mais incrível daqui. E o melhor de tudo: além do lugar ser paradisíaco, ele é também quase que secreto. Poucas pessoas conhecem — falou Ricardo, interrompendo meus pensamentos pecaminosos sobre seu corpo malhado.

— Não é melhor a gente ir para um lugar mais... seguro? — perguntei.

— Não se preocupe, Sara. Vocês estão seguros comigo — respondeu ele, confiante.

O lugar realmente era o paraíso. As águas eram cristalinas em um tom de azul que se transformava em verde em algumas partes. O céu com poucas nuvens se misturava com o mar quando eu olhava para o horizonte, e a brisa marítima logo bateu em meu corpo, levando o calor e o suor embora. Não havia mais ninguém ali, além do nosso grupo e um casal que namorava perto das dunas de areia. Mas se eu olhasse bem fixo para o lado direito, podia encontrar alguns bares, restaurantes e pessoas caminhando à beira-mar, o que me deixa aliviada, uma vez que o meu estômago já estava roncando.

— Isso aqui é um...

— Paraíso — falou Ricardo, completando a minha frase. — Eu disse a vocês. Aproveitem!

Mas, antes que Ricardo terminasse a recomendação, todos já estavam dentro d'água. Betina parecia mais uma criança, se esbaldando entre as ondas com um sorriso alegre no rosto. Marcelo e Clay a acompanhavam. Por último, Ricardo se juntou à turma, correndo para o mar com o corpo sarado à mostra. Imediatamente coloquei os óculos escuros no rosto, com vergonha de mim mesma por ter reparado tanto no homem como eu nunca havia feito com nenhum outro. Até porque nenhum outro era tão bonito quanto Ricardo.

Enquanto todos se divertiam, eu apreciava a vista da praia e me protegia do sol com um chapéu grande. No momento em que tentei alcançar as minhas costas para esfregar o protetor solar espalhado em minhas mãos, vi Ricardo sair do mar e caminhar em minha direção.

– Quer ajuda aí? – perguntou ele, me deixando tão tímida que não tive uma resposta imediata para a sua pergunta. Eu me sentia uma menininha conversando com um garoto pela primeira vez. Mas esse não era o caso e eu não deveria me sentir assim, mesmo que as borboletas em meu estômago insistissem em se agitar.

– Claro – respondi, não deixando que ele percebesse o meu nervosismo com a cena clichê de filme de romance água com açúcar que estava prestes a acontecer.

Com um toque gentil e suave, Ricardo espalhou o protetor solar pelas minhas costas e pelo meu pescoço. Sua mão grande e macia deslizava pela minha pele e fazia o meu corpo se arrepiar. Como podia um homem praticamente desconhecido despertar um desejo dessa forma em mim? Afastei os pensamentos pervertidos da minha cabeça e voltei a me concentrar na visão do mar à minha frente. Ricardo se sentou ao meu lado, tão perto de mim que o seu braço molhado de água salgada chegou a encostar no meu, e decidi puxar assunto para quebrar o gelo:

– E então... você é casado, solteiro, tem namorada? – *Droga! Eu não deveria ter começado com essa pergunta. O que ele iria pensar?!*

– Não. Eu... eu estou procurando a pessoa certa – respondeu ele, reflexivo. – Sabe, Sara, essa vida é passageira, e em um piscar de olhos não estaremos mais aqui. Eu não quero perder meu tempo com uma mulher que não seja aquela preparada para mim.

– Eu entendo! Bem, você me surpreendeu. Confesso que não esperava essa resposta.

– O que você esperava de mim?

– Eu... eu não sei. Me desculpe, posso ter tido uma impressão errada. Eu achava que você fosse do tipo conquistador, sabe?

– Não, eu não sou – afirmou ele com um sorriso nos lábios. – Mas e você? Tem alguém?

– Não. Quero dizer... eu também ainda não encontrei o meu prínc... o meu par perfeito, se é que isso existe.

Em nome do Pai?

— Eu acredito que exista — falou Ricardo, me olhando daquela maneira penetrante mais uma vez.

— Bem, eu vou dar um mergulho! — respondi, me levantando de supetão e fugindo imediatamente daquela situação desconcertante.

Naquele momento, eu tive a certeza de que a presença de Ricardo me trazia novas sensações. Eu tive vontade de estar perto dele, mas ao mesmo tempo o medo fazia com que eu me retraísse. E, no fim das contas, eu não sabia se aquilo era mesmo certo. Será que Deus aprovaria um sentimento assim surgindo em mim? Bem, pelo menos de uma coisa eu estava segura: Ricardo estava se sentindo da mesma forma por mim.

O dia não poderia ter sido mais perfeito. Me diverti entre amigos, comemos uma boa comida e passamos boa parte das horas dentro do mar, como peixinhos. O sol agora já estava se pondo em um vermelho vivo. O céu refletia no mar em vários tons diferentes de laranja, vermelho, rosa, amarelo e lilás. Se era com um espetáculo que Deus pretendia nos presentear naquele fim de tarde, ele havia conseguido. Agora eu entendia os hippies que aplaudiam o pôr do sol, pois foi o que tive vontade de fazer quando a bola de fogo laranja se foi, deixando somente os seus rastros na imensidão do céu.

— Aproveitamos até o último minuto. Vocês devem estar cansados — falou Ricardo enquanto observávamos os últimos raios solares irem embora.

— Estamos! Cansados e mortos de fome. Acho que não vou aguentar esperar até chegar ao hotel. O que acham de mais uma rodada de açaí? — sugeriu Betina.

— Eu topo! — respondeu Clay, assim como Marcelo.

— Então vamos, meninos. Já voltamos, pode ser? — disse ela para mim, me lançando olhares que só eu entendia o que queriam dizer.

— O quê? Eu... eu vou junto! — respondi para a minha amiga.

— Não precisa, Sara. Eu trarei um para você — continuou, dando uma piscadela para mim.

— Betina! Ei! — chamei em um tom áspero, que de nada adiantou, já que minha amiga continuou a caminhar pela areia em direção ao quiosque de açaí, me ignorando completamente.

Ao meu lado, Ricardo parecia ter entendido tudo e seguiu o plano de Betina conforme ela esperava, se aproximando cada vez mais de mim.

— Obrigado por hoje, Sara! Eu nunca pensei que seria amigo de uma cantora famosa algum dia.

— Não tem de quê – falei, ainda me conformando com a situação em que Betina me colocou. – Na verdade, obrigada a você por ter apresentado este lugar incrível para a gente.

— Esta é uma das minhas praias preferidas, sabia?

— Agora também é uma das minhas.

— Acho que temos mais coisas em comum do que você imagina.

— Ah, é? Tipo o quê?

— Ah, eu também sou de São Paulo, por exemplo. Sei que vocês são de lá. Vim para Salvador há alguns anos.

— Eu sabia que o seu sotaque baiano era forjado! – respondi com uma gargalhada.

— Ok! Você me pegou! Mas essas não são as únicas coisas em comum que temos.

— Ah, não?

— Primeiro: a cidade. Segundo: a praia favorita. E terceiro: o fato de os dois estarem em busca da pessoa certa – concluiu ele, me lançando novamente aquele olhar. Ah, não, aquele maldito olhar!

— Isso… isso é bobagem! – falei timidamente.

— Você acredita que Deus prepara uma pessoa para outra, Sara? Acredita que Deus faz planos para que elas fiquem juntas? – perguntou ele, com o rosto chegando cada vez mais perto do meu.

— É claro que acredito, eu…

— Acho que você quer isso tanto quanto eu.

Àquela altura, eu já sabia o que iria acontecer, e sim, eu queria que acontecesse. Os meus batimentos cardíacos aceleraram, mas, ainda assim, eu me sentia tranquila como o som das ondas batendo na areia. Ricardo passou a mão pelo meu rosto e segurou levemente em meus cabelos; quando percebi, seus lábios já estavam tocando os meus de um jeito gentil e familiar, me trazendo a doce sensação de que aquele beijo sempre me pertenceu.

29

Somos como o impuro – todos nós! Todos os nossos atos de justiça são como trapo imundo. Murchamos como folhas, e como o vento as nossas iniquidades nos levam para longe. (Isaías 64:6)

Meus lábios sorriram involuntariamente ao contar para a doutora Tereza Terra sobre aquele fim de tarde inesquecível, quando beijei pela primeira vez o homem que se tornaria, em poucos meses, o meu marido. Doutora Tereza me olhou de volta, provavelmente buscando em minhas expressões algum sinal do que teria feito com que tudo desse errado, cinco anos depois; mas, naquele momento, as minhas memórias eram tão bonitas que pude me esquecer por alguns segundos do presente.

– Você ainda o ama, Sara? – perguntou ela.

– Eu sempre vou amá-lo. Apesar de tudo.

– Que tudo? O que aconteceu entre vocês?

– É muito complicado, doutora.

– Pense no porquê de você ter afastado a única pessoa que teve a escolha de colocar na sua vida, mesmo a amando, como você diz.

– Foi preciso que isso acontecesse.

– Me conte o motivo. Por que hoje o seu casamento está por um fio? Será que isso não é uma resposta inconsciente que você está dando para si mesma?

– Como assim? – perguntei, tentando entender o que a psicóloga queria me dizer.

– Sara, quando você passa uma vida inteira sendo sabotada por aqueles em que mais confia, o seu cérebro automaticamente cria o hábito de fazer isso com você mesma.

– Eu não entendo.

– Será que você não está sabotando a única decisão que você pôde tomar, que foi se casar com o Ricardo? Será que você não está sabotando o seu casamento? Pense nisso.

– Eu não sei. Não é só isso. Coisas aconteceram, está bem? Você não entende!

— Em todos os casamentos coisas acontecem. O seu não é o primeiro nem será o último a ter problemas.

— Como eu disse, você não entende. Deixa para lá – respondi, irritada, para doutora Tereza, que mais parecia estar me julgando do que ajudando naquele momento.

— Eu estou aqui para tratar disso, Sara. Você não pode mais fugir. Me conte quando esses problemas começaram.

— Não foi bem dessa forma que você está pensando! Foi... bem, nós dois éramos aquele tipo de casal que as pessoas invejam, sabe? Nós éramos amigos, cúmplices e companheiros, acima de tudo.

— Sei.

— Em apenas alguns meses de relacionamento, eu tive a certeza de que havia encontrado o meu príncipe encantado e de que estava pronta para me entregar totalmente a ele.

Meu pai e a minha mãe estavam prestes a conhecer o homem que havia me transformado. Segundo eles, de uns tempos para cá, eu vivia com a cabeça nas nuvens e com o celular pendurado na orelha por horas a fio, em ligações interurbanas para Salvador. Nos primeiros meses, nosso relacionamento se baseava em mensagens de texto e ligações longas, mas a parte boa sempre chegava quando Ricardo corria para me encontrar em muitas cidades do Brasil onde eu faria show. No fim, nós sempre arranjávamos um jeito de estar perto um do outro.

Eu já não podia mais aguentar papai falando nos meus ouvidos que um namoro em que o homem não pede a mão da moça para os pais não é um namoro de verdade. Mamãe, por sua vez, dizia que nem fazia questão de conhecer o rapaz, já que Ricardo era "nordestino" e, portanto, "preguiçoso, como todos eles".

— Você está sendo preconceituosa, mamãe! – falei, enquanto colocava no forno o bolo de cenoura com cobertura de chocolate que preparava para mais tarde.

— Preconceituosa? Eu? – respondeu ela, andando de um lado para outro dentro da minha cozinha. – O meu avô é nordestino. Como posso ser preconceituosa? Só estou dizendo que conheço bem essa gente. Esse tal de Ricardo é, sim, um preguiçoso! O meu avô mesmo era um.

— Marta, agora eu tenho que concordar com a Sara. Como você julga o rapaz sem nem conhecer? – disse o meu pai, entrando na cozinha para beliscar qualquer comida que estivesse à vista.

Em nome do Pai?

– Você vai apoiar tudo isso, Eliseu? Você quer que a sua filha namore um nordestino preguiçoso que não trabalha?

– Mas ele trabalha, mamãe! Você não sabe o que está dizendo!

– Ah, é? Então, o que esse sujeitinho faz?

– Ele ajuda o tio dele a administrar uma loja de materiais de construção.

– Ah, querida! Você sabe que consegue coisa melhor do que um pobretão desses, não acha?

– Já chega, mamãe! O Ricardo está chegando em alguns minutos, e eu espero que vocês o tratem com respeito!

A mesa já estava posta para um delicioso café da tarde com torradas, pães, chá e suco natural quando a campainha tocou. Abri a porta e visualizei o homem de uma beleza extraordinária – com a qual eu tinha a sensação de que nunca iria me acostumar – segurando dois buquês de flores na mão.

– Sara! Eu estava morrendo de saudade! – disse Ricardo, me envolvendo em um abraço apertado.

– Eu também senti a sua falta, como se uma parte de mim tivesse ido embora.

– Eu sei como é, porque sinto o mesmo. Não podemos mais ficar longe um do outro, meu amor. Bem, este é para você – disse ele, me entregando o buquê de tulipas roxas.

– Elas são lindas, obrigada! Bem, vamos entrar. Meus pais estão esperando.

Minha mãe e meu pai estavam tão nervosos quanto eu. Em toda a minha vida, aquela era a primeira vez que precisava apresentar um namorado para a família. Até porque Ricardo era o primeiro homem com quem me relacionava.

Assim que entramos no apartamento, os dois se levantaram depressa do sofá para cumprimentar Ricardo, que os encontrou com um sorriso simpático no rosto. Meu pai pareceu surpreso ao se deparar com o homem mais alto e mais forte do que ele, e mamãe logo se rendeu ao seu charme quando ele lhe entregou o buquê de tulipas amarelas, ao mesmo tempo em que a elogiava dizendo que "a dona Marta" parecia tão nova que era difícil saber que era a minha mãe.

– Pode me chamar apenas de Marta – respondeu ela, lisonjeada.

Nos sentamos à mesa farta depois que eu retirei do forno o melhor bolo de cenoura com cobertura de chocolate que já havia feito. Mamãe não parava de tagarelar sobre como um empresário me descobriu cantando no coral da igreja, enquanto Ricardo escutava atentamente a história.

– E foi assim que a nossa pequena Sara se transformou na cantora de sucesso que é hoje – finalizou ela, com um sorriso gentil estampado no rosto.

— Bem, no fim das contas, vocês sempre souberam que Sara era um talento ainda não descoberto, certo? — disse Ricardo.

— Sim, nós sempre acreditamos no talento da nossa menina. Inclusive, fui eu quem insistiu tanto para que ela cantasse no grande coral da igreja. Se não fosse por mim, talvez ela nunca tivesse se tornado quem ela é.

— Mas não é exatamente sobre a Sara que estamos aqui para conversar hoje, não é? — interrompeu papai. — Me conte um pouco sobre você, Ricardo.

— Bem, eu...

— Ah, Eliseu! Deixe o rapaz à vontade!

— Eu preciso fazer o meu papel de pai, Marta — respondeu ele, com uma gargalhada brincalhona, tentando disfarçar a dureza com que tratava Ricardo.

— Eu não tenho grandes histórias de sucesso como a filha de vocês. Minha vida sempre foi muito simples. Fui criado pelos meus avós depois que os meus pais morreram. E desde então vivi cuidando dos meus dois velhinhos. Até o dia em que parti para Salvador, onde trabalho com o meu tio em uma loja de materiais de construção.

— Ah, Salvador! O Nordeste é um lugar lindo e de pessoas maravilhosas. Você sabia que o meu avô era nordestino? — comentou mamãe.

— Você é crente? — interrompeu meu pai, de uma forma um tanto grosseira.

— Sim, senhor. Cresci na igreja, mas me desviei depois de adulto. Mas, graças a Jesus Cristo, a sua filha foi usada para que eu pudesse experimentar a real conversão, quando ela fez um show em uma igreja do meu bairro, há alguns meses.

— Então você é um novo convertido. E como pretende manter um relacionamento sério com a minha filha a distância?

— Papai! — repreendi.

— Bem, eu não pretendo. Estou me mudando de volta para São Paulo.

— O quê? — questionei. A notícia também era nova para mim.

Eu sabia que as coisas entre nós estavam andando rápido, mas me surpreendi com a agilidade de Ricardo para que pudéssemos ficar juntos.

— O seu pai tem razão, Sara. Eu quero um futuro com você, e não teremos como fazer isso se estivermos longe um do outro.

— Muito bem, rapaz! — disse papai, apoiando Ricardo com três tapinhas amigáveis nas costas.

Eu não poderia esconder o sorriso de felicidade, então deixei que ele viesse. Ricardo sorriu de volta para mim, segurando em minhas mãos por cima da mesa. O seu toque era macio e acolhedor, e de alguma forma fazia com

Em nome do Pai?

que eu me sentisse em casa. Nem nos meus melhores sonhos eu pensava que poderia encontrar alguém assim e, enquanto acariciava suas mãos, agradeci a Deus por ter me permitido conhecer aquele homem.

O assunto fluiu entre Ricardo e os meus pais, depois de o meu novo namorado atender a todas as expectativas deles. Agora, os três se divertiam conversando sobre assuntos mais leves do que o interrogatório que o meu pai fez ao pobre homem. A minha mãe contava a todos sobre como conheceu o papai, enquanto ele, vez ou outra, tecia comentários engraçados sobre a ocasião. E Ricardo os escutava atentamente. Depois de quase duas horas de um bom papo ao redor da mesa, a campainha tocou.

— Vocês estão esperando alguém? — perguntou Ricardo.

— Estamos. Amor, você vai conhecer o meu irmão.

Mal abri a porta e fui atingida por um abraço forte quando Mateus pulou do colo da jovem recreadora do prédio para o meu.

— Ele se comportou? — gritou, da mesa, a minha mãe.

— Ele foi um amor, como sempre, dona Marta! — respondeu a jovem, que vestia um uniforme colorido, mais parecido com uma fantasia de palhaço do que qualquer outra coisa.

Agradeci e fechei a porta atrás de mim, enquanto mamãe comentava sobre como os novos prédios luxuosos eram ótimos por oferecerem todo tipo de serviço, mas Ricardo já não a escutava mais, pois seus olhos estavam fixos no pequeno menino de cabelos cacheados em meu colo.

— Este é o Mateus. Ele tem 5 anos e ama dinossauros.

— Ele é... — Ricardo mal conseguiu completar a frase de tanto encantamento pelo menino. Sua reação foi inesperada para toda a família, que temeu que de alguma forma Ricardo tivesse descoberto quem Mateus realmente era, mesmo que isso não fosse possível.

— Ricardo, você está bem? — perguntou mamãe quando viu o homem ainda perplexo.

— Me desculpe. É que... o Mateus me trouxe uma boa sensação. Eu adoro crianças — respondeu ele, se recompondo. — E, além do mais, ele é lindo! Se parece muito com você, Sara.

— Mateus foi adotado ainda bebê, mas a convivência fez com que ele se parecesse fisicamente com a família. Isso acontece, sabia? — cochichou mamãe para Ricardo. — E eu fico feliz em saber que gosta de crianças, assim ficamos cientes de que você e a Sara nos darão muitos netinhos.

— Sem dúvida alguma. Bem, se a Sara concordar, é claro! — respondeu ele.

– Vocês não acham que está muito cedo para pensarem nisso? – indagou meu pai.

– Me desculpe, pastor Eliseu, mas sinto que não. A sua filha é a melhor coisa que já me aconteceu. É com ela que eu quero construir uma vida inteira. Jesus me preparou para esse momento, e eu me sinto pronto para isso.

– Gostei da sua resposta, rapaz. Ah, e pode me chamar apenas de Eliseu – cedeu papai, aprovando mais uma vez o posicionamento de Ricardo, enquanto me lançava um sorriso que dizia: "Você fez uma boa escolha, minha filha!".

Sim, papai, definitivamente o Ricardo é a minha melhor escolha!

30

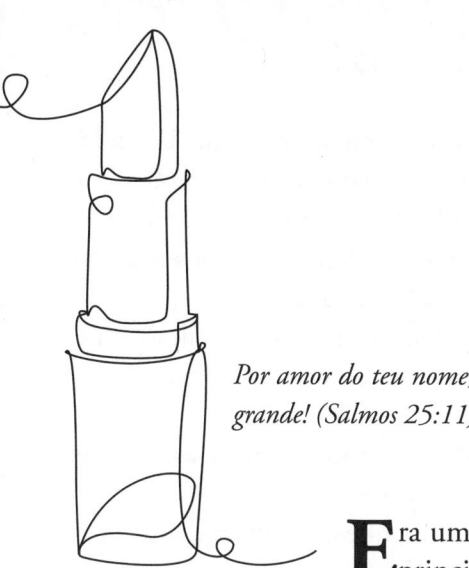

Por amor do teu nome, Senhor, perdoa o meu pecado, que é tão grande! (Salmos 25:11)

Era um grande dia para Betina e para mim, mas principalmente para Luísa. O dia com que sonhávamos desde crianças, imaginando com quem seria, até os mínimos detalhes, como, por exemplo, a fonte estilizada do convite. Finalmente chegara a data do casamento de uma das minhas melhores amigas!

Dirigi, então, até o lugar escolhido por Luísa para celebrar sua noite especial, um pequeno sítio a duas horas de São Paulo. A ideia era alugar os chalés do local para passarmos a noite e não termos que voltar depressa para a cidade depois da cerimônia.

Enquanto eu mastigava todas as balinhas escorregadias disponíveis para os clientes, Betina fazia o nosso check-in na recepção. Ricardo estava ao meu lado, junto com Clay, meu produtor, que agora parecia ter se tornado algo mais do que isso para a minha amiga Betina.

– Então, eu e você ficamos no mesmo quarto, e os meninos alugam outro para eles. Ok? – perguntou Betina.

– Ok. Tudo bem por você, amor? – perguntei a Ricardo, que não pareceu muito contente com a situação. – Você sabe, né, eu... eu não costumo dormir com meus namorados na mesma cama, no mesmo quarto... Quero dizer, eu nunca tive um namorado, mas se tivesse, eu...

– Eu entendi, Sara! Fica tranquila, esse não é o problema.

– Então, qual é o problema?

– É que... os preços dos quartos são muito mais caros do que imaginei, e eu estou meio sem grana, sabe? Acabei de me mudar de volta para São Paulo e ainda estou desempregado – respondeu ele, em um tom de voz tão baixo perto dos meus ouvidos, que quase não foi possível escutá-lo.

— Eu não acredito que você está se preocupando com isso. Por sorte, a sua namorada é uma cantora superfamosa que ganha muito, muito, muito dinheiro e não vai deixar você ficar quebrando a cabeça com contas nunca mais — respondi, enquanto o abraçava e enchia suas bochechas de beijos melados.

— Eu agradeço, Sara. Mas não sou esse tipo de cara.

— Deixa disso, você sabe que eu não me importo. Sempre fui assim com todos ao meu redor. Por que com você seria diferente?

— Porque eu sou diferente.

— Ah, Ricardo! Como você é cabeça-dura! Sendo assim, eu serei obrigada a te dar um emprego.

— O quê? — perguntou ele, surpreso com o que eu acabara de dizer.

— O que você acha? Você é um administrador, não é? Que tal administrar a minha empresa? Assim eu fico com menos serviço, e você, com mais dinheiro.

— Eu não sei! Você não está fazendo isso só por caridade, não, né? — questionou ele, desconfiado. — Sara, não precisa fazer isso por mim, eu vou conseguir um trabalho.

— Não, amor, claro que não. Na verdade, eu realmente estou precisando de alguém que administre a empresa.

— Sendo assim, negócio fechado, chefa!

— E, como um adiantamento de parte do seu salário, eu vou pagar o quarto em que você irá dormir hoje.

— Agora, sim, eu aceito! Mas juro que vou querer conferir esse valor descontado no fim do mês.

Os chalés eram todos iguais: cubículos de madeira no meio da paisagem verde. As camas eram confortáveis e os móveis ao redor também eram de madeira, como tudo ali dentro.

Betina e eu estávamos nos preparando para a noite. Os nossos vestidos de madrinha eram da cor escolhida por Luísa: vermelho vivo, sendo apenas o modelo diferente um do outro. O de Betina tinha o formato sereia, valorizando seu corpo violão. Já o meu era mais reto, mas os ombros à mostra também me deixavam com um ar sexy, apesar de não ser a minha intenção. Agora, a maquiadora que contratamos para a ocasião, uma mulher baixinha e de pele cor de jambo, estava acabando o seu belo trabalho no rosto de Betina, maquiada como eu nunca havia visto.

— Você está perfeita, amiga! — disse para ela.

Em nome do Pai?

— Obrigada, Sara! Mal posso esperar para ver Luísa! Vamos, se apronte! Temos que estar com ela nesse momento de pré-cerimônia.

A maquiadora se aproximou de mim com os seus pincéis mágicos assim que terminou os últimos retoques em Betina.

— Agora é a sua vez. Já escolheu a cor que quer nos olhos? – perguntou ela.

— Marrom está ótimo.

— Sim, vai ornar muito com o seu vestido e um batom vermelho.

— Mas eu não quero batom vermelho.

— Todas as madrinhas estão escolhendo vermelho, é a cor da vez.

— Mas eu... eu não uso batom vermelho.

— Por que não? Fica tão bonito no seu tom de pele.

— Eu não gosto, acho que não combina comigo. Um nude está perfeito – respondi à mulher insistente.

— Mas você vai ficar tão apagada!

— Ahhh! – resmunguei. – Faça logo essa maquiagem da forma que for, porque eu preciso estar agora com a minha melhor amiga, a noiva!

— Confie em mim! Você não vai se arrepender.

Depois de quase uma hora imóvel, me olhei no espelho e me surpreendi com o que vi. Sem dúvidas, eu estava diferente. Os contornos do meu rosto estavam bem marcados, mas com isso eu já estava acostumada, assim como com a sombra marrom esfumada e os cílios postiços. O que me deixava mesmo desconfortável era a minha boca vermelha roubando toda a cena. Betina disse que eu estava linda daquele jeito e me lembrou de que fazia muito tempo que eu não usava um batom vermelho, como quando era mais jovem.

— Eu não estou ousada demais?

— Como assim, ousada? É só um batom. Venha, Luísa pode estar precisando da gente – falou ela, me puxando pelas mãos para fora do quarto.

O chalé de Luísa era, sem dúvidas, maior do que todos os outros ali, apesar de tudo também ser feito de madeira. Luísa estava em frente ao espelho comprido, na pequena sala que antecedia o quarto. Já maquiada para o seu grande momento, ela sorriu delicadamente, porém de um jeito melancólico, quando nos viu chegar.

— A minha mãe acabou de sair. Pedi a ela para ter esse tempo sozinha com vocês. Podem me ajudar a colocar o vestido? – pediu ela, parecendo mais nervosa do que feliz.

O vestido de noiva de Luísa era bufante e exagerado, como nós sempre soubemos que seria, e, assim que entrou em seu corpo, deixou-a como uma princesa de conto de fadas. Luísa estava linda de branco, e eu estava contente de tudo estar saindo do jeito que ela sempre sonhou. A não ser por alguma coisa que a incomodava e apenas eu e Betina podíamos perceber.

– O que está acontecendo, Luísa? – perguntei, depois de ver o olhar perdido da minha amiga. – Sabe, é normal se sentir nervosa, mas não deixe isso atrapalhar a sua noite. Você está linda, o espaço é maravilhoso, e nós duas estamos aqui e seremos suas madrinhas, como você sempre quis!

– O seu sonho está se realizando, exatamente do jeito que você o sonhou! – completou Betina.

– Exceto por uma coisa – falou Luísa, com a voz tensa.

– O quê? – perguntamos eu e Betina ao mesmo tempo.

– Eu nem sei se consigo dizer em voz alta. Não sei se consigo admitir isso para mim mesma.

– Você está falando sobre aquilo de não ser mais virgem? – confirmou Betina.

– Xiu! – repreendeu Luísa, como se alguém pudesse nos escutar, mesmo que não tivesse mais ninguém ali além de nós três.

– Não, eu... Isso não! É outra coisa.

– Você precisa nos dizer, Luísa. Se não soubermos, nunca poderemos te ajudar – eu disse.

– Vocês já não podem me ajudar.

– Vamos parar de enigmas, Luísa! Qual é o problema? O bolo, as madrinhas, o lugar... Bem, o que quer que seja, vamos dar um jeito! – disse Betina, perdendo um pouco a paciência.

– Vocês não podem dar um jeito! Porque o problema... o problema... o problema é o noivo!

– O noivo?! – perguntamos eu e Betina novamente ao mesmo tempo, fazendo com que a cena pudesse se tornar cômica se não fosse trágica.

– Eu não amo mais o Guto! Mas o que eu poderia fazer? Como eu desmarcaria tudo isso e decepcionaria a ele e toda a nossa família?

– Mas... eu achei que vocês eram perfeitos um para o outro.

– Eu também achava! Mas então eu percebi que tudo aquilo era só a minha vontade de me casar falando mais alto. Eu nunca amei o Guto de verdade. Se tivesse amado, eu não teria mentido para ele sobre mim desde o primeiro dia do nosso relacionamento.

– Isso é verdade! – concordou Betina, que levou uma cutucada de braço minha na mesma hora.

Em nome do Pai?

— Mas, então, o que você quer fazer, amiga? Você quer desistir de tudo? Saiba que, o que você decidir, estaremos aqui para apoiá-la.

— Eu não posso fazer isso. Eu não posso decepcionar o Guto, os meus pais e todos que estão aí fora esperando por mim. Eu não posso escolher não me casar agora, porque, se eu fizer isso, nunca terei outra oportunidade. Afinal, que homem irá se aproximar de uma mulher que abandonou o noivo horas antes da cerimônia? Eu vou me casar com o Guto! Agora eu terei de ir até o fim, em nome de Jesus!

O espaço para a cerimônia era aberto, com tendas brancas montadas por causa da chuva fina que caía. O frescor da noite invadia o ambiente, deixando uma atmosfera agradável. A decoração estava impecável, com as cores vermelho e branco por todos os lados, combinando também com os arranjos de flores montados nas laterais do corredor.

Os padrinhos e madrinhas já ocupavam seus lugares à frente. De onde estava, pude ver Ricardo sentado em um dos últimos bancos ao lado de Clay. Ele me observava de volta e deu uma piscadela. Nem ele ou mais ninguém que estava ali, esperando pela grande entrada da noiva, poderia imaginar que tudo aquilo não passava de uma mentira.

Eu estava tão nervosa por Luísa que mal tive tempo de lembrar que o batom vermelho vivo ainda estava em minha boca e me senti desconfortável assim que essa informação voltou à minha mente, mas agora já era tarde demais. De qualquer forma, isso não era o mais importante; o que me afligia de verdade era ver a minha amiga naquela situação e não poder fazer nada.

Pobre Luísa, caíra na sua própria armadilha! Tudo por pressão da igreja, da sociedade e da família por um casamento. Mas, se Deus quisesse, transformaria os sentimentos de Luísa por Guto. Era a única coisa em que eu poderia ter fé, já que só assim a minha amiga se livraria de viver em um casamento fadado ao fracasso.

Depois de todos os rituais de início de um casamento, havia chegado a tão esperada entrada da noiva. Aquele era o momento, e Luísa já não poderia mais esperar! A marcha nupcial começou a tocar, e, se eu não soubesse da verdade, poderia até me emocionar e derramar lágrimas de felicidade pela minha amiga, como algumas madrinhas ao meu lado.

Os convidados viraram-se ansiosos para o começo do corredor, de onde, a qualquer momento, Luísa entraria. O meu pai, pastor que realizaria a cerimônia, pareceu tão aflito quanto eu quando percebeu a demora da noiva.

Olhei para Betina, que me encarava de volta, com medo de tudo ter ido por água abaixo. Me perguntei se eu não deveria sair de onde estava e ir atrás da minha amiga, mas isso só chamaria ainda mais atenção. Guto, em pé no altar, disfarçava toda a situação com um sorriso confiante, mas seus amigos mais próximos deviam saber que o coitado não estava nada bem.

E então, quando todos já estavam quase se dando conta de que alguma coisa poderia estar acontecendo, Luísa apareceu na entrada do corredor de braços dados com seu pai, como manda a tradição. Para os que não sabiam dos sentimentos de Luísa naquela noite, tudo se encontrava perfeitamente bem. Luísa estava deslumbrante e feliz por finalmente estar realizando o seu maior sonho. Mas, para Betina e eu, tudo aquilo se tornou um pesadelo quando percebemos o olhar triste e abatido da noiva.

A noite foi uma grande festa para a maioria dos que estavam ali, com direito a músicas animadas e drinques alcoólicos, o que fazia com que a minha mãe lançasse olhares de reprovação para os convidados embriagados. Luísa e Guto se ocupavam com as milhões de fotos feitas pela equipe de filmagem e fotografia, um dos meus presentes de casamento para eles, enquanto Betina, Clay, Ricardo e eu não saíamos de perto das mesas dos docinhos. Àquela altura, depois de tanta glicose no meu sangue, eu já podia pensar em outras coisas que não fossem a infelicidade de Luísa.

– Pelo menos ela vai passar a lua de mel em Dubai – cochichou Betina em meu ouvido para que os rapazes não a escutassem.

– Betina! Luísa não está feliz, não vai ser uma lua de mel em Dubai que vai mudar isso!

– Bem, eu prefiro ficar triste em Dubai do que triste no Brasil. Aliás, como será que eles conseguiram pagar uma lua de mel tão cara? Só artistas e milionários vão para Dubai. Luísa me contou que o quarto de hotel que eles vão ficar hospedados tem uma vista incrível do topo do prédio e que custa uma fortuna!

– Isso eu não sei, mas também não me interessa. Eu só quero ver a nossa amiga bem.

A pista de dança já estava cheia quando decidimos ir perder as calorias ganhas com os doces mexendo um pouco o corpo. Clay puxou Betina para dançar, e Ricardo fez o mesmo comigo, me encarando com o seu olhar penetrante. Aquele olhar! Suas mãos seguraram gentilmente em minha cintura enquanto ele me levava mais para perto de seu corpo musculoso. Agora, eu podia sentir a sua respiração em meu pescoço, o que me deixava levemente arrepiada. Fechei os olhos e aproveitei o momento, me sentindo sortuda por

Em nome do Pai?

viver um amor verdadeiro, diferente da noiva, e então agradeci a Deus por ter colocado Ricardo em meu caminho.

— Eu quero ser sua. Me sinto pronta para isso. Quero ser sua, de todas as formas possíveis, e não quero mais esperar. — As palavras que saíram da minha boca surpreenderam até a mim.

— Você já é minha, Sara! A minha namorada, a minha melhor amiga, a minha pessoa favorita no mundo — respondeu ele, sem entender o real sentido daquelas palavras.

— Não é isso o que quero dizer. Eu quero fazer amor com você, Ricardo.

— O quê? Agora? Bem, você me disse que estava esperando. Você tem certeza disso?

— Sim, eu estava esperando a pessoa certa. Mas acho que agora já encontrei.

— Sara, tudo que eu mais quero é passar a noite com você, mas, se você esperou até agora, por que não esperar até depois do casamento? Sabe, eu quero ter a certeza de que Deus está nos mínimos detalhes do nosso relacionamento.

— Você tem razão. Me desculpe, eu saí de mim — falei, constrangida com o que acabara de sugerir.

— Além do mais, o nosso grande dia está tão próximo.

— Como assim, tão próximo? — perguntei, sem entender bulhufas do que Ricardo queria me dizer. Mas quando a música parou de repente e vi que todos ao nosso redor estavam nos observando, percebi o que estava prestes a acontecer.

O foco agora era no casal no meio da pista de dança: Ricardo e eu.

Luísa, Guto, Betina, Clay e até os meus pais olhavam em nossa direção, já sabendo o que viria a seguir.

— O que está acontecendo? — perguntei baixinho para Ricardo.

E então, rapidamente, o homem alto e de cabelos castanhos, por quem me apaixonei alguns meses atrás, se ajoelhou à minha frente e tirou uma pequena caixa de alianças do bolso, pronunciando as palavras que por anos eu esperava ouvir:

— Sara, você quer se casar comigo?

31

Sabemos que a lei é espiritual; eu, contudo, não o sou, pois fui vendido como escravo ao pecado. Não entendo o que faço. Pois não faço o que desejo, mas o que odeio. E, se faço o que não desejo, admito que a Lei é boa. Neste caso, não sou mais eu quem o faz, mas o pecado que habita em mim.
(Romanos 7:14-17)

Eu sonhava acordada com aquele dia desde quando era apenas uma menina. Me lembrava de usar a toalha branca de mesa da mamãe como um véu, enquanto me enrolava em um lençol para fingir que era o meu vestido de noiva, durante uma brincadeira em que me casava com o homem da minha vida, representado por um fantoche de pano horripilante, que eu havia achado no depósito do grupo de teatro da igreja. Hoje, eu já não precisava mais de fantoche nem escolhi usar uma toalha de mesa na cabeça, porque tudo o que imaginei por tanto tempo estava finalmente acontecendo.

Meu coração acelerou quando a marcha nupcial começou. Meu pai estava ao meu lado, segurando firme em meu braço para que eu não tropeçasse. Caminhei devagar até a entrada da igreja, a mesma em que dei os meus primeiros passos e na qual, agora, dava os mais importantes da minha vida. A ansiedade era tanta que sentia que iria cair, mas as mãos firmes do papai me traziam a segurança de que eu precisava para continuar. Então, me concentrei e fiz o que esperei uma vida inteira para fazer.

Ricardo estava bonito como nunca, e minhas pernas tremeram quando me dei conta, mais uma vez, de que estava prestes a me casar com ele. Seu rosto se iluminou quando me viu em um vestido de noiva branco e rendado, e então, por algum motivo, eu soube que ele também estava pensando na mesma coisa que eu. *Sim, meu amor, estamos prestes a nos casar!* Sua expressão, que antes parecia aflita, agora ganhava leveza e se transformava na de alguém que sabia o que estava fazendo, e isso era tudo o que eu precisava para seguir o meu caminho até ele.

Em nome do Pai?

Andei a passos lentos até o altar, com o olhar fixo no meu noivo. Mesmo assim, a minha visão periférica observava as pessoas importantes ao meu redor. Do lado esquerdo do corredor, podia ver tio Clóvis sentado ao lado de um senhor do grande coral da igreja. E no altar estavam os meus honrosos padrinhos e madrinhas de casamento: Betina, Clay, Luísa e Guto, junto com a minha mãe, que se posicionava ao lado dos avós de Ricardo, dois velhinhos fofos e altos como o neto.

Quanto mais eu me aproximava do meu noivo, mais tinha certeza do que estava fazendo. E, quando cheguei ao fim do corredor, Ricardo se aproximou para me tomar em seus braços, com a bênção do meu pai.

– Cuide bem da minha filha, rapaz.

– Eu vou cuidar! Para sempre. Te prometo isso.

– Ah, antes que eu me esqueça... – falou papai, enfiando a mão no bolso de sua calça e tirando de lá uma única chave. – Aqui está! A chave do apartamento da Sara, que agora também é a sua casa. Não vou precisar mais da minha, e você vai precisar da sua.

– Agora sem mais conversas, vocês dois – intervi –, porque você ainda tem um casamento para fazer, papai.

Meu pai se dirigiu ao altar para casar sua própria filha, do jeito que sabia que aconteceria um dia. E, minutos depois, Mateus entrou carregando as alianças, vestido em um terno tão pequenino quanto ele, e eu chorei ao ver o meu menino participar daquele momento. Em um gesto de amor, Ricardo colocou o anel em meu dedo depois de jurar sua fidelidade a mim, e eu fiz o mesmo depois de prometer estar com ele na saúde e na doença, na alegria e na tristeza, na riqueza e na pobreza, até o fim de nossas vidas. Sim, eu havia acabado de me tornar uma mulher casada!

Em poucos minutos, o avião decolaria diretamente para o lugar mais romântico da Terra: Paris! A capital francesa podia até parecer clichê para uns, mas, para Ricardo, era um sonho se realizando.

– Ah, Sara! Minha esposa! Você é incrível! Obrigado por nos proporcionar essa lua de mel. Sem você, confesso que nunca conseguiria sair do país – falou ele, ansioso para a sua primeira viagem internacional.

– Fico feliz de fazer isso por nós dois. Ah, e aproveite a primeira classe! – respondi ao meu marido, reclinando o meu assento confortável.

– Já estou aproveitando, talvez eu só precise de uma ajuda para escolher o prato, já que não sei o que essas palavras esquisitas querem dizer.

– Vou te contar um segredo: eu também não! Mas sempre escolho massa, assim não tem erro – disse, fazendo com que Ricardo soltasse uma gargalhada tão alta que chamou a atenção dos ricos de nariz empinado ao nosso lado, deixando tudo ainda mais engraçado.

Éramos dois apaixonados rindo à toa de qualquer besteira, porque estávamos felizes demais para não rir. Ricardo fazia com que eu me sentisse completa quando estava ao seu lado, e me casar com aquele homem foi a melhor decisão que já tomei em toda a minha vida.

A charmosa Paris era ainda mais linda e romântica do que nas fotos da internet. Mas, antes de qualquer passeio pela Torre Eiffel, o que eu mais desejava fazer desde que pousamos na cidade era finalmente me entregar ao homem que agora havia se tornado o meu marido. Era tão estranho pensar que eu consegui esperar uma vida inteira por isso, mas, desde o minuto em que eu disse o tão sonhado "sim" a Ricardo, o meu corpo e o meu coração pareciam implorar com urgência pela noite de núpcias.

Chegamos ao hotel cansados e com *jet lag*, mas eu sabia que isso não nos impediria de fazer o que aguardávamos por tanto tempo. Nosso quarto era bem decorado com papéis de parede floridos e delicados, assim como os pequenos vasos de flores em cima das mesinhas de cabeceiras. A cama era grande e confortável e, da janela, tínhamos a vista mais bela da torre mais famosa do mundo.

– Isso é...

– O paraíso! – completei a frase de Ricardo. – Eu sei.

Deixei a nossa mala para ser desfeita depois, pois agora tínhamos coisas mais importantes com que nos preocupar. Peguei a minha maleta de mão, onde guardei os pertences principais, e corri imediatamente para o banheiro, me trancando lá por alguns minutos necessários. Máscara facial no rosto para tratar as olheiras das recentes noites mal dormidas, dentes escovados e hidratantes específicos para cada parte do corpo.

Enquanto isso, procurei no Google frases do tipo: "como perder a virgindade" e "melhores posições para a primeira noite de sexo", coisas às quais eu não tinha me atentado antes de chegar ao hotel e perceber que eu deveria ter ao menos me preparado melhor para aquele momento. Mas como? Como eu me prepararia para isso? Definitivamente, era o tipo de coisa que deveria vir com um manual! Me senti uma menininha que não sabe o que fazer e, de repente, uma vontade de chorar me invadiu por completo.

Em nome do Pai?

– O que eu devo fazer, meu Deus? – disse em uma oração supersincera que nunca pensei que faria, enquanto me sentava no vaso sanitário completamente pelada esperando a máscara facial agir.

– Sara, você está bem? – gritou Ricardo do lado de fora, ansioso por uma resposta, já que havia se passado cinquenta minutos desde que entrei ali.

– Estou. Estou bem – respondi, tentando engolir o choro.

– Eu sei que não está, meu amor. Eu ouvi você chorando.

– Eu não estou chorando – forcei a voz para parecer mais firme.

– Sara, eu te conheço. Tudo bem se você não estiver bem. Eu sou o seu marido e vou entender o que quer que seja que você estiver passando.

Me enrolei na toalha branca ao meu lado e abri a porta, encarando o homem alto, lindo e louco por uma noite de sexo picante.

– O que está acontecendo? – perguntou ele, de um jeito compreensivo.

– Eu não sei. Me desculpe! Eu não sei como fazer isso – respondi, desatando a chorar.

– Está tudo bem, Sara. Não precisamos fazer nada. Só quando você decidir, está bem?

Ricardo me envolveu em um abraço acolhedor, e então me senti segura e protegida. Como em um passe de mágica, eu já não tinha mais vontade de chorar, mas também não tinha vontade alguma de transar, então optamos por uma noite de núpcias regada a sorvetes e guerra de travesseiros, enquanto assistíamos à programação da televisão parisiense. No fim das contas, era o que eu mais precisava que tivesse acontecido para que soubesse, mais uma vez, que escolhi o homem certo para ser o meu marido.

O dia seguinte foi todo planejado para passarmos a maior parte do tempo entre passeios e visitas a lugares turísticos. Saímos cedo do hotel para um tour no museu do Louvre. Almoçamos em um bistrô que servia ostras deliciosas e passamos o fim da tarde em um passeio de barco pelo rio Sena. Tudo era tão lindo pela incrível Paris, que nem percebemos que já era noite, enquanto caminhávamos pelas ruas, fantasiando sobre o que Deus havia planejado para o nosso futuro.

– O meu sonho é ter um menino! E o seu? – disse Ricardo.

– Eu não sei. Não acha que está muito cedo para falar disso? Acabamos de nos casar!

– Não tem problema sonhar, não é? Ou você não quer ter filhos? Bem, vou entender se for isso, mas eu sou louco para ter um menininho!

– Não, não é nada disso! É que... tem coisas sobre mim que você ainda não sabe.

– Tipo o quê? Você não pode ter filhos? É isso? – perguntou Ricardo, preocupado.
– Não. Eu posso, sim, ter filhos. É outra coisa, mas deixa isso para lá.
– Sara, seja lá o que for, você pode compartilhar comigo. Eu sou seu marido agora.
– É que eu não sei se consigo.
– Tudo bem, todos nós temos segredos. Eu te entendo.
– Como assim, todos nós temos segredos? Você também esconde algo de mim?
– Um dia, eu prometo te contar. Mas não hoje.
– Fechado, um dia eu te conto o meu e você me conta o seu. Mas hoje vamos apenas nos divertir. Que tal pizza?
– Oba!

Chegamos de volta ao hotel cansados e energizados ao mesmo tempo. As luzes da cidade faziam com que tudo parecesse mais brilhante e agitado, como se estivéssemos vivendo dentro de um livro de romance escrito por Nicholas Sparks. E, apesar das minhas pernas estarem doloridas de tanto andar, eu não me sentia ainda pronta para dormir e, pela animação de Ricardo, essa também deveria ser a última coisa que ele queria.

Entrei no banheiro com algumas peças que Luísa me fez comprar e enfiar em minha mala praticamente contra a minha vontade, mas que agora fazia todo sentido que estivessem aqui. Depois de uma ducha rápida e quente, comecei a me preparar para a noite. Primeiro experimentei uma lingerie vermelha. *Não. Ousada demais para uma primeira vez!* Então a troquei por uma preta. *Hum, acho que não! Muito básica para a primeira vez.* Mas, quando vesti a branca de renda, imediatamente soube que era a escolha certa.

Abri a porta do banheiro e me deparei com Ricardo usando apenas uma cueca boxer branca, deixando todos os seus músculos e tatuagens pelo peito de fora.

– Você está perfeita, Sara!
– Eu posso dizer o mesmo sobre você.

E então, o homem alto e bonito me puxou para mais perto, fazendo com que eu me arrepiasse por inteiro; e, quando os seus lábios tocaram os meus em um beijo doce, me senti em paz por me entregar completamente ao primeiro e único homem da minha vida.

32

Jesus respondeu: "Digo-lhes a verdade: Todo aquele que vive pecando é escravo do pecado." (João 8:34)

Nota importante sobre casamentos felizes: sim, eles existem! Por muito tempo, desconfiei de que isso não fosse verdade, mas, depois de quase dois anos com Ricardo, eu podia afirmar com toda a certeza que o conto de fadas existe! Quero dizer, um quase conto de fadas. Existiam problemas no paraíso, como, por exemplo, o fato de Ricardo deixar a toalha molhada em cima da cama todas as vezes depois do banho e de embolar o tapete do banheiro ao passar por ele. Esse último era um defeito que eu nunca iria superar. Mas tudo era compensado porque meu marido era também um ótimo cozinheiro e lavava uma louça como ninguém.

Enquanto eu tentava fazer meu corpo caber em um vestido tubinho vermelho na altura do joelho, Ricardo se perfumava ao meu lado, deixando todo o nosso quarto com sua fragrância de homem, o que eu detestaria se fosse qualquer outra pessoa fazendo isso, mas confesso que amava sentir o cheiro do meu marido pela casa.

Caminhei até Ricardo e virei-me de costas, exibindo minhas costas, ainda com o zíper do vestido aberto.

– Pode fechar para mim, amor?

– Poder, eu até posso... mas é isso mesmo que você quer que eu faça? Porque eu também posso tirá-lo se você deixar – respondeu ele, beijando meu pescoço e toda a parte de trás do meu corpo.

– Bem que eu queria, mas já está tarde, e não seria nada bom os donos da empresa chegarem atrasados.

– Você tem certeza disso? – disse Ricardo, passando a mão pelos meus seios.

– Guarde esse fogo para mais tarde, meu bem. Vamos, não quero dar um mau exemplo para as nossas funcionárias.

– Você quem manda, chefa! – respondeu ele, ao mesmo tempo em que subia o zíper do meu vestido.

Era a noite de uma confraternização especial para nós dois. Estávamos comemorando uma vitória importante da Arca de Cristo, a empresa de agenciamento artístico que abri cinco anos atrás. Na época, ninguém acreditava que seria a decisão mais inteligente que eu iria tomar ou que chegaria tão longe com ela. Mas, hoje, todos reconhecem o sucesso do empreendimento, e eu não poderia estar mais feliz por isso.

A noite estava quente, e nós, animados para o jantar. Ricardo dirigia em nosso Porsche velozmente até o escritório, onde estacionamos na garagem subterrânea. Subimos pelo elevador espelhado até o décimo quinto andar e, ao abrirem-se as portas, saímos diretamente no corredor cuja parede frontal exibia um logotipo grande com o desenho de uma arca.

Virei-me para o lado esquerdo, onde ficava a sala principal, e abri a porta do espaço amplo, dividido em duas partes. Na primeira delas, os pufes e sofás coloridos deixavam tudo aconchegante com a ajuda de uma parede de canto laranja, que, segundo Carina – a nossa chefe da equipe de marketing –, despertava a mente para novas ideias. E novas ideias eram tudo o que a minha equipe precisava para nos manter sempre à frente. Enquanto, na segunda parte, ficava uma mesa de reuniões, onde todos já estavam bem acomodados em suas cadeiras acolchoadas.

– Boa noite! – disse assim que passei pela porta, seguida de Ricardo, que também cumprimentou as sete funcionárias: Betina, Carina, Ana, Renata, Juliana, Paula e Débora. Um escritório inteiramente feminino.

– O principal da noite já está chegando – falei enquanto me dirigia à minha cadeira, na ponta da mesa. – A comida!

Todas se divertiram com o comentário.

– Mas, enquanto isso, eu quero parabenizar vocês por darem o melhor de si dentro desta empresa. Cada uma com o seu talento, com o seu estudo e com a sua experiência. É graças a vocês que a Arca de Cristo acaba de se tornar a melhor empresa de agenciamento artístico do ramo gospel.

Todas bateram palmas, mesmo que ainda estivessem incrédulas com a notícia que eu acabara de dar.

Em nome do Pai?

– É sério isso? – perguntou Betina.

– Seríssimo! Ontem à noite eu recebi a informação de que a Arca de Cristo ultrapassou a MB Music, a empresa de Marcos Bala.

– Isso é incrível! – exclamou Carina.

– Óbvio que o escândalo de assédio sexual teve o seu papel nisso – disse, me referindo às recentes denúncias de várias mulheres contra Marcos Bala.

– Desculpa, Sara, mas eu não concordo! Nós batalhamos muito para chegar aonde estamos. Merecemos esse título! – contestou Betina.

– Tem razão! E eu não poderia deixar de te agradecer! Você foi a primeira funcionária da Arca de Cristo, que acreditou junto comigo no meu sonho. Obrigada, Betina!

Mais uma vez, todas aplaudiram, e até os olhos de Betina se encheram de lágrimas.

– E também não posso me esquecer do único homem da empresa, e também o único homem da minha vida: Ricardo. Obrigada por entrar nessa junto comigo. Você transformou a Arca de Cristo em algo muito melhor, com a sua administração e paixão pelo trabalho.

– Obrigado a você, amor, por me dar essa oportunidade.

– Então agora, sem mais delongas, Lurdes, pode entrar com o jantar, por favor – pedi em voz alta para a funcionária que estava na outra parte da sala. – E obrigada a você também, por ter sempre um cafezinho passado e umas bolachinhas para nos servir.

– Não tem de quê, dona Sara.

Comida árabe era a escolha da noite e, para completar, esfihas de chocolate de sobremesa. Todos estavam muito contentes com o progresso da empresa, que em pouco tempo havia ganhado um título importante. Mas tinha que admitir que o que me deixava mais feliz ainda era saber que estávamos, agora, à frente do próprio Marcos Bala.

Cheguei em casa exausta de uma comemoração agitada e longa, mas a adrenalina ainda estava tão alta que senti que tinha energia para algo mais. Preparei um banho de banheira com sais de banho afrodisíacos, segundo a embalagem, e me enfiei na água quente, ao mesmo tempo em que gritava por Ricardo.

– Oi, meu amor, me chamou? – respondeu ele, aparecendo à porta do banheiro completamente nu.

— Chamei, sim, e pelo jeito você já sabe bem o que eu quero.

E, então, terminamos a noite com banho de banheira, massagens e sexo por toda parte da casa. Quando finalmente me deitei na cama e fechei os olhos, Ricardo me perguntou:

— Será que foi dessa vez que fizemos o nosso bebê?

— Eu não sei, meu bem, combinamos de não controlar isso, não se lembra? Vamos deixar que venha naturalmente e, quando a gente menos esperar, eu estarei grávida.

— Tudo bem. Me desculpe.

— Não precisa pedir desculpa. Você não se importa de mantermos o nosso combinado, não é? – perguntei a ele, ainda de olhos fechados.

— Não, eu não me importo, desde que a gente continue treinando bastante do jeito que está – respondeu ele com uma risada divertida.

— Pode deixar. Essa chama, eu tenho certeza de que nunca vai se apagar – respondi poucos segundos antes de pegar no sono, embarcando em sonhos bons e quentes com o homem que dormia ao meu lado.

O consultório da doutora Tereza Terra ficou sem barulho algum, depois que eu pronunciei minhas últimas palavras sobre as lembranças perfeitas com Ricardo, tanto que nem pareceu que estávamos em uma cidade caótica como São Paulo. *Abençoadas sejam essas janelas antirruído!* Em um súbito, depois de bons segundos de silêncio, a psicóloga começou a falar:

— Então, tudo estava bem? Tudo estava perfeitamente bem? – perguntou ela, em busca de uma explicação da minha parte.

— Eu e o Ricardo fomos feitos um para o outro, doutora Tereza. Ele me completa de formas inexplicáveis e, quanto mais eu revivo isso, mais eu sei que é verdade.

— Então, me explique, Sara, o que deu errado? O que aconteceu com vocês dois?

— É complicado dizer, eu realmente não sei se consigo falar.

— Sara! Chegou a hora de você abrir o jogo. Por que você colocou Ricardo para fora de sua casa há pouco tempo? Por que finge manter o seu casamento para todos os outros?

— Eu não posso simplesmente sair dizendo que o meu casamento acabou. O que vão pensar? Uma cantora cristã com um casamento fracassado.

— Por que você me procurou inquieta e desesperada naquela primeira sessão?

Em nome do Pai?

– Coisas aconteceram!
– Que coisas, Sara? O que aconteceu entre você e Ricardo?
– Você quer saber o que realmente aconteceu, doutora Tereza?
– Eu preciso saber se você quiser que eu lhe ajude.
– Talvez tenha finalmente chegado a hora. Eu vou te dizer o real motivo de ter lhe procurado.

33

Aquele que pratica o pecado é do diabo, porque o diabo vem pecando desde o princípio. Para isso o Filho de Deus se manifestou: para destruir as obras do diabo. (1 João 3:8)

Depois de meses seguidos de trabalho, shows, reuniões e músicas lançadas, Ricardo e eu decidimos tirar a última semana do mês de folga, com o propósito de ter boas noites de sono, pizza, filmes e sexo como os únicos compromissos na nossa agenda.

Fazia uma noite bonita lá fora, e eu estava animada para passar uma semana inteira apenas curtindo a casa e a companhia do meu marido, como não fazia havia tempos. Então, peguei três tipos de chocolates diferentes na despensa, balas açucaradas e um vinho tinto para comemorar a nossa primeira noite de descanso, enquanto Ricardo colocava mais um episódio de uma série famosa na TV enorme da sala.

— Eu quero fazer um stories no Instagram deste momento – disse Ricardo.

— Deixa eu esconder a garrafa de vinho antes – respondi, empurrando a bebida alcoólica para debaixo das cobertas.

— Prontinho! Um boomerang com a minha devoradora de açúcar preferida! Agora passa para cá essa garrafa, vamos nos embebedar um pouco.

Ricardo abriu a garrafa e me serviu em uma taça abaulada, enquanto eu me ajeitava confortavelmente entre cobertores e doces para aproveitar a nossa noite como planejado. Mal sabia eu que aqueles seriam os nossos últimos momentos como um casal feliz.

A série já estava no fim, assim como a bebida. O relógio marcava duas e quarenta e três da manhã, mas sono era a última coisa que eu sentia depois de tanta glicose no meu sangue; e, como sempre acontecia nas noites em que eu estava muito agitada para dormir, Ricardo e eu fizemos sexo. Sim, eu estava muito bêbada e ele também, e talvez isso tivesse deixado tudo ainda mais gostoso. E juntos, no sofá da sala, permanecemos abraçados depois do êxtase deixar os nossos corações acelerados.

Eu estava relaxada agora, até demais, e provavelmente Ricardo também sentia o mesmo. Seus braços grandes e musculosos me envolveram, enquanto eu apoiava gentilmente minha cabeça em seu peito, fazendo desenhos e contornos com os dedos pelas suas tatuagens.

– Você nunca vai me dizer o que significam esses números, não é mesmo? – falei, apontando para três sequências de seis números tatuados em seu peito. 030410, 090610 e 161010.

– Ah, Sara! Por que você insiste em saber algo que já passou? – respondeu ele, da mesma forma que fazia todas as vezes que eu tocava no assunto.

– Meu amor, já estamos há cinco anos juntos, e eu não sei o que esses números significam. Se você tatuou é porque são importantes. Ou foram algum dia.

– Sara, eu realmente não quero falar sobre esse assunto. Não agora.

– Por que não agora?

– Nós estamos bêbados, Sara! Eu não quero conversar bêbado sobre isso com você.

– Tem alguma coisa a ver com alguma ex-namorada, não é? – indaguei como as boas detetives de séries de TV faziam, ou como uma boa esposa ciumenta.

– Não é nada disso. De onde você tirou essa ideia?

– Então o que é?

– Eu já disse que não vou te dizer. Pelo menos não agora.

– Mas eu quero saber agora, Ricardo! Que tipo de segredo você guardaria da sua própria mulher?

– Eu não quero estragar a nossa noite, Sara!

– Você já estragou! – esbravejei, me desvencilhando de seus braços na mesma hora.

– Sara, eu respeito os seus segredos. Por que você não respeita os meus?

– Eu te respeitei durante muito tempo quando você dizia que não queria falar sobre isso, mas agora já é demais! Se você quer saber o meu segredo e tudo sobre mim que você não sabe, eu vou te dizer. Mas você vai ter que me contar primeiro o que essas sequências de números estão fazendo tatuadas em seu peito – falei antes de sair como um furacão para o quarto.

Se Ricardo soubesse tudo o que eu já passei e como era difícil hoje falar sobre o meu grande segredo, eu tinha certeza de que ele não agiria daquela forma comigo. Afinal, por que guardar uma informação boba sobre ele, quando eu escondia que o meu irmão era o meu próprio filho? Me deitei em minha cama grande demais para se dormir sozinha e, pela primeira vez na vida, peguei no sono brigada com o meu marido.

Despertei no dia seguinte com uma dor de cabeça terrível, que presumi ser consequência da meia garrafa de vinho tinto que bebi na noite anterior. Alguns minutos depois, Ricardo entrou no quarto com uma bandeja de café da manhã. Pão, frutas, leite, iogurte e ovos mexidos, do jeito que ele sabia que eu gostava.

— Bom dia, princesa — disse ele, com um sorriso no rosto.

— Bom dia — respondi, ainda sonolenta.

— Sabe, Sara, eu ainda não dormi. Passei a noite acordado pensando no que deveria fazer.

— Ah, amor! Me desculpe, eu não queria te deixar assim. Eu estava meio bêbada ontem e acabei machucando os seus sentimentos. Vamos nos esquecer dessa história, pode ser?

— Não, Sara. Eu pensei bem. Eu orei e entreguei a Deus os meus pensamentos. Conversei muito com Jesus essa noite e finalmente tomei uma decisão em relação a isso.

— Que decisão?

— Eu vou te contar o meu segredo, Sara. Eu vou te falar o significado desses números que tatuei — respondeu ele, parecendo determinado com o que acabou de dizer.

— Ah, meu amor, você não precisa! O erro foi todo meu. Eu tenho que aprender a respeitar a sua privacidade.

— Não, eu preciso te contar! Preciso tirar de vez esse peso dos meus ombros.

— Você pode dividir comigo se quiser, mas não se sinta obrigado, ok? — respondi, ao mesmo tempo em que mordia um pedaço de maçã.

— O Espírito Santo ministrou em meu coração nessa madrugada. Eu já não posso mais esconder esse segredo de você, Sara. Agora mais do que nunca, eu preciso te contar.

— Então me diz, Ricardo. Qual é o seu grande segredo?

— Antes de tudo, eu preciso alertar que as coisas vão mudar entre a gente depois que eu te contar, mas saiba, Sara, que eu te amo e sempre vou te amar! Espero que você entenda o que eu vou dizer agora — disse ele, se sentando ao meu lado na cama e chegando o seu corpo mais para perto do meu.

— Nada vai mudar entre a gente, seu bobinho. Eu posso te garantir que o meu segredo é muito mais chocante do que o seu. Mas vai, diga. O que são esses números tatuados no seu corpo?

Em nome do Pai?

    Ricardo hesitou quando abriu a boca para responder à minha pergunta. Cheguei a pensar que havia desistido quando demorou mais de meio minuto para começar a falar, mas então as palavras foram saindo, em um tom de voz muito diferente daquele que eu estava acostumada a ouvir de Ricardo. Um tom de voz estranhamente sombrio, como se algo estivesse o machucando por dentro.

    – Sara, essas três sequências de números são datas. Datas de uma coisa horrível que eu fiz.

    – O que você fez?

    – Eu tive uma infância muito difícil. Essa é uma parte de mim que eu nunca contei para ninguém, nem mesmo para você. Isso tudo me levou a ser uma pessoa repugnante, que eu não me orgulho nem um pouco de ter sido um dia. Mas, graças a Deus, Jesus me salvou e me perdoou pelos meus pecados. Espero que você também me perdoe.

    – Sim, mas... o que você fez? – perguntei novamente.

    Àquela altura, eu já não tinha mais paciência para bancar a esposa compreensiva, que disse anteriormente que o marido não precisaria contar nada se não quisesse, pois agora Ricardo estava me assustando com o seu semblante sério e a sua voz cortante. Foi então que ele pronunciou as palavras que mudariam tudo.

    – Sara, eu violentei três mulheres em 2010. E essas são as datas dos meus crimes.

    De repente, fui atingida como se por uma flecha, bem no meio do meu peito. Todo o meu corpo começou a doer, e a falta de ar se iniciou abruptamente, como se de uma hora para outra o meu pulmão tivesse desaprendido a respirar. E então voltei a reconhecer aquela sensação, da mesma forma que reconhecia o toque de Ricardo de um lugar distante em minha cabeça, um lugar que lutei para esquecer.

    161010. Dezesseis de outubro de 2010. A última sequência de números tatuada no corpo do meu marido mostrava exatamente o dia em que eu fui estuprada.

Pois o pecado não os dominará, porque vocês não estão debaixo da lei, mas debaixo da graça. (Romanos 6:14)

"O amor tudo sofre, tudo crê, tudo espera, tudo suporta". Será que o apóstolo Paulo se referia a algo tão devastador assim quando resolveu colocar essas palavras em suas cartas?

Tudo o que eu conhecia sobre o meu marido se desfez como fumaça. E o que eu vivi dez anos atrás, quando ainda era uma menina, voltou à tona, só que agora de uma forma muito mais destruidora. O começo era o fim, e tudo estava conectado. E então, dez anos depois do meu estupro, ali estava eu, dividindo a cama com o meu próprio estuprador.

As lágrimas brotaram em meus olhos, enquanto Ricardo tentava me explicar o inexplicável. Tudo o que o meu cérebro fazia era trazer de volta as poucas lembranças daquele dia terrível, e então tudo fazia sentido. Eu já havia sido tocada por Ricardo antes, assim como já tinha visto o seu rosto e sido beijada por seus lábios. E, agora, o que costumava ser apenas um borrão em minhas memórias ganhava forma.

– Eu não era quem sou hoje! Eu sou uma nova criatura, Sara, e hoje eu nunca seria capaz de fazer qualquer coisa desse tipo. Você me entende? – perguntou ele, esperando por alguma resposta que o confortasse.

– Onde… onde foi que isso aconteceu?

– Como assim?

– Em que cidade, em que bairro, em que lugar isso aconteceu? – perguntei, tentando confirmar o que eu já sabia.

– Por que isso importa?

– Em que lugares? Me diz! – perguntei, gritando tão alto que fez o homem grande à minha frente se encolher, talvez por se sentir pequeno como um rato.

Em nome do Pai?

— Todos foram aqui em São Paulo.

— Em que lugares de São Paulo? Me diga! – exigi em um tom autoritário.

— O primeiro em uma praça, na zona sul. O segundo em um estacionamento de mercado, no centro. E o terceiro em um galpão abandonado, no bairro da igreja dos seus pais. Eu nunca te disse, mas eu também cresci naquele bairro – disse Ricardo, me dando a certeza que esperava. O bairro da igreja. O mesmo bairro onde tudo aconteceu.

As palavras de Ricardo fizeram meu estômago se embrulhar.

— Você precisa ir.

— Sara, isso tudo foi há dez anos. Eu mudei!

— Você precisa sair do meu apartamento. Agora!

— Sara, eu... Vamos conversar melhor. O Ricardo que você conheceu não é mesma pessoa que cometeu esses crimes.

— Eu não sei quem você é, Ricardo! Eu simplesmente não sei com quem eu me casei! – gritei, explodindo em fúria.

— Eu sou o seu marido, o homem por quem você se apaixonou naquela praia deserta em Salvador.

— Não! Você não é! Você é um estuprador!

— Sara, por favor! – suplicou ele, chorando como um bebê.

— Saia agora da minha casa!

— Sara!

— Saia! – ordenei mais alto. – Ou eu chamo a polícia e conto sobre como você acabou com a vida dessas três mulheres!

Ricardo não disse nem mais uma palavra. Saiu da nossa casa sem levar nada, apenas a roupa do corpo, e, desde então, eu nunca mais olhei em seus olhos novamente.

A doutora Tereza Terra me encarou com atenção e o olhar surpreso, como se eu fosse uma amiga que acabou de lhe contar a fofoca do século. Mas aquele não era nenhum tipo de fofoca ou conversa fiada. Era a minha vida nua e crua, exposta pela primeira vez para alguém.

— Entendeu por que eu estava tão desesperada quando te procurei naquele dia? – disse para a mulher de cara de cavalo à minha frente.

— Então, você descobriu tudo naquele dia?

— Sim. Eu descobri que o meu marido é o mesmo homem que me estuprou dez anos atrás. Eu me casei com o cara que destruiu a minha vida!

— Sara, eu... eu não sei nem o que te dizer. Eu sinto muito! – disse ela, dando um longo gole em um copo d'água e parecendo atordoada.

— Se é assim que você se sente agora, pode imaginar como eu me senti naquela manhã?

— Você é forte, Sara! Talvez a mulher mais forte que já passou por aqui.

— Não. Eu tenho Deus, é diferente. Sem Ele, eu não teria sobrevivido.

— O Ricardo sabe? Que você é uma de suas vítimas?

— Não, ele nem imagina. Acredito que o rosto de uma menina que ele estuprou não seja grande coisa para se guardar na memória. Ele apagou tudo do mesmo jeito que me usou e me descartou naquela madrugada.

— Você vai contar?

— Eu não sei.

— O que você vai fazer, Sara? – perguntou a doutora Tereza, com uma expressão preocupada.

— Me diga você. O que devo fazer?

— Antes de tudo, eu preciso saber até onde você está disposta a ir. Se você esconder de Ricardo que é uma dessas mulheres, como o entregará para a polícia? Você sabe como ocorrem os processos nesses casos. Se você for uma vítima, ficará muito mais fácil de Ricardo ser condenado do que se você contar tudo apenas como a esposa para quem ele confessou seus crimes.

— Eu não vou até a polícia, isso não vai acontecer! Eu o amo e sempre vou amar. Eu não poderia fazer algo assim. Mas, ao mesmo tempo, as lembranças de toda dor que passei durante anos vêm à minha mente, e a raiva e o ódio daquele homem tomam conta de tudo dentro de mim. E então entendo que a pessoa que eu mais amo no mundo é também a que eu mais odeio.

— Mas você sabe que, no fim, precisará tomar uma decisão, não é? Até quando vai ficar escondendo de todos que vocês não estão mais juntos? Até quando vai continuar vivendo essa mentira? Até quando vai acobertar esses crimes, Sara?

— Eu não sei. O que devo fazer? – perguntei à psicóloga, como uma criança que se perdeu dos pais no mercado.

— Você deve se libertar disso, mesmo que seja aos poucos. Um passo de cada vez. Até que finalmente chegará a hora em que vai conseguir fazer o que tem de ser feito.

— E qual seria o primeiro passo?

— O primeiro passo você já deu. Você finalmente conseguiu me contar o que se transformou no maior segredo da sua vida.

Em nome do Pai?

— E agora?

— Agora, você deve fazer a mesma coisa com aqueles em quem confia, pois esse fardo é pesado demais para se carregar sozinha. Você precisa de uma rede de apoio. Sendo assim, o próximo passo é contar a verdade para aqueles que te amam. Eu sei que vai ser difícil, Sara, mas você não pode estar sozinha nessa, e eu sou apenas a sua psicóloga. Você vai precisar de mais do que isso.

— Você está certa. Eu não tenho mais tempo a perder. Quero me livrar de uma vez por todas do meu passado. Hoje mesmo irei à casa dos meus pais. Eles precisam saber o que tem acontecido comigo, de verdade.

Deixei o consultório da doutora Tereza Terra com um misto de sentimentos, mas não permiti que eles tomassem muito do meu tempo e me paralisassem diante do que eu tinha que fazer. Entrei em meu carro e dirigi depressa até a casa grande e perfeita que comprei para eles havia alguns anos.

Toquei a campainha e esperei à porta, pedindo a Deus para que me livrasse de uma crise de ansiedade, ao mesmo tempo em que pegava um comprimido na minha bolsa e engolia, esperando que fizesse efeito antes de eu surtar ali mesmo.

O portão à minha frente se abriu, e papai me recebeu com um sorriso no rosto.

— Sara! Que surpresa agradável!

— A mamãe está em casa? — perguntei, com uma voz que entregava tudo o que eu sentia.

— Sim, está na cozinha. Aconteceu alguma coisa, meu algodão-doce?

— E o Mateus? Onde ele está?

— Ele foi para o futebol com os amigos da igreja. Minha filha, você está me assustando. O que houve?

— Ótimo, eu preciso dele fora por algumas horas. Papai, eu tenho que contar uma coisa para vocês.

Um copo de água com açúcar não foi suficiente para me acalmar, após entrar na cozinha, desesperada com o que iria fazer nos próximos minutos. Mamãe também ficou nervosa junto comigo, tentando entender o que estava acontecendo, enquanto papai acalmava agora não só a mim, mas também a ela.

— Você faliu? É isso, Sara? Estamos pobres de novo, não é? Diga logo de uma vez! — perguntou a mulher, fazendo suposições sem fundamento algum.

— Não, mamãe. Fique tranquila. Continuamos ricas.

— Graças ao nosso bom e santo Deus! Eu não conseguiria me acostumar a comer pão com margarina de novo. Mas, então, o que é?

– Marta, deixe a menina pensar! Como ela vai conseguir contar alguma coisa com você tagarelando na orelha dela? – interveio papai.

– O que eu tenho para dizer é muito pior do que a pobreza, mamãe.

– Ah, querida, não há nada pior do que uma ex-pobre se tornar pobre novamente. Só eu sei o que é não ter dinheiro nem para fazer as unhas. Você sabe o que é isso? Nem se lembra mais, pois é! Eu também não quero me lembrar!

– Marta, fique quieta! Você não está vendo que a nossa filha não está bem? Alguma coisa séria aconteceu.

– Sim, papai. O que eu vou dizer agora vai mudar muita coisa – falei, me preparando mentalmente para contar toda a verdade aos meus pais.

– O que é, querida? Diga logo, antes que você me mate do coração! – pediu mamãe, aflita.

– Mamãe, papai. Eu descobri algo terrível. Sobre mim, sobre Ricardo e sobre o meu passado. Na verdade, sobre o nosso passado.

– O que quer dizer com isso? – perguntou meu pai.

– Eu descobri quem foi o homem quem me violentou na noite de 16 de outubro de 2010. O homem que me deixou em pedaços, que fez com que eu tivesse vontade de tirar a minha própria vida. Mãe, pai… o homem que acabou comigo foi o mesmo homem com quem eu me casei. O Ricardo é o meu estuprador.

35

"Venham, vamos refletir juntos", diz o Senhor. "Embora os seus pecados sejam vermelhos como escarlate, eles se tornarão brancos como a neve; embora sejam rubros como púrpura, como a lã se tornarão." (Isaías 1:18)

— Do que você está falando, Sara? – perguntou papai, desconfiado de que tudo aquilo não passasse de uma brincadeira.

— O Ricardo confessou tudo. Bem, ele não sabe que eu sou coincidentemente uma de suas vítimas. Mas ele confessou os seus crimes e, de repente, as cenas daquela noite voltaram à minha memória.

— Você só pode estar brincando, querida! É claro que aquele homem encantador não é um criminoso, você está ficando maluca! – rebateu a minha mãe.

— Vocês precisam acreditar em mim! Eu sou a pessoa que mais queria que isso tudo fosse mentira, mas não é. Ricardo é, sim, o mesmo homem que fez aquilo comigo.

— Isso não pode ser! É impossível que o meu genro tenha sido, alguma vez na vida, capaz de fazer algo assim. Você não está se confundindo? – perguntou o meu pai.

— Que droga! Eu não estou ficando maluca nem estou me confundindo! O que eu preciso fazer para que vocês acreditem em mim?! – esbravejei, irritada com toda aquela desconfiança dos meus pais.

— Vamos aos fatos, querida – disse mamãe, tentando entender o que eu contava, ou pelo menos fingindo. – Como você chegou à conclusão de tudo isso?

— Ele me confessou! Ricardo me confessou que violentou três pessoas naquele ano de 2010. As datas dos crimes são umas das milhares de tatuagens que ele tem espalhadas pelo corpo. E, então, quando eu liguei uma coisa à outra, imediatamente as lembranças surgiram na minha cabeça.

— Sara, minha filha, eu preciso saber se isso tudo é mesmo verdade – disse o meu pai, agora com o semblante mais sério.

— Mas é claro que não é, Eliseu! Você não vê? A Sara está trabalhando muito e isso a tem afetado. Eu sabia que noites sem dormir fariam isso com você a longo prazo, minha querida.

— Rede de apoio. Hunf! — resmunguei baixinho para mim mesma, me lembrando das palavras da doutora Tereza. — Eu vou embora. Vocês nunca acreditam em nada do que eu digo mesmo.

Eu me sentia agora não só destruída por Ricardo, mas também pelos meus pais, que não me deram ao menos um voto de confiança. Deixei a cozinha a passos largos e atravessei a sala de estar em direção ao portão de saída, quando uma mão em meus ombros me faz parar.

— Filha, eu acredito em você — disse o meu pai com lágrimas nos olhos.

— Ah, papai! Obrigada! Obrigada!

Ter o apoio do meu pai naquele momento foi restaurador, e, então, eu o abracei me sentindo aliviada por alguém acreditar na minha palavra.

— Eu não imagino o que você está sentindo, minha doce Sara. Mas, como pai e pastor, eu tenho que te aconselhar a fazer a coisa certa.

— Eu não sei se vou entregá-lo à polícia, pai. Eu amo muito o Ricardo e...

— Quem falou em polícia? — interrompeu ele. — Sara, em um casamento, nós precisamos aceitar coisas que nem sempre nos agradam. Principalmente as mulheres! A sua mãe, por exemplo, já passou por cima de muitos dos meus erros para que hoje estivéssemos juntos.

— Papai! O que o Ricardo fez comigo não é um simples erro, é um crime!

— O amor tudo suporta! Além do mais, vocês não estavam casados ainda, e eu sei que hoje o Ricardo não faria uma coisa dessas.

— Papai, ele destruiu a minha vida.

— Não, ele fez com que você se tornasse mais forte.

— Como você pode pensar assim? Como você pode sugerir que eu deva continuar o meu casamento depois disso? — perguntei a ele, furiosa com o que estava me dizendo.

— Você não tem outra escolha. Imagina se, na véspera da transmissão ao vivo do seu show na nossa igreja, acontece um divórcio? Tudo iria por água abaixo. Que tipo de fã confiaria em uma cantora gospel e pastora recém-divorciada?

— Papai, eu não posso continuar, não consigo.

— Sara, você tem que seguir a sua vida e perdoar o seu marido pelo que ele fez a você dez anos atrás. Você precisa perdoá-lo, em nome de Jesus!

Saí da casa dos meus pais mais perturbada do que quando entrei, com os pensamentos confusos e embaralhados. Enquanto dirigia de volta ao meu

Em nome do Pai?

apartamento, pensei sobre como faria para solucionar tudo isso. No fim das contas, meu pai estava certo. Por mais absurdo que parecesse, eu não poderia me separar de Ricardo, pelo menos por agora, quando ainda precisaria dele para a minha grande noite. Sem ele, as suspeitas sobre uma possível separação seriam levantadas, o que geraria uma repercussão midiática ruim, que era tudo o que eu não precisava.

Entrei em casa tirando os meus sapatos com uma mão, ao mesmo tempo em que na outra segurava o celular, que estava no meio de uma chamada com Betina.

– Ligue para ele e diga que ele tem que ir no próximo domingo – falei para a minha amiga, do outro lado da linha.

– O que está acontecendo entre vocês, Sara? Por que você mesma não fala com o seu marido?

– Porque você é a minha coordenadora de produção, e eu te pago para isso.

– Ok, eu vou ligar novamente, mas já adianto que da última vez ele foi bem claro. Ricardo não vai à transmissão ao vivo.

– Argh! Deixa para lá, eu mesma resolvo toda essa situação!

Desliguei a chamada com Betina e, no mesmo minuto, estava ligando para o número em meu celular que dizia "Amor", com um *emoji* de coração ao lado. Quanto mais tempo Ricardo demorava a atender, mais nervosa eu ficava, a ponto de roer todas as unhas das mãos. E, então, ouvi a voz que havia tempos que eu não escutava, do outro lado da linha:

– Sara?

Meu corpo se arrepiou por inteiro ao ouvir Ricardo dizer meu nome, em um misto de saudade e rancor.

– Ricardo?

– Como eu sinto a sua falta, Sara!

– Ricardo, isso não é o que você está pensando. Eu só estou ligando porque preciso de você na noite da transmissão ao vivo do meu show, no YouTube.

– Nós precisamos conversar, Sara.

– Nós não temos o que conversar.

– Me dê uma única chance. É só isso que te peço. Eu só quero te explicar uma vez, e depois disso você nunca mais precisa me ver de novo.

– Se eu te der essa chance, você vai à minha transmissão no domingo?

– Ok. Eu faço o que você quiser!

– Em meia hora, na minha casa – disse, desligando o telefone depressa e me arrependendo logo em seguida.

Ricardo parecia mais magro, e suas olheiras, que eu nunca havia reparado antes, estavam inchadas e arroxeadas, como se uma bolsa de lágrimas estivesse se formando ao redor dos olhos. Sem dúvidas, ele não estava em seu melhor momento, mas eu também não estava. Eu apenas conhecia muitos truques de maquiagem.

Me sentei no sofá do lado oposto em que Ricardo estava. O mesmo sofá em que fizemos amor na noite em que tudo estava prestes a desmoronar.

– Então... explique-se! – falei friamente para ele, mesmo que, no fundo, tudo o que eu queria era me lançar de volta em seus braços e fingir que nada disso havia acontecido.

– Você está linda, meu amor.

– Nós não precisamos disso, Ricardo, por favor. Explique-se. O que você quer tanto falar que vai mudar a minha percepção do que é um estupro?

– Não quero mudar a sua percepção, Sara. Eu só quero que você me enxergue por completo. Eu não sou apenas o seu marido nem apenas um criminoso. Eu sou também aquela criança que passou por coisas suficientes para ter se transformado no monstro que fui.

– Ah, Ricardo! Você quer me fazer ter pena de você? – falei de um jeito sarcástico.

– Não, eu só quero que de alguma forma você me conheça.

– Ok, pode começar, então. Como você se transformou naquele monstro que violentou três mulheres?

– Eu tinha apenas 6 anos quando começou a acontecer...

Sandra, a minha meia-irmã, já estava entrando na adolescência. No auge dos seus 12 anos, Sandra era uma menina espevitada e namoradeira, que já havia beijado todo o bairro; e os boatos de que ela tinha deixado fulano passar a mão em seus seios corriam por toda a vizinhança. Apesar disso, Sandra era uma menina muito responsável. Cuidava de mim, o meio-irmão, desde muito nova, quando a minha mãe precisou voltar ao trabalho e não tinha com quem deixar o bebê. E assim foi por muito tempo.

Minha mãe e meu pai trabalhavam o dia inteiro, e eu passava o dia com Sandra. Embora tivéssemos uma vida simples e pobre, éramos felizes. Me lembro daqueles fins de semana repletos de diversão em que a minha mãe fazia bolo de laranja depois do culto de domingo, e meu pai me carregava em sua bicicleta no parque. Ah, e como eu poderia me esquecer das brincadeiras de pique-esconde que o papai organizava? Todos os meus amigos da rua gostavam de participar, porque sabiam que o meu pai era o melhor organizador

Em nome do Pai?

de brincadeiras infantis, além de que as mães da vizinhança se sentiam seguras em deixar suas crianças com aquele simpático casal, que tinha mais paciência para com seus filhos do que elas próprias. Mal sabiam o que se escondia por trás daquela família comum.

Como disse, eu tinha apenas 6 anos quando tudo começou a acontecer. Meu pai havia chegado furioso em casa, uma noite, com as coisas que ouviu sobre a enteada, Sandra. Segundo a vizinha, ela deixou um garoto da rua de baixo se esfregar em suas partes íntimas.

– Você é uma puta! – gritou o homem. As exatas palavras que ele disse ficariam para sempre em minha memória, pois era a primeira vez que eu as ouvia. – Piranha, safada, biscate!

Sandra tentou dizer que a vizinha estava mentindo e que ela apenas havia beijado o rapaz na boca, mas de nada adiantou, já que, para eles, beijar na boca também era pecado. E então, naquela mesma noite, meu pai achou que Sandra merecia uma lição pelo que havia feito e ordenou que a minha mãe e eu fôssemos para o quintal da pequena casa, porque ele iria educar Sandra da maneira que ela merecia.

Minha mãe sempre soube do que aconteceu desde a primeira noite, quando ouviu os gemidos do seu próprio marido e depois se deparou com a cama manchada de sangue, do mesmo jeito que aconteceu quando ela perdeu a virgindade; mas, mesmo assim, nada fez. Muito pelo contrário, passou a ser cúmplice do meu pai, muitas vezes o ajudando a segurar a menina, amarrá-la na cama e ficando do lado de fora da casa para vigiar, caso os vizinhos desconfiassem e fizessem alguma coisa. Mas, assim como ela, os vizinhos nunca fizeram nada além de não deixarem mais os seus filhos brincarem de pique--esconde no nosso quintal.

Quando eu já estava um pouco mais velho, por volta dos 8 anos, passei a ter mais utilidade para meus pais, agora que eu quase podia entender o que acontecia. Então, eles me colocavam de vigia do lado de fora da casa, para que, assim, minha mãe pudesse entrar e ajudar o meu pai a segurar a Sandra, que, mesmo depois de tantas vezes, não parava de lutar para que ele desistisse. Passei muitas horas assim, observando pelo buraco da fechadura a minha meia-irmã ser violentada por meu pai.

Quando tudo acabava, meu pai vinha até mim com um sorriso no rosto, me dizendo que fiz um bom trabalho e que estava muito contente pela ajuda que dava para a educação da minha meia-irmã promíscua. Algumas vezes até ganhava um pirulito como recompensa, mas bom mesmo era quando ganhava brinquedos caros, que antes meus pais não poderiam pagar. Mas agora, com Sandra servindo não apenas ao meu pai, mas também aos seus amigos – adultos de meia-idade que não transavam com suas esposas –, mais do que sobrava dinheiro para tudo o que eu queria comprar.

Nossa casa havia virado um prostíbulo, e minha irmã era o único produto daquele mercado sujo. Eu sentia pena de Sandra quando comecei a perceber o que ela vivia ali dentro. Já não saía, não tinha mais amigos nem ia à escola. Sandra havia se tornado uma menina triste. Mas nem isso era suficiente para fazer o meu pai parar. E mamãe gostava muito das coisas que o corpo de Sandra vinha trazendo para fazer alguma coisa. Cresci sem saber distinguir se o que fazíamos com Sandra era certo ou errado. Afinal, meus pais diziam que estavam apenas a educando. Eles não mentiriam, não é mesmo?

No dia do meu aniversário de 12 anos, apareceu uma mulher na casa junto com seu marido, um cliente fiel do negócio. A senhora grande e gorda se apaixonou por mim no instante em que me viu. Minha mãe até tentou me defender, disse que eu era apenas um menino. Mas tudo já estava muito bem planejado na cabeça do meu pai. A mulher me agarrou pelos braços depois de pagar uma boa quantia em dinheiro por mim e me levou para o quarto onde tudo acontecia.

Será que eu também precisava ser educado como Sandra? Por que papai e mamãe chamaram aquela mulher para me educar? Será que era porque eu tentei defender Sandra da última vez? *Eu já sou um menino muito bonzinho, não preciso que ninguém me eduque*, pensava, enquanto era levado pelas mãos firmes daquela senhora.

Eu não entendia muito bem o que estava acontecendo, mas de alguma forma sabia que algo ali estava errado. Então, assim que a mulher tirou a minha roupa, eu tentei fugir. Corri em direção à porta feito um porquinho que estava prestes a ser abatido. Mas, quando tentei abrir, percebi que estava fechada pelo lado de fora, e logo a senhora grande e gorda me agarrou de volta.

Trancado lá dentro, eu já não podia mais fazer nada. A mulher era muito grande para que eu tivesse alguma chance de defesa contra ela, o seu peso era provavelmente quatro vezes maior do que o meu. Foi então que, quando menos esperava, três barulhos altos afastaram a mulher de mim. Tiros! Os barulhos eram de tiros! Mas isso eu só fui descobrir quando minha meia-irmã entrou no quarto com uma arma e, em seguida, atirou na mulher ao meu lado, do mesmo jeito que fez com seu marido, segundos antes. Do mesmo jeito que fez com meu pai e minha mãe.

Em nome do Pai?

Por azar do destino, o homem em quem Sandra havia atirado era ninguém menos do que um coronel da região. Por culpa disso, o caso nunca foi investigado a fundo. Sandra, que tinha acabado de completar 18 anos, passaria o resto da vida na cadeia respondendo por quatro crimes de homicídio doloso, até o dia em que seria morta buscando se defender de um agente penitenciário que tentou passar a mão nas suas partes íntimas. Sandra morreu lutando.

Ela fez tudo aquilo por mim. Ela me salvou, mas não contava com que, no fim, eu me transformaria no mesmo monstro que nossos pais.

As palavras de Ricardo fizeram com que eu me lembrasse daquele menino do parquinho. O menino que eu conheci na fila do escorregador e que tinha o rosto gentil, apesar de triste. O menino que, instantes depois, me contou a sua história e me pediu ajuda para socorrer a sua irmã. A sua irmã, Sandra! Era isso! Ricardo era o menino do parquinho. Rick! O garotinho que eu conheci vinte anos atrás e nunca tive a chance de ajudar.

– Me perdoe por ter escondido isso de você por tanto tempo, Sara! – pediu ele aos prantos.

– Eu não sei se consigo – respondi, também aos prantos.

– Por favor!

– Não é apenas o fato de você ter escondido isso de mim, Ricardo. Eu tenho muito mais motivos do que você pensa.

– Como assim? – perguntou Ricardo de um jeito desconfiado.

– Deixa, eu estou falando besteira – desviei do assunto antes que cometesse o deslize de contar tudo para ele, mesmo que aquilo estivesse entalado na minha garganta. – O que aconteceu depois que os seus pais morreram?

– Eu fiquei assustado e fugi. Algumas semanas depois, a polícia encontrou um corpo em decomposição de um garoto com as minhas características, no mesmo bairro em que eu morava. E eles acabaram achando que era eu. Então, ninguém me procurou mais. Nem a polícia nem a minha família. Eu vivi na rua por alguns anos, até que decidi ir para a casa dos meus avós. Eles me salvaram. Das ruas, das drogas, da violência, do perigo...

Então estava explicado. O garoto do parquinho nunca havia morrido. Ele esteve vivo por todo aquele tempo.

– Mas, no começo de 2010, a minha irmã morreu. De repente, o meu mundo caiu e todo o meu passado voltou à tona, despertando um lado mau em mim. Foi aí que eu me transformei em um criminoso e tive que fugir para Salvador no ano seguinte, antes que a polícia descobrisse.

— Eu... eu... preciso de um tempo para respirar – respondi, me afastando de Ricardo, assim que ele me recordou novamente de quem realmente era.

— Sara, você precisa me perdoar! Eu te amo! Volta comigo, por favor? – Agora ele estava ajoelhado à minha frente, implorando para que tudo voltasse ao normal. Mas como poderia?

— Você precisa me dar um tempo para respirar e absorver isso tudo, Ricardo.

— O homem que você conheceu não tem nada a ver com a pessoa que cometeu aqueles crimes. Eu fui curado, Sara!

— Eu preciso de tempo.

— Então posso ter esperanças? – perguntou ele, com os olhos marejados, como da primeira vez que eu o vi.

— A esperança é a última que morre, não é? – respondi, mesmo que não fizesse a mínima ideia de qual rumo o meu casamento iria tomar.

36

Vocês não sabem que os perversos não herdarão o Reino de Deus? Não se deixem enganar: nem imorais, nem idólatras, nem adúlteros, nem homossexuais passivos ou ativos, nem ladrões, nem avarentos, nem alcoólatras, nem caluniadores, nem trapaceiros herdarão o Reino de Deus. Assim foram alguns de vocês. Mas vocês foram lavados, foram santificados, foram justificados no nome do Senhor Jesus Cristo e no Espírito de nosso Deus. (1 Coríntios 6: 9-11)

O grande dia havia chegado! Finalmente, eu iria me integrar às plataformas atuais e fazer o primeiro show de lançamento do meu novo álbum com transmissão ao vivo pelo YouTube, diretamente da minha igreja.

A equipe estava a todo vapor! Betina e Tati, a minha secretária, não paravam de andar para lá e para cá, com os seus rádios de produção, enquanto Carina, a chefe de marketing da Arca de Cristo, tomava conta dos últimos detalhes junto com a equipe de gravação. E eu, apesar de muitos anos fazendo um bom número de shows por mês, ainda podia sentir o frio na barriga que os artistas sentem antes de entrar no palco, especialmente ali, quando tudo seria transmitido ao vivo para milhares de pessoas. Então, tentei ficar calma e manter a concentração em meio àquele caos.

— Pode deixar, Sara, eu vou vagar o camarim para você agora mesmo — disse Betina, depois de ter percebido o meu nervosismo, colocando todos, sutilmente, para fora da sala.

— Obrigada, amiga.

— E aí, nervosa?

— Muito. Mais nervosa do que todas as vezes.

— Essa coisa de transmissão ao vivo deixa tudo mais tenso, não é?

— Mas não é apenas isso. Estar de volta à minha igreja, com todos os que eu conheço aqui, presenciando o meu show, é... intimidante.

— Não se sinta assim, Sara. Tudo vai dar certo! — falou Betina, me consolando. — Bem, eu preciso ir. Em alguns minutos, as portas do templo vão se abrir para a sua multidão de fãs, que já estão à espera do lado de fora.

Assim que fiquei sozinha em meu camarim, fui envolvida de uma vez pela solidão, mas do tipo bom. O tipo que eu precisava para me concentrar antes de um espetáculo. Tentei entender o motivo de estar tão nervosa e tensa para um show, como nunca estive. Mas a minha mente não me trouxe uma resposta lógica. *É só mais um show, Sara*, repeti mentalmente para mim mesma, logo depois de tomar o meu ansiolítico, esperando que fizesse efeito antes de eu ter que entrar no palco. Fechei os olhos e, pouco a pouco, consegui desviar a atenção de toda aquela agitação, mas, quando menos esperava, fui interrompida ao baterem à porta:

— Sara, eu sei que você prefere ficar sozinha nesses momentos, mas tem uma pessoa que quer falar com você e insiste que precisa ser agora — falou Betina, quebrando o silêncio da sala que, por aquela noite, era o meu camarim.

— Quem?

— A nossa amiga, Luísa.

Luísa não falava comigo desde aquela conversa desagradável que tivemos no restaurante, na qual ela me acusou de contar o seu segredo para o meu pai, então me surpreendi com o que Betina me dizia.

— Deixe-a entrar. Quantos minutos eu tenho?

— Dezesseis minutos e meio, para ser exata — respondeu ela, olhando no relógio gigante em seu punho e, em seguida, dando espaço para Luísa passar.

Luísa entrou no camarim com uma postura diferente daquela da minha antiga amiga, mas, ainda assim, uma postura que eu conhecia bem. O seu vestido era muito justo para se usar dentro de uma igreja, e o seu colar, chamativo demais, apesar de familiar. Mas, antes que eu pudesse me lembrar de onde o estava reconhecendo, Luísa logo se sentou ao meu lado, mostrando que pretendia ficar mais do que eu gostaria.

— Ah, Sara! Eu não podia deixar de te parabenizar por tudo isso! Que estrutura, não? — falou ela, com certo tom de deboche que só as pessoas que a conheciam poderiam perceber.

— Obrigada! Fico feliz que você tenha vindo, mesmo não sendo mais membro da nossa igreja.

— Eu não perderia esse show por nada!

Em nome do Pai?

— O seu colar é... lindo! Acho que foi o mesmo modelo que dei para a minha mãe, no Dia das Mães.

— Obrigada! Eu amo esmeraldas, mas preciso te dizer que não é apenas o mesmo modelo, e sim o mesmo colar que você deu à sua mãe – disse Luísa, agora ainda mais debochada e sarcástica do que antes.

— Como assim, o que ele está fazendo em seu pescoço?

— Ah, Sara! Como você é bobinha, não?

— Eu não entendo. Do que você está falando, Luísa? – questionei, me sentindo mais nervosa do que gostaria de estar.

— Esse é o preço que os seus pais pagaram para que eu não falasse nada sobre o Mateus! Ah, nem adianta negar, eu sempre soube que ele era o seu filho! – As palavras de Luísa me atingiram em cheio.

— Luísa, isso não é verdade.

— Não se faça de burra, Sara! Eu sempre desconfiei de que tinha alguma coisa errada com você, quando sumiu de São Paulo dizendo que estava cuidando de uma tia com câncer. E, depois, os seus pais apareceram com aquele bebê sem mais nem menos e, quando eu te parabenizei pelo seu irmãozinho, você simplesmente não sabia de nada.

— Luísa, eu...

— Mas teve um dia em que eu tive certeza de tudo que já desconfiava – disse ela, me interrompendo. – Foi o dia em que você, bêbada, confessou tudo! A tonta da Betina pode não se lembrar, mas eu lembro muito bem!

— Luísa, isso é loucura! – disse, tentando fazer com que a minha amiga mudasse de ideia, mesmo que eu soubesse que aquilo não iria acontecer.

— Não é loucura, Sara! É a verdade! É tão verdade que os seus pais vieram me oferecer presentes para que eu ficasse calada!

— O quê?

— Sobre o que você acha que eles conversaram comigo naquele lanche da tarde na sua casa, logo depois de você ter me confessado tudo? Eles me ofereceram roupas, sapatos e um celular novo. Mas, com a família enriquecendo cada vez mais, eu não poderia me contentar somente com isso, não acha?

— O que mais eles te deram?

— Ah, Sara, tantas coisas... Pagaram a minha faculdade de administração, me ajudaram na compra da loja de chocolates e até me presentearam com a minha lua de mel para Dubai! Dá para acreditar?

— Meu Deus!

— Isso tudo com o dinheiro do seu trabalho. E até da igreja eles desviaram para bancar o que eu pedia. Por que você acha que a minha loja de chocolates está indo tão bem? Certamente não foi com o que aprendi na faculdade. Afinal, eu nunca fui uma boa administradora.

A voz de Luísa ecoava em minha cabeça, me deixando cada vez mais tonta, como se suas palavras tivessem envenenadas.

Como eu pude não perceber? Todo aquele tempo Luísa vinha chantageando os meus pais para manter o meu segredo seguro. Eu não queria acreditar que a minha amiga de infância havia se transformado em uma víbora, mas a verdade sempre esteve ali. Luísa sempre foi a mesma, eu que nunca quis enxergar.

— Bem, o fato é que o seu segredo tem custado muito caro para mim, Sara. Quando o seu pai disse no púlpito, para que todos ouvissem, que recebeu uma revelação do Espírito Santo sobre uma menina que havia mentido para o namorado sobre ser virgem, ele quis me atingir, para tentar me parar. Mas isso só me deixou mais forte! Foi isso que me deu coragem de vir aqui hoje e contar tudo para você.

— E o que você espera que eu faça com toda essa informação, Luísa?

— Eu não espero. Você vai fazer! Ou você me dá uma vida exatamente igual à sua, com viagens, carros, apartamento de luxo... ou eu conto tudo sobre quem você realmente é.

— Você não pode fazer isso comigo, Luísa! Eu sou sua amiga! — esbravejei, perdendo o controle.

— Tem certeza de que eu não posso? Uma transmissão ao vivo para o YouTube seria perfeita para esse momento, não acha?

— Você não teria coragem!

— Experimenta não me deixar um gostinho da riqueza agora mesmo para você ver! Posso até te dar uma excelente sugestão: graças ao seu pai, eu e o Guto temos enfrentado muitos problemas em nosso relacionamento. Então, uma segunda lua de mel cairia perfeitamente bem. Eu adoraria ir para Paris!

Sim, a minha melhor amiga, companheira e confidente estava mesmo me chantageando. A minha vida havia virado uma bola de neve de mentiras e segredos sombrios, e Luísa sabia sobre eles. Minha cabeça começou a girar quando minha ficha finalmente caiu, e senti o meu corpo ceder como se ele precisasse fugir imediatamente dali. Mas, antes que eu realmente fizesse isso, a porta do camarim se abriu, com Betina nos interrompendo:

— Sara, precisamos ir. Hora do show!

Em nome do Pai?

As câmeras já estavam posicionadas. As luzes, prontas para me receber. E o grito do público se tornava cada vez mais alto. Tentei relaxar e deixar para trás todo aquele problema com a minha amiga Luísa, ou, melhor, ex-amiga; mas nada fazia com que eu me sentisse concentrada e pronta para aquele show.

Betina me deu o sinal que eu precisava para entrar. E então, sem pensar muito, me lancei de uma vez para o palco, sem saber como eu seguiria a partir de então.

A primeira coisa que vi dali de cima foram os rostos conhecidos à minha frente; todos eles nos primeiros bancos, reservados para a família e os amigos próximos, em uma espécie de camarote: mamãe e papai, orgulhosos com o grande evento em sua igreja; Luísa e Guto, que certamente estavam ali apenas para me chantagear; Clay, o marido de Betina, e Ricardo. Sim, Ricardo estava ali, assim como me prometeu. E, por um instante, eu me lembrei da noite em que ele entrou em minha vida. Eu estava exatamente onde estava agora, em cima de um palco. E ele, na primeira fileira, assim como hoje. Mas agora a sensação era diferente. Agora eu sabia quem era Ricardo de verdade.

Tudo o que eu queria era acabar com aquele show que nem sequer começara. Mas eu não podia. Eu precisava fazer o que tinha de ser feito e dar um fim naquilo, de uma vez por todas!

37

Não nos trata conforme os nossos pecados nem nos retribui conforme as nossas iniquidades. Pois como os céus se elevam acima da terra, assim é grande o seu amor para com os que o temem; e como o Oriente está longe do Ocidente, assim ele afasta para longe de nós as nossas transgressões. (Salmos 103: 10-12)

— Graça e paz vinda de nosso Senhor Jesus Cristo a todos aqui presentes – disse eu ao microfone, dando início ao meu show de uma forma diferente da que costumava fazer. – Esta é uma noite muito especial na minha vida. Uma noite em que o tempo deu uma espécie de pausa. Sim, irmãos! O tempo parece ter parado para mim, e esse é um mistério que nem eu consigo desvendar. Digo que o tempo parou porque, em poucos passos, do meu camarim até este púlpito, passou um filme pela minha cabeça. E pasmem: eu assisti a esse filme, que não foi nada curto, e tomei uma decisão. A Palavra diz que conheceremos a verdade e ela nos libertará. Então hoje eu decidi que vou falar a verdade e, em nome de Jesus, serei livre. Amém?

— Amém! – respondeu a igreja, em um coro.

— Eu declaro hoje o dia da minha libertação! Serei liberta da mentira, do ódio, do rancor, das ameaças e chantagens deste mundo e do mundo espiritual. Hoje eu tomei a decisão de usar a verdade como espada. Uma decisão que tento tomar há dez anos. E que hoje, pela força do espírito, eu tomei em alguns segundos.

— Aleluia! – gritavam alguns da plateia, ainda sem terem percebido o que estava prestes a acontecer.

— A produção acabou de me avisar que, em apenas seis minutos de transmissão, já batemos todos os recordes de público na internet. Por isso, eu peço desculpas a todos aqui presentes e também a essa imensidão de gente on-line, que esperava me ouvir cantar mais e falar menos. Bem, hoje é uma noite muito especial para mim, porque, nesta noite, pude perceber um erro na minha tese de mestrado. E é com essa história que quero começar a minha ministração de hoje.

Meus pais me olharam, assustados, prevendo que alguma coisa não estava certa na minha pregação. Assim como Ricardo e Luísa, que agora pareciam se perguntar o que eu estava querendo dizer com tudo aquilo. Mas não era o suficiente para que eu desistisse. Então, depois de encarar todos eles por menos de três segundos – que pareceram uma eternidade –, retomei a coragem e continuei:

– Há pouco mais de dez anos eu me formei em teologia. Me lembro bem do dia da minha sabatina para me tornar pastora. Um dia em que eu estava diante de muitos pastores importantes dessa cidade, me fazendo perguntas. E eu era apenas uma recém-formada cheia de astúcia e que tinha resposta para tudo, o que aumentou ainda mais a minha decepção ao ser aprovada com ressalva. Sim, meus amados! Existem três possibilidades depois de uma sabatina. A reprovação, a aprovação e a aprovação com ressalvas. Me lembro de que a pergunta para a qual a minha resposta causou tanto espanto na banca veio do já antigo pastor Astolfo Trindade d'Araújo Filho. Ele me perguntou se é possível perdoar a tudo e a todos em nome de Jesus. E eu, sem titubear, respondi que não! Disse com toda certeza do mundo que o nome de Jesus não é mágico, nem um remédio que você toma e esquece tudo. O nome de Jesus, disse eu, não causa amnésia e existem mágoas tão profundas que nem o nome sobre todo nome é capaz de apagar. Logo após a minha resposta, a banca examinadora se reuniu e resolveu me aprovar com a condição de que eu repensasse sobre esse assunto, até que conseguisse perceber que estava errada. Porque, segundo eles, o nome de Jesus pode todas as coisas.

Dei uma pausa antes de continuar:

– Eu segui com a minha convicção até hoje! Demorei dez anos para entender que eles estavam certos. E o mais curioso é que eu não ouvi uma pregação sobre isso, não ouvi uma música falando de perdão e não foi lendo a Bíblia que eu percebi o meu erro. A Palavra diz que o vento sopra onde quer, e ele soprou em mim enquanto eu caminhava do meu camarim até aqui. Hoje é tempo de libertação! E eu sairei daqui liberta pela verdade das palavras que direi agora. Hoje é tempo de perdão! E é esse perdão que vai me libertar. É muito estranho o que estou sentindo agora, mas eu sei que vem do alto, porque, à medida em que eu começar a falar, sei que posso destruir a minha carreira, mas não tenho medo de nada. Meus irmãos, esta noite quero dividir com vocês algo que me atormenta há dez anos!

Todos os olhares se voltaram para mim, e até mesmo os bebês me encaravam, mesmo sem entender bulhufas do que eu dizia. Talvez, estivessem apenas sentindo que algo importante estava para acontecer. Por sorte, ou por um detalhe preparado por Deus, Mateus acabara de ir para a classe das crianças e não estava ali no momento, o que me deixou muito mais confortável para dizer o que eu diria a seguir:

– Meus amados irmãos, há pouco mais de dez anos, eu, Sara Regina, fui estuprada.

As expressões surpresas se alastraram de uma vez por todos os membros; e quase ninguém conseguiu ficar sem soltar um som de "oh!" de sua boca.

– Eu havia saído com os meus pais e as minhas amigas para comemorar a minha primeira pregação em um culto de domingo à noite. Quando acabamos de jantar, resolvi levar as meninas em casa e, na volta, quando parei o carro na frente da minha antiga casa, fui arrastada por um homem, que colocou um pano em minha boca e me fez desmaiar. O homem me levou para um galpão abandonado, a menos de duzentos metros de onde eu morava. E foi ali que tudo aconteceu. Me lembro vagamente de acordar e tentar lutar, e então o homem vinha com aquele maldito pano e me fazia desmaiar outra vez. Quando finalmente acordei, ele já não estava mais lá. E eu fiquei ali, por um longo tempo, chorando, assustada, e sem forças para me levantar. Aquela foi com certeza uma das piores noites da minha vida! Digo uma das piores, porque a Bíblia fala que um abismo chama outro abismo, e essa história, que por si só já é terrível, piorou ainda mais quando descobri que estava grávi...
– Antes que eu pudesse terminar a frase, fui interrompida por um som alto de microfonia. E então, vi o meu pai chegando no palco, com um sorriso constrangido no rosto, tentando acabar com toda aquela cena.

– Desculpe a todos por isso. A minha filha, Sara, vai se recompor. Vamos, Sara – disse ele, apoiando a mão em minhas costas para me guiar para fora do palco.

– Não! – gritei. Mas agora o meu microfone já havia sido desligado.

– Sara, meu amor, vamos! – ordenou meu pai, suplicando com o olhar.

– Não, papai, vocês não podem me calar. Não mais! – respondi, pegando o seu microfone, fazendo com que toda a igreja vibrasse, quase como em um jogo de futebol.

– Sara, por favor! – implorou meu pai, em uma última tentativa, antes de se afastar do palco e voltar para o lado da minha mãe, como se ele tivesse, silenciosamente, me permitindo continuar, ainda que contra a sua vontade.

Em nome do Pai?

E, então, eu continuei:

— Meus pais, na intenção de me proteger, me fizeram passar todo o período da gravidez em uma pequena fazenda, no interior de Minas Gerais. Como eu já disse, irmãos e irmãs, aqui presentes e pela internet, um abismo chama outro abismo. Uma pequena mentira chama outra mentira um pouco maior, que chama outra um pouco maior, e assim a gente vai se enfiando em uma areia movediça que nos mata aos poucos. Porque o salário do pecado é a morte. Nesta noite de perdão, eu quero começar perdoando os meus pais, que me forçaram a esconder essa gravidez.

A igreja ficava cada vez mais perplexa com cada declaração que eu fazia. Talvez, eles não tivessem a certeza até agora de que aquilo estava realmente acontecendo, mas eu tinha. Eu estava mais consciente do que nunca.

— Quero perdoá-los por terem me obrigado a mentir durante anos. Eu os perdoo por terem "adotado" o Mateus e criado ele como um filho, enquanto eu sofria a dor de ter que tratá-lo como se fosse meu irmão. Perdoo vocês por cada vez que não pude amamentar o meu bebê, mesmo tendo leite jorrando dos meus seios. Perdoo vocês por cada vez que eu tive que mentir sobre isso para as pessoas e, no fim das contas, por cada vez que eu tive que mentir para mim mesma.

Os olhos da minha mãe pareciam estar em chamas quando olhei diretamente para ela e a vi com uma expressão repleta de ódio. Já o meu pai se mostrava tão envergonhado, que mal podia me encarar de volta.

— Perdoo vocês, meus pais, por terem cedido às chantagens de Luísa, a minha antiga amiga, que, como de costume está ali, no terceiro banco, o nosso lugar desde pequenas.

Os burburinhos na igreja se tornaram cada vez mais altos, ao mesmo tempo em que o número de visualizações subia na internet.

— Te perdoo, Luísa, por ter arrancado dinheiro dos meus pais para pagar a sua faculdade, sua loja de chocolates, sua lua de mel... e te perdoo até por ter arrancado da minha mãe esse colar de esmeralda lindo que você está usando hoje. Eu te perdoo!

Luísa me encarava com os olhos lacrimejados, como se só agora tivesse se dado conta de quem havia se tornado.

— Pai, mãe, eu perdoo vocês por, numa madrugada fria e silenciosa, em que vocês brigavam em voz alta, terem deixado que eu escutasse a discussão em que você, mamãe, acusava o papai de um caso extraconjugal que lhe gerou outra filha. Esse perdão, de uma certa maneira, é mais fácil de liberar, porque me fez entender todo o amor que sinto pela minha melhor amiga – falei, olhando para Betina atrás das cortinas do palco, que me sorriu de volta. Como se ela, secretamente, desde sempre soubesse que éramos irmãs.

– E, em nome de Jesus, eu perdoo você, Ricardo, que, por ser tão inteligente, já deve ter ligado os pontos e percebido que eu fui uma das suas três vítimas de abuso sexual.

# Epílogo

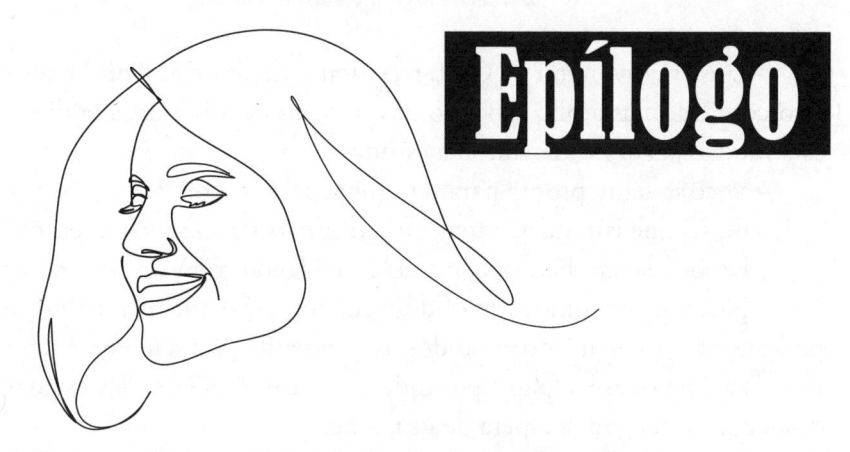

O Senhor nosso Deus é misericordioso e perdoador, apesar de termos sido rebeldes. (Daniel 9:9)

Alguns meses depois

O aroma de pêssego do consultório da doutora Tereza Terra invadiu as minhas narinas quando respirei fundo pela última vez durante um exercício terapêutico.

— Excelente! – disse ela, sentada à minha frente. – Como você se sente agora?
— Bem, muito bem.
— Você tem feito um grande progresso, Sara!
— Deus me libertou naquela noite, doutora Tereza. Eu sei que a ciência não explica e talvez você não acredite em mim, mas...
— Eu acredito! Estou vendo com os meus próprios olhos.
— Obrigada por acreditar – respondi, realmente grata por isso.
— Como estão todos eles? Você quer conversar sobre isso hoje?
— Bem, o meu pai e a minha mãe estão lidando com as consequências de seus atos, muitos fiéis se revoltaram depois que todo aquele desvio de dinheiro veio à tona. Ah, e eles finalmente concordaram em passar a guarda do meu filho para mim. Entramos em um acordo e felizmente não vamos precisar recorrer ao tribunal e fazer isso de uma forma desgastante.
— Essa é uma ótima notícia!
— Sim! Apesar disso, eles ainda estão relutantes com a ideia. Principalmente a minha mãe.
— Com o tempo eles vão perceber que é o melhor para o Mateus.

— Luísa se divorciou de Guto recentemente. Eu não tenho mais tanto contato com ela, mas acabo sabendo das notícias pela Betina. Ela disse que Luísa está mudada agora e até voltou a estudar.

— Você se sente pronta para ser amiga dela de novo?

— Eu sei que isso vai acontecer um dia, mas talvez ainda esteja cedo demais.

— E, por falar em Betina, como ela está lidando com essa coisa de ser sua irmã?

— Nós sempre fomos irmãs, doutora Tereza. Betina é a melhor pessoa que poderia estar ao meu lado em todos os momentos, e o seu bom coração fez com que ela até perdoasse o papai por tudo o que ele fez. Ela e Clay estão mais felizes do que nunca, agora à espera de um bebê.

— Fico feliz por isso — disse a psicóloga. — E, no fim das contas, como está a sua relação com Ricardo?

— Ele está sendo investigado pelos crimes, espero que pague por eles. E eu... bem, eu vou assinar os papéis do divórcio hoje. Tenho prorrogado essa decisão faz um tempo, mas o meu casamento acabou, doutora Tereza. Eu sempre vou amar o Ricardo, mas nunca vou esquecer que ele é o mesmo homem que fez aquilo comigo dez anos atrás. Ainda assim, eu o perdoei.

— Você realmente o perdoou, como diz, Sara? Quero dizer, é compreensível que não tenha conseguido. Leva tempo para perdoar algo assim, talvez seja até impossível.

— Pode ser impossível humanamente falando. Mas eu perdoei Ricardo, pelo nome de Jesus!

Deixei a sala da doutora Tereza Terra após ter feito a psicóloga ateia e incrédula se questionar sobre a existência de um Deus tão poderoso que faz coisas impossíveis acontecerem. Doutora Tereza estava com lágrimas nos olhos quando me pediu para que eu contasse mais sobre o meu Deus.

Entrei em meu carro, sentindo a paz que excede a todo o entendimento em minha alma, e segui calmamente o meu caminho, dirigindo até a cafeteria mais próxima, com os papéis de divórcio na bolsa.

O lugar estava praticamente vazio, a não ser por um casal de velhinhos que dividia um copo grande de cappuccino na mesa à direita. Então, me dirigi para o lado oposto, buscando a mesa mais escondida possível, tentando encontrar certa tranquilidade, que é difícil de se obter quando os holofotes estão sobre você. Especialmente depois da transmissão ao vivo no YouTube, que repercutiu por todo o país.

Em nome do Pai?

    Tirei os papéis do divórcio da bolsa, enquanto passava um filme pela minha cabeça de tudo o que Ricardo e eu havíamos vivido juntos. A noite em que nos conhecemos, o nosso primeiro beijo, o dia em que Ricardo conheceu os meus pais e os encantou, o momento em que ele me pediu em casamento, a nossa lua de mel e todas as promessas de que ficaríamos juntos para sempre.
    Olhei para o casal de velhinhos do outro lado e pensei em como eu gostaria de ter envelhecido com Ricardo e dividido um copo de cappuccino gigante com ele. *Tarde demais para isso, Sara. Já está destruído*, disse para mim mesma. E então, sem pensar mais sobre o assunto, assinei de uma vez o papel à minha frente. Feito! Agora eu era uma mulher divorciada.
    Me levantei de onde estava e caminhei até o balcão, onde pedi ao atendente um frappuccino de avelã com menta e um muffin de blueberry. *Comida conforto para dias tristes*, pensei enquanto tentava não chorar, mas logo me distraí quando o homem atrás do balcão chamou por um nome familiar demais para ser esquecido:
    – Emílio.
    Olhei ao meu redor e, mesmo que agora ele estivesse muito diferente do que era antes, reconheci o homem bonito atrás de mim. Os olhos simpáticos de Emílio continuavam os mesmos, assim como as suas sardas nas bochechas. Mas agora, em vez de estar vestido com calças sujas de terra, Emílio usava uma roupa social chique e sapatos de rico, como um dia ele me disse que usaria.
    – Eu não acredito que é você! – disse eu, com um sorriso nos lábios, logo me esquecendo de que segundos antes estava quase chorando.
    – Sara? – perguntou ele, com desconfiança.
    – Não está me reconhecendo? O que você está fazendo aqui?
    – Ah, Sara! Mal posso acreditar que em uma cidade tão grande como São Paulo eu encontrei você. Me dê um abraço!
    Os braços de Emílio me envolveram de uma vez, como se aquele menino de dez anos atrás ainda estivesse ali. E, então, toda aquela roupa chique e pomposa de repente não fez mais sentido.
    – Eu vim para uma reunião com uma empresa do agronegócio.
    – Você... você está chique! – comentei, em um tom brincalhão.
    – Olhe para os meus sapatos. Isso não é demais? – emendou Emílio, ao mesmo tempo em que mexia os pés de um jeito divertido.
    – Sara! – chamou o atendente.
    – Bem, eu... eu... – falei para Emílio, sem saber como terminar a frase. Seria estranho se eu o convidasse para nos sentarmos juntos?

— Eu te espero na mesa – disse ele, quebrando o gelo.

Emílio me contou sobre a sua vida depois que eu deixei a fazenda. Disse que terminou a faculdade e conseguiu um bom emprego na cidade. Conheceu uma menina, namorou por alguns anos, mas foi trocado por um colega de trabalho dos dois. Então, foi forçado pelas suas emoções a pedir demissão. Por sorte, conseguiu um trabalho em uma multinacional, onde ganhava muito mais do que antes, e agora estava concorrendo a um cargo de chefia na empresa.

— Uau! Parabéns! – falei, realmente surpresa e orgulhosa de ver aonde aquele caipira havia chegado.

— E você? Qual a sua história, Sara?

— Eu aposto que você já sabe – falei.

— É, eu sei – respondeu Emílio, constrangido. – Eu sinto muito.

— Tudo bem. Pelo menos eu me divirto com os memes do meu vídeo.

— Naquela época, eu... eu não sabia.

— Do quê?

— Eu não sabia do que tinha acontecido e... me desculpe, Sara. Eu deveria ter feito mais.

— Você não tem culpa. Você não poderia fazer nada.

— O seu tio Clóvis sabia?

— Não, ele também não podia ajudar. Vocês fizeram tudo o que podiam, e já foi uma coisa e tanto. Eu serei eternamente grata a vocês dois. E, por falar nisso, notícias do tio Clóvis?

— Sim, nos falamos vez ou outra, mas de um tempo para cá ele deu uma sumida, deve estar ocupado demais com o namorado.

— Quê? O tio Clóvis? O meu tio Clóvis? Com um namorado? – perguntei, tentando saber se eu havia entendido certo.

— Ah! Você não sabia? Droga, acho que era segredo. Bem, seu tio Clóvis o conheceu no seu casamento, e desde então não se desgrudaram mais. Parece que é um senhor que cantava no coral da igreja junto com você, alguma coisa assim.

— Eu não acredito! Vou ligar desejando felicidades, mas confesso que uma pontinha de mim está muito brava porque o tio Clóvis não me disse nada.

— É compreensível, não é, Sara? Olha o que aconteceu com você. O que poderia acontecer com o tio Clóvis se ele dissesse para a sua família e igreja que é gay?

— Você tem razão.

— Bem, eu preciso ir. Não posso me atrasar para essa reunião – falou Emílio, se levantando e se despedindo de mim com um outro abraço caloroso, depois de ter perdido o meu número de celular. – Eu te ligo.

Em nome do Pai?

— Ok. Eu espero que sim.

Reencontrar Emílio depois de tantos anos foi, no mínimo, estranho. Ao mesmo tempo em que conseguia reconhecer o caipira bobinho por trás daquelas roupas, agora Emílio também havia se transformado em um homem. Um belo e charmoso homem!

Voltei para casa com os pensamentos anuviados, enquanto me lembrava daquele beijo desajeitado que havíamos trocado na fazenda.

Quando entrei em meu apartamento, vi que estava mais bagunçado do que eu costumava deixar, com brinquedos, controle de videogame e farelo de batata frita espalhados pelo chão. A faxineira até tentou se justificar, mas eu entendo bem sobre o furacão que passou pela casa e logo dispensei suas explicações.

— Mamãe! — disse Mateus, correndo para os meus braços no momento em que me viu.

— Então quer dizer que você só comeu batata frita hoje?

— Eu quis esperar para jantar com você — respondeu ele.

— Ok. Essa é uma boa desculpa!

Depois de um jantar delicioso, com muitos legumes, verduras e, claro, batatas fritas, joguei algumas partidas de videogame com o meu menino, mas logo fui interrompida pelos meus próprios pensamentos, que diziam para que eu pegasse depressa caneta, papel, um gravador e um violão. Eu mal podia acreditar no que o meu cérebro estava pedindo para eu fazer.

Depois de tanto tempo, nasceu ali uma nova composição. Olhei para o céu estrelado lá fora, a casa bagunçada e Mateus do meu lado. E, para completar a inspiração, passei a mão na minha barriga, que, mesmo que quase imperceptível, já carregava um outro amor da minha vida.

Nota do autor:
Como este livro trata-se sobre mentiras, achamos que mais uma não faria tão mal assim.
O Dr. Wilbert Wilson Bitencourt, autor do pomposo prefácio que você leu, é um personagem criado para vocês pensarem que alguém importante o escreveu.

Compartilhando propósitos e conectando pessoas
Visite nosso site e fique por dentro dos nossos lançamentos:
www.gruponovoseculo.com.br

facebook/novoseculoeditora
@novoseculoeditora
@NovoSeculo
novo século editora

Edição: 1ª
Fonte: Adobe Garamond Pro

gruponovoseculo
.com.br